三匹の蟹

Minako
Oba

JN199120

大庭みな子

P+D
BOOKS
小学館

目次

構図のない絵 ――――― 5
虹と浮橋 ――――― 145
三匹の蟹 ――――― 267

構図のない絵

毎週木曜日の午後六時からあるセミナーは地下のボウマン氏の金工の教室であった。サキは何時も四時頃其処へ行った。見よう見真似で覚えた銀細工を四時から六時迄二時間ボウマン氏の金工の学生達に混ってやった。これはサキのヴィクター・ボウマンに対する礼儀みたいなものだった。彼女にはそういう律義なところがあった。セミナーのある六時から八時迄の二時間を除いて毎日十時半頃までは学生が自由に仕事が出来るように教室は解放されていた。描く方の教室はもう少し自由で十二時迄あいていたが、彫刻や金工は火を使うから責任者が交替で残っているので、十時半には追い出される。大抵、ヴィクター・ボウマン氏の助手のシモーヌが責任者で残っていた。四時頃行くとボウマン氏もまだ研究室に居ることもあったが、サキの姿が見えても出てくるということはなかった。シモーヌの姿が大抵一緒にあった。

シモーヌは十年程前フランスからアメリカに一家で移って来て、国籍は未だ持っていなかったが永住権を持っていた。貧しい東洋人はみんな豊かなアメリカでの永住権を慾しがるからアメリカ人は用心して、恩着せがましく年間ほんのちょっぴりの枠しか認めない癖に、欧州の比較的豊かな国の国籍を持つ白人に対しては移住権の枠をずっとゆるくしていた。フランス人や英国人やスウェーデン人は簡単に永住権がとれた。

シモーヌは十二、三まではフランスで育ったから、色んなことをまだよく記憶していて、何かにつけてヨーロッパの優位を誇るようなことを言葉の端にのせて生粋のアメリカ人の学生達から陰口を叩かれていた。「そんなにフランスがいいのなら、さっさと帰ればいいのに」と女の子達は言った。Rのひびきすぎるアクセントの強い英語を喋り、それが可愛らしいと男の学生達には人気があった。その癖きまった男友達が仲々出来ないのはあまり熱心すぎるカトリックの信者だからという話だ。シモーヌは自分の受け持ち以外の学生のサキが其処へ来て仕事をすることにあまり好意を持っていなかったが、ボウマン氏が認めている以上サキの気分を害するのは損だと思っていた。しかし、サキが、普通鍵をかけた物置きにしまってある道具類や薬品などを探している時、故意に気がつかない風をして通り過ぎ、他の学生達なら親切に色々ととり揃えてやるものを、揃えてやらない、というようなことはあった。その癖彼女はサキとヴィクターとの間を決定的なものとして匂わせるような風評を自分から立てるということは決してしなかった。そういうことを認めるのは我慢がならなかった。彼女はヴィクターの妻のソフィヤとも親しくしていたが、サキについて、それらしいことをソフィヤに匂わせたりするというようなことも決してなかった。

彼女が少し艶はよくないにしてもブロンドを黒く染めたのはブロンドの女が真黒な髪になったら、混血女みたいな妖しさが出てくるだろうというのがねらいだったが、彼女の金色の睫と、明るい空色の眼はいくらマスカラを塗りつけても黒い髪には合わなかった。彼女が「わたし、髪を黒く染めようかしら」と呟いた時、一番強く賛成したのはサキだった。サキはシモーヌが自分に親切でないことを常々感じていたから機会があれば仕返しするつもりだった。「ミセス・ボウマンの黒い髪とブルーの眼って、とても素敵だと思わない?」とサキは附け加えた。ヴィクターの妻のソフィヤはシシリー島の生れで、腫れ瞼で豊かな黒い髪を重そうに束ねていたが、三十をちょっと越したくらいなのにもう随分白髪があるのをサキは知っていた。そして黒い髪の癖に茶色の眼でなくて沈んだ青い眼を持っていた。「それにしたって」、サキは思った。「あんなたわわな重たさなんぞ、どうして、シモーヌなんぞにありはしない」だからこそサキはシモーヌに髪を染めることを薦めたのだった。シモーヌはしばしばみ色のコンタクト・レンズを入れたのでしょっ中涙ぐんでいた。

五時過ぎになると駄弁るのを目的にセミナーの学生達が集って来た。美術評論を主とするセミナーは修士をとる為の学生達の必修の課程で十人程のグループであった。部屋の責任者のシモーヌがコーヒーの世話などした。シモーヌの専科は金工だったが、大学院はサキと同期だった。

黒人のエドが浮かない顔をして四時半過ぎから其処にじっと坐っていた。サキがそばに行っても何時ものように喋りかけてこようとしなかった。彼はサキよりも一期早く、一ヵ月程前にした卒業個展の評判もよくて、二三ヵ月前油絵の部門でかなり権威のある賞をとった。彼は楽しい筈だった。

「《ミシシッピーの焦点》はとてもいいわ」

サキはぼんやり机に肘をついて銀のブローチに鑢をかけている学生の仕事を気の無い顔で眺めているエドに声をかけた。それはエドが賞をとった絵のことだった。それは陰気な七色が今にもめらめらと燃え出しそうにゆらめいて、燻った黒い一つの点に集っていた。それはキャンヴァスの上でマゾヒスティックにのたうちまわる生き物に似ていた。

「黒い塊が、大きくなっていく、という恐怖があるのよ」

彼は離れて八の字に下った眉を泣き出しそうに下げて笑ったが、むくろじみたいなまんまるい黒い眼は少しも笑わず、赤い血の筋が絡んだ白眼をじっとサキにすえて言った。

「癌みたいにね」

彼は肩をすくめた。

「ああいう風なものから、具象的なものに発展していって、安定性を求めるっていう気持はあるのかしら」

「抽象的な表現派、行動派に故郷の無い浮動性があるっていうことは僕も気がついているよ。しかし具象的なものが説明的なものになる、という怖れはあるわけだから」

「獣じみた叫びがそのまま昇華されるってことある？　怪物みたいなものになって。そういうものが欲しいと思わない？　わたしなんか、何方かといえば叫び出すより、沈んで行ってしまうのよ」

「君の絵はそうだね。でも、そういうものは自然のものでいいんじゃないか。僕だって沈みたくなったら、頭で藻掻かずに、沈むつもりだ。ただ、今の僕の場合、静的なものの中では噴き出すエネルギーがたたえられないような気がするんだ。だけど、サキ、僕も最近、若しかしたら、沈む方が楽だ、という気もするんだ。或いは其処に他の世界が見つかるかも知れない、というような気もするし、じゃなきゃあ、パリの絵みたいな粋な渋さ。南欧の楽しい洒落たファンタジイ、あんな風になれたらなあ、と思うんだ」

「アメリカの絵と、パリの絵じゃ、本質的に違うものがあると思うの。でも、あなたがあのひとたちの真似したら、それで満足していられて？　色んなことに飽きてしまったひと達の切ない快楽と、あなたの叩きつけたいようなものとではバランスがくずれてしまうだけよ。きっと、あんまり、虚しいものになるだけだわ」

「だけど、誰だって、時には沈みたくなるものなんだぜ。君なんか、時にはヒステリックなものがぎい、っていう感じに走るけれど、全体としてはやはり平和に冥想しているっていう感じだろう。そういう優しい絵を見ると僕はとても羨ましくなるんだ。虚しさが分ったら、いっそ沈むか漂うかしてのんきに愉しくやったらいいじゃないか、っていうような気もするんだ」

サキが抗議しようとするのに気づいて彼は慌てて遮った。

「君が楽をしている、という訳じゃない。それは天性のものなんだから。君は天性柔和なんだ──」

柔和という言葉にサキはとまどった。それはつまり人種的に限界のある菜食人種の柔和だというのであろうか。だからサキは話を前に戻した。

「抽象的表現派はね、見ていて御覧なさい。いき場所が無くなるから。抽象的表現派は、ダダイズムみたいなものに後戻りする可能性もあるわよ。じゃなきゃうんと理性的な幾何学的な図案みたいなものになるか、具象的な超現実派と一緒になるか、そんなところだと思わない」

「だから、言ってるじゃないか、僕も最近沈みたくなったって」

エドはサキを見上げて両手をうんと突っ張って欠伸をした。

「僕はね、サキ──」

エドは肩をすくめた。

「学校に残るの振られたよ。ダニエル・デュヴァルに決ったんだ」

サキはダニエルのアングル風な線の多いデッサンと彼の暗い灰色の眼を思い出した。彼の展覧会で心に残っているものといえば、そのたった一枚の気味の悪い腐った魚に抱きついた女の鉛筆画と、彼の母親だという大層きれいな女だけだった。

「彼のデッサンはアカデミックだし、コムポジションも難の無いものだと思うよ――」

エドは嘲笑的に唇を歪めた。

「しかし、何よりも、彼は波打った栗色の毛と青白い肌を持っている」

「あなたが黒人だから振られたっていうの」

彼女は言ってしまってから声を呑んだが、エドは明るさをとり戻した。

「僕はそう思うことにするよ。その方が愉快だからね」

「じゃあ、わたしも不愉快なことがあったら、そう思って自信を持つことにするわ」

サキが陽気に言うと、エドは急に意地悪い眼附きに戻って言った。

「いいさ。女には白人と結婚する、という手があるよ。例えばボウマン氏と」

そして、テッドが入って来た時、彼は早口に附加えた。

「ひとは、誰だって機会を利用する権利があるよ」

テッドは指にへばりついた粘土をこすり落としながらやって来た。エドは急に陽気な調子で最早リキの方は振向きもしないでテッドに言った。

「いよう、エピクロス、百弗どうやって工面したんだい。俺は割当の十弗をどうして作ろうかと舌打ちしてたんだ」

「エディプスと呼びたまえ。現代人はエピクロスの低俗な解釈しか出来ないからね。それに真の意味から言うと俺はエピクロスのように保守的ではないんだ。百弗は女房の愛人《アミ》がライフルを売ってこさえてくれたよ」

エドはテッドに近寄られて辟易した。ビートのテッドはあまりひどい匂いなのでみんなよけて通った。三ヵ月に一遍しかシャワーを浴びない、とかいう話だった。

「奴さんライフルなんか売れる年なのかい。御年十五歳だってきいたぜ」

「いや、別の愛人《アミ》だ。そいつに売って貰ったんだ。大体元はといえば、そのライフルを買う時、俺が賞金を貰ったすぐあとで金があったから大分助けてやったんだ。だから今、何もそう恩に着ることはねえやな」

「複雑な系図は仲々頭に入らねえよ」

エドは苦笑した。テッドは教会で妻を交えた十人ばかりの男女学生で、ボンゴ・パーティと称する乱痴気騒ぎをやって警察沙汰を起し、百弗の保釈金をつくるのに友人を片端から電話で呼び出していたのだ。みんなぶつぶつ言いながら、仕方がない、五弗ずつでも出してやるか、と言っていたが、少しじらした方が奴の身の為だといって二三日放っておいたのが、今朝ひょっこり学校に出てきたのだ。

「使ってもしねえ物置き代りの蜘蛛の巣だらけの部屋を使ったからって、何もそう事を荒立てることはねえじゃないか。第一教会側は知らなかったんだぜ。パトロールのポリが勝手に不法侵入でひったてたんだ。大体罪ってのは訴える者があるから成立するんだろ。寝床で女の首をしめて歓ばせたって、次の朝女がちゃんと生きていて、肩の辺りで笑ってりゃ決して罪にならない」

テッドは留置場の様子など得意げに喋りまわっていた。

テッドは十二年上の女と所帯を持っていたが、三十を大分越した其の女は腰までとどく長い髪を鉄の鎖で結んで、麻の頭陀袋みたいな服を腰のところで同じような鎖でしめて歩いていた。テッドは片方の耳に恐ろしく大きな金の耳環をぶら下げていた。その耳環を耳朶にぶら下げる為にわざわざ耳朶に穴をあけたのだった。そして、ばさばさの赤毛をソクラテスみたいに長く伸ばし、ジーンズを膝から下ひきさいてはいていた。

前期の地方展覧会で群った烏が羽を拡げて襲いかかるみたいな奇怪な鉛の鋳物で賞をとって以来すっかり天才気取りで、少し頭に来たんじゃないか、というものもあったが、エドと割に親しくしていた。

「お前のアフリカのアンナとアントニオが食堂の隅っこでアイス・クリームを替わりばんこになめていたよ」

テッドはエドに注進した。エドの伸ばしかけた鼻髭はやや鯰髭の兆候があり、ゴーガンの渾名を授けられた。エドが恋人にしたがっているガーナだか、何処だかから留学している女は、ゴーガンがパリを友人達に見せびらかしながら連れて歩いて、後に一切合財金目のものを持って新しい情人と逃げてしまったという混血のモデル女アンナの名を貰った。ところが最近、その女がアントニオという林学だか何だかやっているメキシコの学生と仲良くし始めて、エドは振られた形だった。

「彼女は最高に知性的なんだ。それをアンナなんて碌でもない名前をつけやがって。それで彼女は美術科の教室には絶対寄りつかなくなったんだ。第一俺はゴーガンなんか大嫌いだ。見当違いな渾名はやめてくれ」

とエドは憤慨したが、意地悪な悪童共はますます彼をゴーガンとしか呼ばなくなった。白人の学生達はエドを「いよう、高貴な野蕃人」と呼ぶ時、黒人のエドに対するむしろ迎合的な意があったけれど、エドは何時でも皮肉に受けとめていた。

「いよう天才、高貴な野蕃人」

と呼ばれる時、エドは「我々ニグロは静かなるガンジーの無抵抗主義である」と嘯いた。し

かし、今日はテッドにただ無表情に、

「彼女はあまりに建設的でね。俺のようなニヒリストには向かないよ。こちらは全てあなた任せ、あちらさまのように自分でしゃしゃり出る、という訳にはいかないんだ」

と答えた。

テッドは鼻白んで黙った。何時か、学生会館で、エドがテレビの黙々と雨の中を歩く黒人達のデモンストレーションを無表情に眺めていたのをサキは思い出した。皮膚の色は同じでもアフリカの独立国の女には建設に向う国の明るいものがあって、エドにはちぐはぐなものがあったのだろう、とサキは思った。

テッドはサキの方に椅子の向きを変えて言った。

「サキ、金工のボウマン氏にアンクレットの歴史的デザインの資料がないかきいてみてくれないかなあ。コムポジションからいって、僕の右の耳環に釣合うには左の足首にアンクレットが必要なんだ」

「通俗的よ、そんなの、第一、あなた、今度ははだしで歩くつもりなの」

「御婦人連がいくら男の素足にうるさい、って言ったって、女房がベッドで亭主を優美に飾り立てるのまで文句を言う訳にはいかないさ。彼女がばあさんから貰った古い金の腕輪を溶かしてもいいっていうんだ」

「シセーヌに訊いたら？　彼女、ボウマン氏の助手じゃないの」

「彼女は駄目だ。何でもべらべら喋っちまう。退屈すると無い話でも捏造してひとを喜ばせたい質だからね。これ以上、ボウマン氏の心証を害してみろ。俺は彫金なんぞ何の関係もないのによ、彼、廊下で逢うと、凄い眼附きで睨むんだ。美術科の職員で俺達の退学を一番強く主張したのは彼だって話だぜ。アンクレットのデザイン見せてくれ、なんて言ってみろよ。サキは口が固いからね。サキから頼めば艶っぽい話だぜ。古代エジプトの女王様かなんかがつけるような奴を選んで呉れること受け合いだよ」

「よしてよ、それより、ボンゴ・パーティの場所、安く貸すとこがあるそうよ。地下の八番教室の前あたりに」

「ふん」

それからしばらく八番教室の前に置いてある天井にとりつける蛍光灯かなんか入れて送って来たらしい大きな木の枠に、《会場にどうぞ。一時間十セント。ボンゴ・パーティ歓迎。逃亡に容易》と大きな張紙がしてある話になった。

「それより、ダニエル・デュヴァルが学校に残るのが決ったそうじゃないか。一体何処がいいんだい。あんな絵。俺は今期に、M・F・Aをとるものの中ではエドの右に出る者は無いと思うね。油でさ。彫刻では俺だと自負している。エド、気を落すなよ。天才は世に容れられないものなんだ。一般に、生きている中に売れるような絵は碌な絵じゃない。ダニエル・デュヴァルには美人のお袋の亭主のブレント・ウインタースがついている。此処の文学部の教授さ。文学なんてのは何時も美術のあとから遅れてのこのこついてくるんだが、ウインタース氏は最近やっとこっちじゃとうの昔に流行って今じゃすたれたシュル・レアリズムなんてのに興味を持ち始めて、此処の教授連とマックス・エルンストなんかの話をしているんだ」

テッドは意識して話を茶化して言った。大学院に残った以上は教師になることが彼等の殆んど唯一の就職口だった。商業美術や工業美術の世界が彼等をひっぱり始めている中で、ともかくも純粋美術といったものに未だに未練を残している者にとって描きつづける場を確保する為には結局しばらく大学に残ることが一番自分を傷つけないですむやり方のように思えた。修士をとっても片田舎の短期大学や、都会なら高等学校に行くものが多い中で、ともかくも名のある州立の大学に残れることは皆の羨望の的だった。

「俺はやっぱり南部に帰るよ。北部は我々ニグロにとっては住みよいけれど、あたらずさわらずによけて通る人間達に囲まれていると駄目になってしまう。その癖、迫害よりもっと用心深い冷淡さで遠巻きにやられるんだからな。どっち道そうなら刺激の強い方がいいんだ。そして、ケネディの理想主義に感謝し、愛国的奉仕の中で――」

「理想主義はいい、ともかくも、理想主義は――」

テッドはエドを臆病にさえぎった。そしてそのことを恥じていた。

「ともかくも彼は黒人問題では理想主義者らしくやりそうだ。積極的にではないにしても。ところが、キューバとなるとやはりぼけちまうんだな」

「何がぼけるだ。あれは彼が輿論をおさえるぎりぎりの線だよ。少くとも彼はアメリカ大統領だ。アメリカ国民からそっぽ向かれる訳にはいかない。アメリカの利益は保護しなけりゃならない」

エドは口をはさんだ。エドは黒人だから共産主義者と言われることをひどく用心していた。

「そういう事にしておいてもいい。ともかく、アメリカ人はソヴィエト人と同じくらいに自国の政府を信用しているから、アメリカの大統領こそ世界の英雄、歴史に残る偉人と思いこんでいる。理想主義ということから言ったら、アメリカ人には自分がそうだと自惚れている者が一人や二人じゃないんだぜ。それに人道主義がくっつく。ところが自由とか平等とかいうのは愛国主義と結びつくのはとても難かしい。黒人問題はまあいいさ、結びつけようと思えばまあ結びつけられるし、世界の舞台からいえばショウ的効果がある。然し、愛国主義となるとこいつは問題だ。何しろ大国の悲哀で近東だの東欧の虐めつけられている小っぽけな国の愛国主義のような訳にはいかない。

サキの好きなヴィクター・ボウマン氏、（彼はちらとサキの方を見た）彼は昔彫刻をやっていたんだ。それが何時の間にか毒にも薬にもならない銀細工なんかやるようになった。〈どうにもならないことがあるもんだからね〉といいながら、自分が非常に感じ易い心の持主だ、ということを表示したくてたまらない。彼は昔、マンハッタンの南でプエルト・リコが大方の高等学校で教えていた話を何かと言えばすぐ持ち出す。学校が教室に用意する教材の絵の具、粘土、筆、クレヨン、真鍮、鉄、銅、針金、材木、片っぱしからあっという間に失くなった。何もかも、引き出しや戸棚にしまいこみ、鍵をかけて、生徒の居残りの仕事さえ認めることができなかった。鑿、鋸、のみ、やすり、新学期に揃えたものは二週間後に殆んど姿を消した。気がついた時、彼は授業時間の半分を盗んではいけない、という訓示に費し、あとの半分は盗みの看視をしていた。彼は絶望して一年後に辞職した。

ところで彼にキューバの問題をふっかけてみろよ。ケネディを弁護する代りに、ニキタのやり方を穢いというよ。ショウとなったら、なるほど遙かにニキタの方が役者が上で我々アメリカ人の愛国心を刺戟する。つい此の間のU・2機の時だってそうだ。議論はショウの批評になる。ショウの批評は共産主義への憎しみに代る。ロシヤは立派な国土と立派な科学を持っているから侵略者として申し分ない。そして議論が終るとみんな何となく悲しい気分になるんだ。そうだろう、エドの言うように、確かにそうだろう。ケネディにとっちゃキューバのことは、アメリカ大統領として、あれがせいいっぱいのぎりぎりの線だ。ケネディでなけりゃ、もっと悪化するだろう。それをやっと、あそこで押えている。あれやこれやで、俺達にはその哀しみがわかるんだ。そこで俺達はボンゴ・パーティをやる。ボウマン氏はダーク・スーツの中でちんまりとシャンペンなど飲みながら、〈僕は政治は嫌いです〉って呟かなくちゃならない」

「ダニエル・デュヴァルはダーク・スーツの産衣を着てミルクを飲んで育ったんだしな」

エドが言った。

「嫉くなよ。ダーク・スーツじゃ絵は描けないんだ。一人競争者が減ったと思って喜び給え。俺はフェミニストで女房の為に大学院に二年も残るなんて馬鹿げたことをついついやっちまったが、卒業したらグリーニッチ・ヴィレジに行くよ。インチキ職業学校の仕事がある」

「しかし、あんまり徒労が多いと何時の間にか目的を見失ってしまう、ということもあるしな」

エドは言った。

「ダニエル・デュヴァルは描くのをやめて美術史に行くってきいたけどなあ」

サキが言った。

「へえー、そいつは初耳だ。そうだとしたらあいつもみどころがあるよ。自分の才能の限界がわかるぐらいには馬鹿じゃない。それとも此処じゃあ修士どまりだが美術史でどうしても学位が欲しいのかな。それでひとまず此処でデッサンを教えて美術史で学位をとる学資を稼ぐってわけか。なるほどちゃんとお膳立てが揃っている」

テッドの声には憎しみが加わり始めた。エドはその憎しみに気づかぬ風に入って来たナンシイとディックに手を振った。二人は唇を合わせっぱなしで廊下を歩いていたのでもつれ合ってよろめいていた。

「畜生、あいつら、しまいに唇が腫れ上るぞ」

テッドはくやしがった。

ナンシイとディックは夏休みに入ったら直ぐ結婚式を挙げて新婚旅行でヨーロッパに行くのだった。ナンシイは南部の大地主の娘でミンクのコートを着てサンダー・バードなど乗りまわしていたが、公民権法を支持する急進的な文句のビラを自分のアパートの入口の扉に貼りつけて悦に入っていた。

「あーあ、セミナーなんぞ全く身に入りゃしない。卒業制作は大方あっちで描いてくるつもりなんだから」

ナンシイは言った。

「笑わせやがる、絵なんぞ一枚も描けるものか。帰ってきてから絵葉書を組み合わせて色を塗りたくるだけさ」

テッドが言った。ディックはじろりと挑戦的な眼でテッドを見た。テッドはそしらぬ顔をして話し始めた。

「ところで今度はラルフが一晩喰った話知ってるかい。僕の代りにさ。あいつ、ゆうベビールを飲んでいて隣の奴にからまれたのさ。例によって飲みながらしかつめらしく頬杖なんかついて《カラマゾフの兄弟》なんていうのを読んでいたんだ。そうしたら隣のおっさんが、〈おめえ、それでもアメリカ人か〉と来やがる。あいつ訳がわからなくて黙っていると〈カラマゾフなんてロシヤの本を読みやがって、おめえさては共産党だな〉と来た。ラルフの奴一杯入っていたものだからむかっ腹を立てて、〈《カラマゾフの兄弟》を読むのが何処が悪い。一体、おめえ、《カラマゾフの兄弟》たあどういう読み物だか言ってみろ〉とやった。するとそいつは〈どうせそいつは革命の時の親玉の兄弟ぐれえの名前に違いねえ。そんな奴を英雄だと思いやがって。学生だ、学生だって大きな面をしやがって一体俺達がおめえ等の為にどれだけ税金を払っていると思ってんだ。その税金で赤にかぶれた本なんか読みやがって。やい、税金泥棒、税金ばかりじゃねえや、昨日新聞に出ていたパーキング・メーターをぶちこわして金をとったのはおめえだろう。駐車してある車からしょっ中ガソリンを抜かれるって話だが、みんなおめえのような奴の仕業だ。全く学生が多いと物騒で夜もおちおち眠られねえ〉といきなりぶん殴られた。泥棒呼ばわりまでされたんじゃあもう言い訳無用と顎に一発喰らわしたら、そいつ他愛もなくひっくり返って後頭を打ってのびちまったんだ。ポリが来て、やつ、いやおうなしにひったてられたんだが、話が話なんで酔払いの喧嘩両成敗ということになって二人とも三十弗の罰金、それから飲屋の親父がグラスだの酒瓶だのを割って、騒ぎで二三人客が引き上げた損害賠償で五十弗吹っかけたけど、示談で三十弗に負けさせて、一人が十五弗ずつ払うことになり、計四十五弗だ。一晩泊められて今朝俺のところに電話をかけてきた。〈おめえじゃ此の間もボンゴ・パーティで喰らって係員の心証を害すから、未来の教授のダニエル・デュヴァルに、ダーク・スーツを着せて迎えに寄越せ〉だとよ。さっき眼のふちを黒くして帰って来たけれど、名誉毀損で相手の奴を訴えてやる、とかまだいきまいているから、〈おめえ、そんなこと言ったって、相手の方がひどい怪我をしているんだから勝ち味はねえ。これからは飲み屋では大人しく《プレイ・ボーイ》でも読んでりゃあ間違いはねえ〉と諭してやったところだ。全く、ドストエフスキーも読めねえとは世も末だね」

テッドは歎いてツイストを始めた。

背の低いシモーヌが反りかえって桜んぼみたいな唇を突き出してやってきた。

「とびかかってキスしたくなるような唇の君よ」

テッドはツイストをやめた。

「帝政フランスの宮廷女官みたいな、ヘアー・スタイルにしたじゃないの」

サキが言うと、シモーヌは高く結い上げて細い銀の鎖で巻いた髪を掌で押さえて、片手を腰にあて、ファッション・モデルみたいに気取ってみせた。

「ジョセフィーヌみたいな白い襞の寄ったギリシャ・スタイルの服を着て、サンダルをはいて肘掛け椅子に坐らなくちゃ」

ナンシイが言った。

「はやくナポレオンを探せよ。子供を欲しがらないナポレオンをさ」

ディックが言った。

「そして、結婚式にはダニエルにシュル・レアリズムの肖像画を描いて貰うといいや。戴冠式のジョセフィーヌみたいにきれいに描いてくれるよ」

テッドが言った。

「あたしがあんたの裾を捧げ持ってあげるわ」

ナンシイが言った。

ヴィクター・ボウマンの姿が入口のところに見えて、サキの方をちらと見たがサキはシモーヌから話を反らすわけにはいかなかった。

ガクはこの一、二年、自分の中で急速に失われていく若さに代って自分が培っていくべき何物をも未だに見出していない、という焦りにはっとすることがあった。それはある期間を置いて時々さっとやってきて、彼を大学仲間の乱痴気騒ぎの最中やら、若い学生に日本語を教えている途中などで、はっと腰を浮かせずにはいられない、といったものだった。

彼は自分の将来を決めかねていた。このままアメリカの大学に残って、うまくいけば助教授ぐらいの地位をおしいただき、ひっそりと自分だけのことに生きるか、それとも一、二年の中に日本に帰るかを決めかねていた。日本に帰っても日本の社会で彼が身を置く場所は殆ど無いように思われた。彼に最初に留学のきっかけをつくってくれた日本の大学は彼の米国での滞在が三年目になった時、これ以上滞米が長くなるようなら帰国しても同じ大学での、以前約束したような地位は保証できない、と既に警告を送って来ていたし、それを無視して滞米を伸ばした以上、其処に帰ることは不可能なことのように思われた。

日本の大学で日本文学をやり、アメリカに来てからは大学院で比較文学という名で主に米文学をやった。彼が此の大学でどうやら博士課程まで終えられそうなのは彼が修士をとったあと大学が彼に初級日本語の講座を持たせてくれたからである。それは気の遠くなるような初歩の会話で、学生は落第する者が多く、時間の度に減っていく学生の数に苛々するあまり愉快な講座ではなかった。然し、ともかく彼に学資の保証を与えてくれたし、その意味では他のアメリカ人の学生よりも経済的にはずっと楽だったくらいだ。しかし学位をとったあとの話は別問題だ。彼が学位をとったからといってアメリカの大学の比較文学の分野で他のアメリカ人と同じ条件で教授になることはまず不可能と思われた。英文や仏文出身の、大学院で少しばかり東洋文学を齧った程度のアメリカ人がうようよしていた。その上日本文学と名がつけば大学は日本在住の生粋の日本文学者を招きたがる。彼にできることといったら、東洋学のある大学で、よくて大ざっぱな東洋文学か、まず大方はごく初歩の日本語を受け持たせられるのがせいぜいだった。

アメリカに来て五年目で彼はそろそろ不愉快な時期を通り過ぎようとしていた。最初の一年は大抵の日本人はアメリカの豊かさに圧倒され、陽気で気のよいアメリカ人に戸惑いに似た好感を持つ。次の二年目から三年目は大方見終ってしまったアメリカをせせら笑う異邦人の無責任さでアメリカ人の他国人に対する用心深さと、意地悪さと、心底の無関心を、じっと睨めつけるようになる。そして、結局は自分の中で強情に坐りこむ故国を再認識することを余儀なくさせられる時期である。それから、四年、五年、彼はどんよりした魚のような眼でアメリカ人を眺めている。彼は感情を外に表わさず、歩くのにもひっそりと音を立てず、呟いているように静かに喋り、格別アメリカ人達に迎合するようなことも言わない代りに、気がついていることを気づかないように振舞う卑屈さ、或いは利巧さを何時の間にか身につけていた。面白くない会話や気配からつと身を反らせ、突拍子も無い話題を巧妙に提出する術も覚えた。日本に居たとて同じであろう、彼は自分にそう弁解した。

彼は最初サキに逢った時、不意に自分の青春が過ぎていこうとしているのに気づいたのだった。彼は自分が随分長い間青春を保持しつづけてきたような錯覚を起していたが、それが急に足音をたてて遠のいた、とその時感じたのであった。

それは毎年年中行事のように行われる大学内の日本人会の時だった。顔見知りの学生がそのひょろりと脊の高い女子学生は身持ちのおさまらない画学生であることを教えてくれた。その女子学生は親しい友人も無いらしく、お茶請けに出た煎餅を時々ばりばりと音を立てて噛み砕きながら、皆の話をききながら、ときどき意味もなくへらへらと笑っているのだった。彼女は時々ちらちらと彼がその朝珍しく自分でアイロンをかけてきたズボンの膝の辺りを眺めていたが不意にこう言ったのだった。

「ズボンに線が二本ついているわね」

確かにズボンには線が二本ついていた。しかし古い線は殆ど消えてうっすらとしかわからなかったから、それはとりたてていう程のことはない、と彼は思った。それでも、

「馴れないアイロンなどかけたものだから」

と彼が言い訳がましく言うと、

「男のひとはダンディじゃなきゃ駄目よ」

と嘲笑うように言った。それから蔑んだ眼付きで、

「あなたも先生におなりになるの」

と訊いた。

「ほら、あのひと達、みんな、せんせい、せんせい、って呼び合っているわよ」

女子学生は五六人で談笑している溜まり場を顎でしゃくって言った。彼等は米搗きばったのように頭を下げてはせんせいという言葉を接頭語や接尾語のように使っていた。

「あのひと達はみんな大学の先生なのよ」

女子学生は言った。

「わたし、先生って大嫌い」

そして彼女はひときわばりっと大きな音を立てて煎餅を噛んだ。

「だって、他になるものがなければ仕方がないなあ」

ガクは言った。

「そりゃそうねえ。じゃあ、おなんなさい。なってみれば意外といいものかも知れないわねえ」

女子学生は意外にあっさりと言った。

「わたしだって、なりたいものになれるとは限らないものね」

女子学生は言った。彼女は会費分に相当する出されたものをみんな食べ終ってしまうと立ち上って、

「じゃあ、さようなら」

と行ってしまった。

それから、彼はこの身持ちのおさまらない女子学生がアメリカ人の男の学生と抱き合うようにして車にのっているのとか、ビート族めいた風体の画学生に混って街を歩いているのだのに気づくようになったのだ。

彼はそれまで、普通の留学生達が愉しむ程度の学生仲間の乱暴なドライヴとか、安い酒を時たま羽目をはずして飲むとか、たまに興味でついてくる女の子とのデイトでおどおどと落ち着かない鶏のように浮々とすることはあっても、大部分の時間はアルバイトの講師の仕事と、大学院での必要な単位をとることに追われていた。しかし、その女子学生とすれ違うようになってから、彼は不意に自分がひどく損をしているように思え出したのだ。彼はそれまでよりいくらか心がけて女の子を誘うようになった。

アメリカ人の少女達は彼に対してそんなに用心深くはなかった。心の底で黄色人種を軽蔑し

ていたし、一応の好奇心が満足させられてしまえばあとは白人の男にすがりつき彼を悪者にすることが何時だって出来たから。一方白人の男達は白人の女達を人種の異う男達から保護しなければならないというような使命感を持っているのであった。

彼は情事らしいものを持ったあとでは女に無関心になることが女を魅きつける術であることを覚え、それ以上彼に人間らしい興味を持つ女には極端に現実的に振舞った。すると女は夢から醒めるか、彼を男として見直すかどちらかだった。彼は何時だって女がついてくれは受けとめるつもりだった。だがその条件として、彼は自尊心の高い、自我の強い女しか選ばなかった。彼はどういう訳だか男に献身的な、順応性のある女には嗜虐的なものしか感じないのだった。アメリカ人の少女で彼に近づいて来る者はどちらかと言えば個性の強い女だった。概念的にしか男を見ようとしない女達には始めから白人以外の男は問題外なのだ。彼に興味を示す女を、或る瞬間決定的に自分の中に入りこませる為には、ほんのちょっとした女に対する寛大さがあればいいのだと彼にはわかっていたが、大抵の場合そんなにまでしてその女を末永く自分の物にしたいとも思わなかった。其の時々の優しさがあればそれで充分だったし、近づいたり遠のいたりする女にむしろ気楽なものを感じていた。

しかし、彼はそんな風にしながらも、自分の青春が足早に通り過ぎていくのをはっきりと気づいていた。

その女子学生のあまり芳しくない噂は時々彼の耳に入ってきた。彼女が同じ学部の妻子のあるアメリカ人の若い講師を誘惑して、その男は離婚を余儀なくされかかっていること。他のビート族の画学生達と夜明けに大学のキャムプのある峡谷で裸で泳いだりすること、等々。

或る晩、彼と同じ建物のアパートに居るエジプト人から、ビートニック・パーティと銘打った学生達のパーティに招待された。あらかじめあった電話の要旨は、何でもいいからなるべく穢い恰好をしていけばよいのだそうである。つまり、人間はうわべよりも中身が大切である。大切なのは美しき善き心を持つことであり、きれいな身なりは必要でない、ということである。そこで彼はなるべくよれよれのズボンを押入れの奥からひっぱり出し、すりきれて垢のついたスポーツ・シャツを着た。あいにくと髪はその前日散髪をしたばかりだったからどうにもならなかったが、櫛で逆毛を立てるようにしてなるべくきたなく見せかけるようにしてもうまく自然に見せるのは容易なことではなかった。それは一種のお洒落であった。

さてそういいでたちで、何か面映ゆいような気分でノックをすると、恐ろしくきたないターバンを頭に巻きつけ、穴のあいたバス・タオルを二枚、素肌に荒縄でしばりつけるように巻いたエジプト人が恭々しくドアを開けた。

「我等高貴な心の持主、怒れる若者達の集りにようこそお越し下された」

彼は芝居がかった口調で言い、むっとするような暗い部屋の中に彼を押しこんだ。途端に彼は髪をふり乱した亜麻色の髪の少女に接吻された。

部屋の中は薄暗くて、小さな部屋に三十人ぐらい人が居たから煙草の煙と人いきれで、その上ひどい喧噪だった。皆が口々に思い思いのことを大声で喋る中で、目の前の話相手の言葉をききわけるのがやっとだった。

片隅に四、五人床に坐った黒い影の山があって、誰かがギターを弾いていた。そのギターを弾いている学生は髪を短く刈りこんだ、比較的まともななりをした青年で、彼と同じように俄か仕立てのビート族であることがすぐわかった。そのそばによりそうように坐って、低い声で歌っていたのがその女子学生であった。

エジプト人は様々のジュースにジンとウオツカを叩きこんだらしい訳のわからないパンチを紙のコップに入れてくれた。

「あそこに居るのは君の国の女だろう」

彼はガクの脇に腰をおろして、部屋の隅で歌っている女子学生を顎でしゃくった。彼女はギターを弾いている男の肩の上に顎をのせていた。

「そうらしいね」

「東洋の女は、それも大学なんかにいる、知性のある、まともな器量の女はアメリカでは稀少価値だから男達がみんな欲しがるよ。当節、余っ程頑固な親でもない限り、息子が東洋の女と結婚するのをそうむきになって反対はしないからね。男達の間じゃあ、アメリカの女達の評判は外国人の女達にくらべてよくないんだ。だけど、男は違う。娘を東洋の男に本気になって呉れてもいい、と思う親はまず居ないし、娘達自身だってそうだ。白人の男が東洋人の妻を持つことはエキゾチックな趣味を満足させることにもなるけれど、女は夫のエキゾチシズムじゃ食っていけないからね。東洋人の夫が白人社会で受け入れられない、ということは女にとっちゃ生涯の致命傷だからね」

エジプト人は言いながら相手や自分が傷つくことに英雄的な満足を感じた。彼は大分酒がまわり始めていた。ビートニック・パーティであるから、高貴な心で言葉をとりかわさなければならなかった。

「君の国は気のいいアメリカの情婦じゃないか。可愛がられていると自惚れてせっせと男に貢いでいる。尤も婦道で聞えたお国柄だ。男に貞節を尽すのが売り物かい。ところで墓場に足を突っこむ時、男達が墓のまわりでさめざめと涙を流すのは散々男を騙くらかした毒婦なんだぜ。せめては二人くらいの情夫を上手くあやつったらいいんだ。二人の男にどれくらい競争心があるかを判断するのは女の能力だ。たまには利巧な男もいるから、あんまり図にのって自惚れるのも考えものだけれどもね。

いいかい。人生というものは夢を見る前に事実をみつめなくちゃならない。アメリカが真珠湾の攻撃を口惜しがったり、日本人が原爆の事で涙を流したりするのは愚の骨頂さ。それに日本は戦争のことを悔悟したりする必要はこれっぽっちもないよ。日本が戦争したのにはそれだけの理由があったのだし、悪いといったら、計算違いをしていたことだけだ。勝算の無いことを企む指導者は、こりゃ戦争だろうと革命だろうと縛り首ものさ。戦争も革命も強姦と同じでやりかかってしまうと気狂いになるものだから、自分の首がしめられるのに気づいた奴は出来るだけ利巧にもがかなくっちゃ。感傷的な御託を並べることはないんだ。革命とか戦争とかいうものは隊伍が組まれてそれに巻きこまれたが最後、スイッチを入れられた歯車みたいなもんで、あとはもうそれを切ってくれる奴がなきゃ、或いは歯車ごとぶちこわしてくれる奴がなきゃもうどうにもならないんだ。大体、紳士的な万人の幸せの為の戦争とか革命とかいうものはあり得ないんだからね。自分が損をしそうだと思ったら、できるだけ多くの仲間を集めて喚けばいいんで、それでどうにもならなきゃ、大人しく物理的力関係を認めて洞窟の中でひっそりと、シュル・レアリズムの絵でも壁に描くぐらいのことしかないねえ」

女子学生はガクの方に気付いたようだった。しかし彼女は相変らず顎を男の肩の上にのせたままだった。ガクはエジプト人の話をきき流しながら、女の視線を追った。女は時々彼の眼に自分の眼を合わせては、またゆっくりとそらすのを繰り返した。

「今となっては日本は五年もアメリカと戦争して大いに株が上ったんだし、二十年前の軍国主義者の悪口でもせいぜい言って、原爆反対の運動でもしていればいい示威運動になる。それにしても、北の方への色眼ももう少し使ったらどうだい。男というものは結局浮気な女の方がずっと好きなんだから。そして、こういう時こそ真摯なる芸術家的態度が是非とも必要だ。昔から、恋の手管は真実《まこと》の心っていうじゃないか。政治というのは真心のこもったショウでなければ民衆は決してついてこない」

ガクは女の眼を追いつづけた。

「君の国はスフィンクスをさえダムの下に沈めてしまうんだからねえ。いや全く大したものだ。しかし、僕の国でも学生達が安保の反対運動などやっているらしいよ。何しろアメリカ大統領を追い返したりもしたしねえ」

「仲々やるじゃないか。しかし謝罪組はさぞ大変だったんだろうな。親の心を子は知らず、ってとこか」

「まあ、日本は日本だ。君は君の国で、君の思うようにやるといいよ。君の国では夢想家が国を動かすこともまだ出来るんじゃないか。それに君は君の国で莫大な資産を持っている一族の一人なんだろう。君は君の部族を動かせるかも知れないし、君の国はそれを利用出来る色気に溢れている。その上君は面倒になったら砂漠の上に大伽藍をぶっ建てていればいい。奴隷を沢山使ってさ。何もダムである必要はないんだろ。君の芸術家的表現慾から言ったら」

エジプト人は建築学だか土木だかで学位を持っていた。

「もう暫くアメリカで時を稼いでからだ。俺の国の今の政府は俺にあまり有利じゃない。俺は一生この国に残ることなんか土下座して頼まれたって厭だけれど、此の国を礼讃してそれが俺の国の為になることなら礼讃を惜しまない」

ガクはパンチを飲みほした。

「俺は面倒臭いんだ。アメリカに居るよ。アメリカは豊かで、快適で、まわりを見まわして苦痛を感ずることが日本よりずっと少ない。アメリカは考えなければ何にも考えなくたって済む国だよ、――ねえ、君――」

ガクはエジプト人の顔をまじまじとみつめて言った。

「アメリカ人の学生達が君等のことを何て言ってるか知ってるかい? 〈とても近東の奴等とは付き合えねえ、彼等は金持ちすぎてさ。いくらあいつらが俺達をアメリカ帝国主義、とか何とか言ったって、ちっともぴんと来ねえや〉って。幸い、俺は君も御存知の通り貧乏なんで、俺と向うとあいつらは真正面に物を考えなくっちゃならなくなる。そいつがあいつらには煙ったい。だけど俺はそういうしかつめらしい話が好きじゃない、俺は感傷家ではないから愉快にやる方が好きなんだ」

「アメリカで愉快にやる？　檻の中に飼われた豚だって肥ってふうふう息をしているだけじゃなくって、たまには突っ走ってみたいと思うんだぜ」

ガクはエジプト人のぎらぎらした眼をゆっくりと受けとめて調子を変えるようにのんびりと言った。

「自分の国を信用出来ないんだねえ。と、いうよりは、自分の国に力をかけて動かしてみようなんて大それた希みは持っていないんだ。全てのことに無関心でありたい、というのが僕のモットーなんでねえ。それは時によると、欲するままに行動することよりも、もっと情熱を必要とするんだけれど——。僕に夢があるとすれば、世界共同市場になってさ、乱婚になってさ——、乱婚だ。次の子供の肌の色は何色だろうなんて話題が客間や、愛し合っている男と女の寝床で愉しい期待をもって語られるような日が来ることだね。本当言うと僕は革命家よりももっと過激なんだ。乱婚だとか、近親相姦だとかによって起る混乱だって、あり余った人間達を自然淘汰する為には却っていいんじゃないかと思っているくらいだ」

「それで、私有財産はどうなるんだい」

「そりゃ、君、その人間の能力次第で一代限り大いに愉しんだらいいさ。しかし生れおちるときから運命が定まっている、なんてのは昔のことになるんだろうな、きっと。

白人の女達はいとも自然に〈まあ、あなた、今度の子供は赤毛よ。輝くみたいな赤毛よ。あなたの家族にも、わたしの家族にも赤毛なんて誰も居ないのに〉などと無邪気に叫んでいるじゃないか。我々みたいな島国の純粋種にとってはちょっと不思議な風景なんだ。祖先の混血がどういう結婚制度の下で行われたかなんてことは詮索外のことにしたって、そいつは微笑ましい風景じゃないか。〈ああ、わたしは黒檀みたいに黒いすべすべした肌の子供が欲しいわ〉などという女と一緒に寝ていたら、男達は皆孤独で自由だ。しかし、だからと言って、僕は詩人じゃないからね。そんなことを声高らかに歌おうなどとは思っちゃいない。本当のことを言いすぎて袋叩きにあったりするのは真平なんだ。それは、或る、話だ。だから、つまりのところ、僕は白分の国で、貧しい自分の国で、自分をすり減らして、自分をとり巻くものに無関心になれないことに焦立ちたくないんだ。異邦人としてそんな途方もない夢でも見ている方がずっと楽じゃないか——」

女子学生は視線を送って寄越し続けていた。

「君はアメリカに残る。僕はエジプトに帰る。五十年後に逢うことがあるだろうかね。アメリカに残る為なら誰とでも結婚したくてたまらないヨルダンの娘を紹介してやろうか。未来の君のアメリカの大学の助教授の肩書きを仄めかしさえすれば、結構楽しく遊べるし、例えばそれが君がしょっ中言うように決して教授になれない助教授の肩書きにしたって、ヨルダンの娘はそれだけで君につき纏うかも知れないよ——」
ガクは肩をすくめた。君は大金持だ。エジプトで、石の家の中で女達を侍らせて、贅沢な食卓を囲み、そして、生きるがいいや。だが、ヨルダンの娘を紹介してくれたって、俺は念を押して自分の女をお返しに推薦する程親切じゃないぞ。

　エジプト人は続けた。

「俺達がアメリカの大学で学位をとった後に受けている報酬はアメリカの民間の会社に比べたら馬鹿らしい程低いものだ。理工科系だったら普通学位を持っていれば民間では初任給年俸一万弗はとれるのが常識だ。ところが大学の研究員はたった六千弗。助教授になったって一万弗に毛が生えるくらいのものだろう。だから大学は優秀な学生を大学にひきとめる為には外国人だって何だってかまわない。つまりアメリカの学生には残り手が無いからだ。一方その低い報酬で喜んで帰国を思いとどまる外国人は沢山いる。貧しい故国よりはましだからだ。そして、その男達を目当てにする貧しい国の優秀な女達が居る。彼女達の生れた国は後進国で大抵極端な男権社会だ。ひょっとすると何人かの妻の一人の座に甘んじなければならない。彼女達は機会さえあればアメリカに残りたいのだよ」

　ガクは女子学生の視線を受けとめながらエジプト人に答えた。

「きっと、そうして、金の力でアメリカは世界中の頭脳を集めて、やがてその異邦人達のボヘミアン的哀愁をたたえた詩的な国になるよ。何はともあれ史上空前の繁栄に達した国だ。仮に下向線を辿るにしたって世界中の貪婪な心が集って、不満と欝憤と傲慢な悲哀の溢れた国になるだろうよ。そうなった頃、或いは君は君の国に疲れ果てて、青春の古巣に帰って来るような気持ちで、アメリカに舞い戻ってくるかも知れない」

「そして僕は僕が君に紹介したヨルダンの娘などと結婚して、子供の三人も拵えて、芝生のあるサンルーム附きの家に住んでいるのをみてくやしがる、という寸法かね――」

エジプト人は笑いながら附け加えた。

「――そして、きっと君は僕の傷だらけの頰や首筋をみて、羨ましがる訳だ。自分が本当の生き方をしなかったことを味気なく、佗びしく思うわけだ。何しろ君は自分で闘うなどということは金輪際しない癖に、弾を撃ち合う映画を観るのは大好きらしいからねえ」

アメリカ人の学生が寄ってきたのでガクはエジプト人の話をついとそらしてその女子学生のところにいきかけた。歩き出しながらガクは自己嫌悪に陥った。そしてその自己嫌悪を振りきる為にその女の眼を睨めつけた。そして近づきながら、彼女に日本語を話すのは億劫だな、とふと思った。そうかと言って英語で話しかけるのも厭だった。

アメリカに居る日本人の中には留学生、旅行者、短期間の仕事で駐在する者を含めて日本人と交際するのを極端に嫌い、やむをえず日本人と話す場合も英語しか使わない、という者も居た。アメリカに数年居るガクにそんな気持ちが理解出来ないことも無かったが、それはやはり少数民族の意識からくる卑屈さのような気がして彼はいやであった。そうかといってそういう日本人を鼻持ちならないアメリカ人へのおべっか使いだと言わんばかりに、アメリカ人の数の方が多い会の中でも少数の日本人だけが集って、日本語だけで話し、傍で聞いているアメリカ人達を尻目に自分達が団結した一つの民族であることを誇示しようとする者達の中でも彼は居たたまらなさを感じた。実際のところこの種の団結はきわめてあてにならない裏切者の集まりであることの方が多いのである。俺は同国人のことなぞちっとも信用しちゃいないんだぞ、ガクはその女子学生を見ながら思った。

しかし、彼は彼女のそばに行った。

「あーら、まあ、せんせい」

その女子学生は言った。

「何て先生になり手が多いんでしょうね。このひとも先生になるのよ」

女子学生はギターを弾いている学生の肩に顎をのせたままで言った。

「あんたの、もうひとりの恋人も先生だってきいたけどな」

ガクは言いながらギターを弾いている学生の灰色の眼がじっとこちらをみつめていることに気づいた。そして、その時始めて、自分達が日本語で喋っているのに気づいた。

女子学生は薄ら笑いを浮べて彼を見返した。

「あーら、まあ、あなた、そんな風に情報を集めるのがお上手なら、新聞記者におなりなさいな。その方がずっと向いている。だけど、あなただってどうしてわたしの恋人にならないって誓えて？」

彼女はパンチを飲みながらくっくっと笑った。それからまた彼女はギターに合わせて歌い始めた。しばらく歌ってから彼女は思い出したようにギターの学生に英語で言った。

「ああ、紹介するのを忘れて御免なさい。このひと、わたしの国のお友達——名前は知らないの。あなた、仰言いな、御自分で」

ギターの学生は指を絃から離してガクに手を差し出した。

「ダニエル・デュヴァル——」

「ガク・ハマナ、です」

ガクはその手を握り返し、そばに腰を下ろした。女はいい匂いがした。

「きみの名前を知らないよ」

ガクは彼女の耳元に囁いた。

「サキ、です。森田サキ、です」

すると、女のよい匂いが不意に反対側にいるギターの学生、ダニエル・デュヴァルをガクに憎ませた。

「日本に帰らないの」

サキは言った。

「そうだなあ」

ガクは曖昧に言葉を濁した。

「帰る場所が無いんだ」

彼は暫くしてから言った。

「そうねえ、わたしも帰る場所なんか無いわねえ」

サキは言った。

「嫁に貰ってやろうと言ってるじゃないか」

ダニエルは言った。

「へええ、売れてるのかと思ってたんだ」

ガクはダニエルに言った。ダニエルはガクを無視して絃を掻き鳴らしていた。

「ハー、ハー、ハー、返品よ」

サキは言った。ひどい喧噪で何も聞えなかった。その上誰かがひどくガクの足を踏んだ。彼は煙草を吸わなかったので、こんな風に煙草の匂いが立ちこめるとたまらなくなるのだった。

蒸し暑くてべたべたした。

「失恋ばかりしているのよ。日本でね、散々痛めつけられたんで、帰るのが恐ろしいのよ。でも、だからといってアメリカに居場所がある訳じゃなしねえ。ほんとう言ったら、手品かなんか覚えて旅芸人になりたいのよ」

ダニエルはサキを抱き寄せるようにしてジェルソミーナを弾いていた。

「あなた、同じ日本人のお友達なら、同国人の誼でわたしの頼みをきいて下さって」

サキはパンチをあおりながら言った。ガクは戸惑った。

「青酸カリを手に入れて下さいな。悪用はしませんから。マスコットにするんです。ダニエルに頼んだのだけれど断わられたのよ。何故って、あなた、ひとは誰でも最後に身を救うものを持ち歩いていないと、高貴な生き方が出来ないもの。ねえ、いいでしょう」

サキはガクの眼を覗きこんだ。ダニエルは絃に掌をかぶせて、意地悪な眼付きでサキの仕草を見守っていた。

「ねえ、あなた、ハマナさん、信用して頼んでいるんです。今返事をしなくてもいい。手に入れて下さったら、ああ、あなた、一生誠実なお友達になって差し上げるわ。随分いい取り引きじゃありませんか」

サキは酔っぱらっていた。ダニエルは灰色の眼でサキとガクの会話に疑い深く聴き耳をたてていた。

エジプト人がヨルダンの娘を従えて、丸い平たい大きな煎餅のようなパンを千切って食べながら人の間をくぐってやってきた。彼のタオルは臍の辺りまでずり落ちて、それをパンを持った手でひきずり上げるので彼の腹の辺りはパン屑だらけだった。

「あなたは大層なお金持ちなんですってね」サキはヨルダンの娘を無視してエジプト人にだけ言いかけた。ヨルダンの娘は濃い深い睫と殆ど間がくっつく程の大きく弧を描いた眉を持っていた。そして非常に豊かな重くてずり落ちそうな髪を無造作に後でまとめ上げていた。彼女はビートニック・パーティらしく錆びた朱の変った織りのつづれた裾の長いドレスを着て縄を巻きつけたような感じのサンダルをはいていた。彼女も又サキの眼を真直ぐに見据えながら口元を少しもほころばせなかった。

「ガク・ハマナ、アニス・ナサール、だ、それからサキ・モリタ」

エジプト人はヨルダンの娘を紹介した。

サキは黙って頭を下げた。

「まあ、何てひどい煙草の煙だこと」

彼女は咳こみながら、かなりなまりの強い英語でガクに言いかけた。

「あなたは大層なお金持ちなんですってね」

サキは再びヨルダンの娘を無視してエジプト人に言いかけた。

「牛を何万頭だか、羊を何百万頭だか持っているんだ」

ガクは言った。

「じゃあ、こんなパーティでも開かなきゃあ、高貴な心に触れることなんかできないわねえ」

サキは言った。

ダニエルは再びジェルソミーナの主題歌を弾き始めた。

「そういう感傷的《センチメンタル》なのはやめて、Never on Sunday でもお弾きなさい」

サキは言った。

「感傷的《センチメンタル》、全く僕の一番嫌いな奴です」

エジプト人はサキに同調してガクに向って繰り返した。

「俺は土下座して頼まれたって厭だね――此の国に残ることは。俺には目的のない生活なんて考えられないんだ。俺は俺に有利でない政府が俺の国にのさばっている間、アメリカで時を稼いでいるだけなんだ」

「ああ、あなた、あなたはわたしの生れた国の、百年前の明治維新の志士みたいよ」

サキはエジプト人に言った。

「僕も、感傷的《センチメンタル》なのが嫌いなんで、自分の国をあまり信用できないんだ。それに、僕は君みたいに、スフィンクスをダムの下に沈める計画ができるような建築学だか土木学だかの学位も持っていないしねえ」

ガクは言った。

エジプト人は浮々していた。

「先進国ぶるなよ。ボヘミアン——」

「この絵は何だか少し気持ちの悪い絵ね」

そのアッシュ・ブロンドの美しい女はダニエルに言った。彼女の眼は大変落ちついた水の色でそれが光の具合で明るい空色になったり翳ったりした。睫には生地の毛よりいくらか濃い目のマスカラをつけているに違いなかったが、その翳り具合がダニエルにはっとする程似ていた。頰がそげたような感じで、唇の両脇にかなり強い性格的な窪みがあり、それが不思議と顎から首筋にかけてのなだらかな線で和んでいた。

「然し、悪くないよ、それは。いや、この中で一番いいくらいだ」

女の連れと思えるもうかなり白髪の混った男が言った。彼は意味もなく、片方の掌を握ったり閉じたりしては、掌をじっとみつめた。それは丁度病人が自分の握力を試す為にそうやっているようであった。それから彼はもう一度ふり返ってその鉛筆画をみた。それは十四インチに十七インチくらいの画用紙に針のように尖らしてあるに違いない固い芯の鉛筆で精密な解剖図のように描かれた、裸婦が魚に抱きついた絵であった。その魚は目のとび出た、頭の大きな、腹が奇妙にふくれた、口をあんぐりとあいた魚である。鰓が半分めくれて臓腑が覗き、黒い口の中の歯が、老いた猫のところどころ抜けたり、欠けたりした歯を思わせるまばらな歯に見えた。魚の腹は淀んだ血でふくらみ、蚯蚓のような筋が走っていて、ところどころはげた鱗の下の皮が切れて濁ったはらわたの汁のようなものが滲み出ていた。その魚に裸の女がしがみついている。しなやかな腕を魚の鰓から脊に抱きしめるようにまわして、両股で魚の腹を挾み、開いた魚の唇に接吻していた。女はもう片方の手をそのあんぐりあいた魚の口の中に突っこみ、欠けた歯に指をかけていたが、指をかけて力が加わった為に折れたと思われる歯の根元からは膿とも血ともつかないものが流れ出していた。それが腕を伝って肩をまわり、脇の下あたりまでしたたり落ちていた。女の脊から腰にかけての窪みとふくらみ、魚の胸鰭の辺りに押しつけられたゴム毬みたいな乳房、光った生毛が何とも言えぬ柔かな翳をつくっている首筋から肩へかけての線、それらをつなぐ空間一杯にむっとするような生酸っぱい匂いがたちこめていた。

女の髪は脊の半分ぐらいまであって、非常に美しく波打っていたが、その端っこに奇妙な小さな巻貝のようなものが無数にこびりつき、そのあるものは髪の先端にぶら下っていた。女の眼はまるでガラス玉のような透明な虹彩が拡っているだけで、瞳が無いのであった。その瞳の無い女の眼にはぞっとするような淫奔な笑いがあった。更にぎょっとさせたのは女の二の腕の内側が押しつけられているあたりの魚の半ば開いた鰓の中から這い出している無数の白いものが蛆であったことだ。蛆達は女の肩にぞろぞろと一列に列をなして這い上っていた。

その白髪の男の眼はとび出していて、何処かその魚を想わせた。内側にめりこんだ薄い乾いた唇と、高い頬骨と、額から真直ぐに続いた細い鼻柱、突き出た後頭部でささくれ立った硬い髪、そして近眼鏡の奥で強く光っている暗い眼を、サキは何故かその魚と見比べた。その男は絵をふり返り、ふんというように小さく頷き、ダニエルの横顔と絵をじっと見比べた。ダニエルは無表情に、けれど強情にその男の眼を直ぐ脇に感じながら男の方を見ようとはしなかった。やがてその男はダニエルから眼をはずして窓の外の林檎の木に眼をもたれかからせるように首を投げ出して眼を閉じ、窓に肘をついた。

女は一枚一枚丁寧にダニエルの絵を見ていた。その後姿をダニエルは男から少し離れた場所からじっと見送っていた。

「今日は」

サキが声をかけると、ダニエルはびっくりしたようにその女から眼をはずした。

「あなたは、ほんとうに、随分一生懸命デッサンの勉強をなさったのね」

サキは言った。ダニエルは疑わしそうな眼でサキを見返した。

エドは女の少し先にいて、遠くから気が無さそうに肩をおとして絵を眺めていた。

大きい油の作品は殆どが古典的すぎると思える構図の中で、裸婦や動物が沈んだ青の色調の強い光の中で、奇妙な物語めいた表情で配置されていた。とてつもなく大きな黄色い嘴を女の唇に突き立てて羽を拡げている鳥、美しい細い指をたわめて、糸でも紡ぐように生きた蛙の両肢を引っぱり、裂け始めている蛙の股のあたりを薄い笑いを浮べた片方の眼でじっと凝視めている女。眼をとび出させ、舌を突き出してぴくぴくしている蛙の光った冷い蒼い肌が女の肌の明るさの中で黒いぬめりで焦点を集め、四肢の突っ張るように拡げられた水搔きが、蛙の蒼い血を透して、その向うの女の肌の明るさを思わせた。その他、小鳥を喰う狼、病気の豹、などのかなり大きい油絵があったが、その多くは画面の裏側に沈むといった感じで、動的な色彩に欠けていた。具合よく配置された難の無いポーズの間に適当に歪められた思いつきがさしはさまれていたが、その物語めいた雰囲気には魚の絵にあるような尖った鋭いぞっとするような生彩が欠け、衒学的な気取りの方が強くなっていた。しかし、どの絵をみても、その描写の正確さは認めない訳にはいかなかった。

「お母さん、お母さん達はどうぞお先に。僕はこれから学校にまわりますから」

ダニエルは男の方はふり向かずに、少し先で絵を見終ってダニエルを待っている美しい女にだけ言った。

「まあ、ほんとうにきれいなお母さまね」

サキは言った。

「学生会館の地下でコーヒーを飲んでいかないか？」

それには答えずにダニエルはサキを誘った。彼は母親にサキを紹介するのをさけた。

サキは来る時エドと一緒に来たので、といって別に約束して一緒に来た訳ではなくて、エレベーターで一緒になって会場に入って来たのだが、一言エドに声をかけなければいけないような気がして、エドの方を見やると、エドは二人の方は無視したような感じでさっさと反対側の出口の方へ行きかけたところだった。この種のエドのやり方にはサキは今迄何度か気づいていたから、又か、といったとり残された気分をそれ以上追う気もなくて、そのままダニエルと階段の方に行った。

「あの魚と女の鉛筆画はいいわよ」

サキは言った。

「ああいうのは、あんまり自分を虐めつけるようでやりきれないんだ」

ダニエルはぼそりとしたように言い、

「だけど、あんなのばっかり描いてみろ、嫌われるさ」

と附け加えた。

「誰だってきれいなものの方がいい、ああいうしつこい絵は一枚か二枚ありゃ沢山だ。それに、キャンヴァスに絵の具を盛るとなったら、僕はあの主題じゃ、もっと別のやり方を考えなきゃ、どうしようもないんだ。失敗して、奇妙なことにしてしまうのはいやなのだ。思いきって、何処かぶったたいてこわさなきゃ駄目だ。それに、あいつは僕のたった一つの歌だから――」

ダニエルの眼は明るい灰色に波打った。

「いいかい。修士の個展なんてのは六年間俺がこの大学でどのくらい熱心にデッサンにせい出し、どのくらい忠実に教師の言うことをきいて構図をつくったかがわかればいい。それに、ちょっと気の利いたひねりがあればいい。忠実な、血統のいい犬であればいい」

ダニエルは立ちどまって繰り返した。

「忠実な、血統のいい犬ですよ」

エレベーターを使わずに、二人は長い階段を下りた。サキはダニエルの怒りをひどく生々しいものに、愛おしいものに受けとめていた。

「あなたが何と言ったって」

サキが階段から足を踏み滑らしそうになるのをダニエルは支えながらうながした。

「何と言ったって、何さ」

「何と言ったたって、魚と女の鉛筆画以外にあなたの心の溢れているのなんかありゃしない。エドの絵なんぞみて御覧なさい。バランスはくずれているかも知れないけれど、あなたとはまるきり反対に、噴き出すもので散乱してるって感じじゃないの。ふうっていう熱気みたいなものがあってね、くらくらとするところがあるわよ」

サキは言いながらダニエルが青白く慄え始めるのを予想していい気味だと思った。自分がどうして時々こんなに意地悪になるのかサキには見当もつかなかった。

「君等はみんな僕を嘲笑っているらしいね。エドの方が描けるのに、僕が白人だから学校に残されたと思って、やっかみのいい材料にしているらしいね」

ダニエルは細い絹糸でゆっくりとサキの首を巻きつける調子で言った。サキは恐怖を感じながらもそういう時ひどく幸福な気分になるのだった。

「まあ、ダニエル、あなたはあなたで、あのぞっとするようなところが素敵よ。それにあなたとエドとでは全然違うじゃないの。わたしがいくらエドの絵を讃えたってね、エドは殆ど純粋抽象画であなたのは具象的すぎる言葉の絵なんだから、わたしみたいに際限もなく沈む質が、——どうなると思って」

ダニエルはサキを階段から突きおとしてやりたいと思った。ほくそ笑んだ狐みたいに狡猾で、耳までさけてあんぐりあいた口から見える赤い舌を力まかせに引き抜いてやりたいと思った。

彼は自分の首がエドの桃色の掌でじわじわとしめつけられる恐怖を感じた。しかし彼は声を出すことができなかった。テッドやラルフや、ディックや、シモーヌや、ナンシイやサキが自分をとりまいて輪になってけっけっけっと笑っているのが見えて彼は窒息しそうだった。彼は肩をおとして気が無さそうに窓に寄りかかったまま自分の一番大きなキャンヴァスを眺めているエドを見た。それからまるで自分を無視してさっさとエレベーターの方に歩いて行く彼の傲岸な後姿を見た。彼はその後頭に棍棒を打ちおろしてやりたかった。

サキはうなだれて其処に立っていた。

「エドとあなたは違うのよ、――だから」

サキは繰り返した。彼女は申し訳に、無意味に、女の白ばくれたあつかましさで繰り返していた。ダニエルは唾をのみこんだまま辛うじて歩いていた。それでも建物の外にでて、噴水の脇を通る頃、彼はかなり落ちついていた。図書館の脇を通って学生会館の地下に入る階段をおりていくラルフの後姿が見えた。ダニエルはだから気を変えた。

「コーヒーじゃなくって、アイス・クリームにしようよ」

ダニエルは自動販売機に硬貨を入れて、ソフト・クリームを二つ出した。それから二人はそれをなめながら湖のそばのテラスの方に行った。

「ボウマンと何時結婚するんだい」

ダニエルは訊いた。彼は決心してサキに高飛車にかまえた。

「結婚するって誰が決めたの」

「君ら二人だろ、そりゃ。まさか君の国のお国柄で親がきめたなんて言う訳にもいくまいじゃないの」

「彼、まだ離婚している訳じゃないしね」

サキは当惑した。

「あの用心深い男が大っぴらにはじめたってことはその方が都合がいいからなんだろ」

「ソフィヤの恋人を見つけたからなのよ。わたしの為ではなくって」

サキは肩をすくめた。肩をすくめながら自分はやっぱりヴィクターに愛情など持ってはいないのだな、とサキは再び当惑した。

ダニエルは立ち止った。白い丸いテーブルの椅子をひいて彼はサキに顎でしゃくった。

「まるで気が無いような話じゃないか。それとも僕の気を魅く為か」

ダニエルは低い静かな声で、ぴんと張った細い糸をサキの瞼の上にあて、押しつけるような残忍さを加え始めていた。

「そうかも知れないから用心して頂戴な。あとでがみがみ言わないでね」

「エドにもそういう風に言ったんだろ」

「馬鹿にエドに拘泥するじゃないの」

「ふん――、エドにどんな風に振られるか見ててやりたいよ。本気でやって御覧よ」

ダニエルは執念深かった。

「エドは他人を払いのけることにしか興味を感じない男なんだ」

彼は「あのニグロめ」という決して言葉には出せないいくすぶった塊を気管のところでごろごろさせながら言った。

「あなた方がそういう風にしただけのことじゃないの。責めることはないわねえ」

サキは湖を眺めた。

この黄色い女が――ダニエルは気管の塊にじっと耐えた。彼はアイス・クリームを咽喉に流しこんだ。それは苦い薬液のように咽喉の内側をしたたり落ちて行った。

テラスのすぐ先の湖で小さな魚がはねた。

「あの魚は骨が多くってねえ」

サキはガクが青酸カリと一緒にバケツに一杯も釣ってきた鮒と黒鯛の合いの子のような魚をフライにした時のことを思い浮べて言った。変なとり合わせの贈り物だった。

「咽喉に骨がささってね、——痙攣が来てね、——吐き出そうと咳こんだら血を吐いたのよ。——死ぬんじゃないかと思ったわ」

サキは咽喉を押えながら言った。

「何の話をしているんだい」

「魚の刺の話よ——だから、わたしは煙草をやめたの」

「——魚の刺か——、僕は美術史に行くんだ」

彼は女の魚の話にいくらか気を良くし始めていた。彼は関係の無い和んだ話が好きだった。彼はそういう時、何となく素直に物が言えるのだった。

「描くのやめるの」

「ああ、——。学位をとるまではデッサンを教えるよ。忠実な犬として。学資が要るんだ。——色んな奴らの描いた絵を見ていると、——実にそいつらの気持ちがわかるんだ。諂ったり、休んだり、我武者羅に走り出したり、喚いたり、泣き出したりしているのが、みんな我がことのようによくわかるんだ。自分の作品が批判されればかっとするが、こんなにひとの心がわかるなら、俺をわかってくれない奴等の為に無理して描くこともないな、と思うんだ」

「何だってひとのことなんかにそう妙に感激するのよ。自分で描いた方が余っ程面白いじゃないの。わたしはエゴイストだから、他人のすることなど、横目でちらと見るきりで、夢中になる、なんてことは出来やしない。自分のことでいっぱいなのよ」

「自分のことでいっぱいになっていて、無意味に思えることはないのかい」

「無意味に思えることの方が多くたって、それ以外にどうしようもないじゃないの」

魚がまたはねた。陽が大分斜めになって、羽虫の群がりが水面すれすれに音をたてはじめていた。

「教室へ行くんでしょう」

サキは立ち上った。針金を使ったコムポジションをゆうべ寝がけに考えた部分だけでも、もう四、五本、進ませたかった。テッドが教室にいる間に行かないと、熔接のボンベを一人で使うのがサキは少し怖いのであった。

「十五番教室にいくけれど、行かない！」

「テッドが居るんだろう」

ダニエルとサキと一緒に歩き始めながら、あまり気が進まない風だった。あいつも俺をやっかんでいる。彼はテッドとエドを自分の両脇に並べてみた。——若しかしたら、エドも行っているかも知れなかった。あいつらはしょっ中、これ見よがしに肩を寄せ合って俺を叩きのめす算段をしている。十五番教室でテッドがボス面で鑿を使いながら、エドにお世辞のつもりで俺の悪口を言っているに違いない。「諂った絵を描きやがって。六年間、デッサンがストレート・Aのダニエル・デュヴァルの個展だとよ」とやっているに違いない。つまり俺が学校に残れるからだ。何のかのと言いながら、あいつらだって結局学校の価値を認めない訳にはいかないんだ。大したものにはなれなくたって、外でもみくちゃにされて、それっきりくたばってしまうよりは安全で時には考える時間を持てる唯一の場所だからだ。ざまあみろ。追ん出てさっさとくたばるがいい。グリーニッチ・ヴィレジあたりで女衒かオカマにでもなったらいいんだ。

「さっさと結婚しろよ」

ダニエルはテッドとエドと自分のことで一杯になりながら、サキが自分をうながしているような気配にせきたてられて思いつきを言った。

「ヴィクター・ボウマンとさ。常識家で——いや、君が常識家という言葉が気に入らないなら、良識家と言ってやったっていいよ。——結構趣味があって、女を喜ばせることだって上手なんだろう。君がひょこひょこついて歩くんだから」

「そうねえ」

サキはちらとガクのことを思った。何だって青酸カリと魚を呉れたのだろう。サキは確かに追い立てられているのであった。若しヴィクター・ボウマンが本当に決心したのだったとしたら、どうにかしなければならなかった。

サキはひどく友人が欲しかった。

「ねえ、あとで見てくれる？　わたしの絵」

「ああ、何枚できてる」

ダニエルは優しい眼附きに戻って言った。

「テッドがいる中に、もう、四、五本、考えがまとまっている中に熔接だけして上の教室に行くから、――帰らないで、待っていてくれる？　五時までに行くから」

ダニエルは和んだ眼で頷いた。


褐色と灰色と、黒い血の色彩しかない街であった。すえて薄汚れた汗と、胃病患者の吐息の匂いが立ちこめていた。鉄棒の手摺りにつかまってエドは立体交叉の下の道路と、その脇を交叉しながら抛物線状にそれて遠ざかってゆく無数の線路を眺めた。ガソリン・スタンドのすぐそばだけ申しわけにつけられた歩道にも人影は少なかった。ひっきりなしに車が通り過ぎ、陸橋と線路のつくる空間はぼあーんとした音をたたえていた。手摺りの脇に一本の楓の木があったが、大きな楓の葉は埃に汚れて緑は灰色の膜の下に萎えていた。それは辛うじて生き残った者といった風情だった。その生き残った者にすがりつくように、根元のすりきれた芝を切りとって盛られた乾いて白茶けた土を覆って、這うように細い沢山の蕊のある黄色い花が咲いていた。

直ぐ斜め向いの食品店からニグロがドーナツを食べながら出てきた。その高い腰から細いぴったりとした黒のズボンの線が白い道路をよぎって幾何学的に動くのをエドはぼんやりと眺めた。ガソリン・スタンドの主人もニグロであった。横柄な、腹の突き出た血走った眼がブルドッグのように突き出た男であった。五三年位のフォードがぎいっというような音をたててとまり、ガソリンを入れさせている。

「一弗だよ。一弗だけ入れりゃいいんだ」

車の中からニグロの少年が怒鳴った。片手でニグロの少女の腰をかかえこむようにしてきゃっきゃっと笑わせている。ガソリンのホースを持っているニグロの少年は油で光っている鼻の頭を肘でこすりながら、横を向いて口笛を吹いていた。口笛を吹きながら片足で拍子をとっている。

楓の下はいくらか日陰になっていた。日陰になっている為に白い埃がいくらか目立たぬようであった。鉄管の手摺りは黒い塗料がはげて赤い錆が吹き出ていた。赤いチェックのギンガムの洋服を着た五つくらいの女の子がそばにやってきて何ということもなくエドににたにたと笑いかけた。女の子のちりちりにちぢれた髪の毛は柔らかな針金のように頭の上で埃をかぶってゆれていた。彼女の明るい茶色の眼には空の青さがうつって、楓の葉がその中で翳をつくっていた。

女の子はエドの脇にすりよるようにして鉄管の手摺りにつかまった。鉄棒にでもぶら下がるように腰をおとして肘の力を抜いてからだをだらりとさせ、鉄棒の下から上眼使いににたにたとエドに笑いかけた。よれよれのギンガムの洋服の裾がひるがえり、彼女の下半身は露出した。彼女は下着をつけていなかった。彼女は笑いかけた。唇の内側の桃色の部分を彼の鼻先に突き出すようにして笑いかけた。彼は屈辱の為に眩暈がした。彼女は執拗に笑いかけた。彼女の曲げた膝小僧はひび割れて垢がたまり、乾いた爬虫類の皮を想わせた。

「お帰り」

エドは声を押し殺して言った。

彼女は笑いを消さなかった。彼女の頬はゴム人形の頬を無理矢理へこませたように奇妙に歪んで死にかけた老婆の笑いよりももっと年老いた不気味な笑いをたたえていた。

「お帰り――」

彼は若しそれ以上何かが起ったら、自分が女の子の首に両手をかけるのではなかろうか、という恐怖に襲われた。

彼女は「ふん」と鼻先で笑い掌を差し出した。

「見てたじゃないか」

再び彼女は老婆のように笑った。

途端に彼はその女の子を線路の上に突きおとしてやりたいような衝動にかられた。耳鳴りがして頭がくらくらした。

「五セントおくれ。ちゃんと見てたじゃないか」

彼は坂道を駆けおりた。駆りおりながら彼はあまりに肩に力を入れ、奥歯をきつく噛みしめていた為に咽喉の奥が異様な痛みを伴って彼をしめつけているのを感じていた。

エドはバスにのめりこむように乗った。一番前の列に花で覆われた帽子をかぶった中年の黒人の女が居て、あいた隣の席を眼顔で報せていたが、彼は一番後の席にうずくまった。エドは自分と同じ血、同じ皮膚の人間達を一人残らず首をしめてやりたかった。唇の内側の桃色の部分がめくれ上って舌が突き出たら、そいつをペンチでひき抜いて、咽喉を血で溢れさせ、窒息させてやりたかった。

バスは切りくずした赤茶けた崖の脇を通り過ぎた。楓の並木が陽をよぎっていた。彼は間違えて違うバスに乗った為大分歩かなければならないことに気づいた。彼はゆれているバスの中をよろめきながら入口まで出て行って降りる相図のブザーを押した。

五つの女の子が――。若しかしたら四つかも知れなかった。まだミルク瓶から乳首つきでミルクを飲みたいような子が――。半日黒人街を昔の友人を探してうろつきまわって、見た風景といったら――。八ヵ月にはなるだろうと思える腹を突き出した十五、六の女の子を両脇から二人の少年が挾んで代りばんこに首筋にキスしながら道いっぱいにひろがって歩いている風景――。湿ってすえた匂いのするアパートの窓から見えた牢格子を想わせる鉄のベッドとペンキのはげた木の椅子――。そのベッドにつかまり立ちして、ゆっくりと何かを拾い上げて口に持っていく腹の突き出た赤ん坊――。ベッドに仰向けに寝ころんで眠っているでも醒めているでもないぼんやり天井を眺めている肋骨の浮いた男――。彼等は誰もェドに何の関心も払わなかった。恐らく彼が彼等と同じような皮膚の色と、同じような上品でない下等な衣服を纏っていたからである。ニグロは生れを隠す、なんてわけにはいかないんだ。こっそりと、身分を、氏素姓を隠すなんてわけにはいかないんだ。俺達は――分類されたカテゴリーを、こっそりと抜け出す、なんてわけにはいかないんだ。ぺっと唾を吐きかければ、そいつは自分の顔にかかるのだ。

五つの女の子はスカートを風に翻えさせることで彼に五セントの報酬を要求した。恐らくそれは彼女の稼げる唯一の方法、彼女がキャンディを得る唯一の方法だったのかも知れなかったのだ。彼はニッケルの五セントが乾いたアスファルトの上を死んだ鼠から抜けおちた歯がころがるようにころがる音をきいた。

エドは想うのをやめた。彼は黒い肌に纏わるあらゆる色彩にナイフを突き立ててキャンヴァスをずたずたに引きさいてやりたかった。

彼は想うのをやめた。

そろそろ荷物を纏めなくちゃならないな、エドは少しもそうする気が無いままにぼんやり思った。ナンシイが女でさえなければ、少なくともオクラホマ・シティまでは乗せて行って貰えるのに。サンダー・バードの柔らかなクッションで、ミンクの匂いにつつまれて、快適な旅ができるのに。エドはナンシイを強姦する場面さえ想い浮べた。スカートをめくらせて、死んだ鼠の歯をばらばらと花を撒くように顔にふりかけてやらあな、——。ナンシイは公民権法の支持者だった。ああ、ナンシイが女でさえなかったらな。

学生ホールと寮に広告を出して、ガソリン代半分持ちでメムフィスかジャクソンまでドライヴする奴を探すか、とも思ったが、気心の知れない相手に話を合わせて疲れ果てることを考えると高くついてもやはりバスにした方がよさそうにも思えた。然しその場合は荷物が問題だった。そしてそれは結局金の問題に帰着した。

ミシシッピーの短期大学に話があったが、インチキな大学にきまっていた。まあ行ってみてからの話にするさ。北部で六年暮したあとで彼処に帰り、あすこに住めばまた違う風にも思えてくるだろう。行ってみてからの話にするさ。彼は今脊を向けてきたばかりの黒人街のことをまたもやゆっくりと反芻しはじめていた。

ボート造りの作業小屋をまわって部屋の前までくると下宿のばあさんがモップをふり上げて彼のプリンセスめがけて今にも打ちおろそうとするところだった。彼女は髪の毛が逆立つ程かんかんになっていたが、それでも彼の姿を見つけるとモップを地につけて声を慄わせて言った。「自分の猫ならちゃんと食べさせておいたらどうだい。泥棒猫め。いいかい、今度、一足でもうちの台所に入ってみろ、叩き殺してやるから。いいかい、お前さん、お前さんの王女《プリンセス》だか淫売《ビッチ》だか知らないが、この泥棒猫が魚のスープ鍋に頭を突っこんでがつがつやってたんだ。おまけにあたしが追っ払うと鍋に足を突っこんでひっくり返しやがって。いいかい。あたしは朝から五時間かかって床にワックスをしたところなんだよ。一体、どうしてくれるんだい。一体、お前さん、大層裕福な売れっ子の絵描き気取りで愛玩用動物なんぞ侍らせる御身分のつもりかい。それならそうであんな貸すとも言わぬボート小屋の脇の物置部屋はさっさと追ん出て、うちの二階のちゃんとした台所附きのアパートの住人になって貰いましょう。それならそれであたしだってうちのひとだってそれ相応の尊敬は払ってやらあね。何だい、十五弗の物置き部屋に坐り込みやがって殿様面して猫なんぞ飼いやがって」

うまい具合にプリンセスは姿を消してしまっていた。

「どうもすみません。すみませんが、なるべくお宅の入口は閉めておいていただけますか」

エドは言った。

「この辺りは風紀のいいところなんだよ。この暑いのに年中戸口に鍵をかけっぱなしにしておくわけにはいかないんだよ。お前さんのところの泥棒猫一匹の為に――」

「気をつけますよ。別に飢えさせてる訳じゃないんだ。猫だから色んなものに興味があるだけなんですよ。紙袋にはいるみたいに」

「何だって、もう一度言って御覧。紙袋だって。うちは紙袋なんかとはわけが違うんだ。きちんとしたやり方できちんとした暮しをしているきちんとした人間さまのきちんとしたお住いなんだ。――あいつはあたしが五時間かかって磨きあげた床に――」

「わかりましたよ。だから、こんなに謝ってるじゃありませんか。明日裏庭の芝刈りをしてあげますよ」

「――」

エドはドアをぴしゃんと閉めた。

プリンセスはベッドの上にちんと坐っていた。真黒な猫の癖に、眼だけはシャム猫みたいに空色の眼だった。プリンセスはついとベッドからとび下りてエドの足元にからみついて腹をすり寄せてきた。抱き上げてベッドの上にごろりと横になるとプリンセスは彼の胸の上に腹這いにからだを長くした。その脊を撫でながら彼は彼女の空色の眼をみつめた。彼女は時々ゆっくりと眼を閉じ、薄眼をあけて再び彼の顔色を窺った。彼は人差指をぐるぐるとまわしながら眼に近附け、つい、と糸を引くように手を後に引いた。プリンセスは前肢をひょいとあげて彼の指を追った。二、三回繰り返すうちにプリンセスは飽きてそっぽ向いた。彼は執拗に繰り返した。然しプリンセスはうるさそうに横を向いて、それでも時々はちらりと指の方を見たりもしたが、遂に首を彼の胸にすりつけて眼を閉じた。

するど彼は不意に憎しみを感じた。彼は矢庭に身を起すとプリンセスを宙に放り出した。彼女はぐにゃりとしたように前肢をかなりひどく床についたが、諦めた風に、しかし恨めしそうに彼の方を上眼使いに見上げてじっと其処にうずくまった。すると彼は再びわけのわからない怒りに襲われて彼女の首根っこをつかんで放り出した。彼女はぐしゃりと床に叩きつけられた瞬間、いくらか逃げ腰になった。彼女は喘ぎながらしばらく其処にじっとしていた。彼が近づくとあらためて恐怖にかられたようにとびのいた。彼は戸口を脊でふさいで猫の出口にそばの木箱を押しつけてふさいだ。プリンセスはベッドの下にもぐってじっとこちらを窺っていた。

彼は彼女をひきずり出すと破れていたシーツの端を引きさき後足を縛った。彼女は始めて低い声を立てた。立てながら彼女はまだ媚を売る眼つきで彼を見た。愛されている自信で彼女は彼をみくびっていた。それでも前肢でもがきながらいくらか爪を出しかけていた。彼はその紐の端をカーテンの支えの鉄棒にしばりつけた。プリンセスは前肢だけがすれすれに床につく恰好で首をふり立てて叫び始めた。

彼は自分の空腹に気づいた。アイス・ボックスのところに行き、ソーセージをとり出し、パンに挾んで水と代る代るにただ口の中につめこんだ。コーヒーを沸す気にはなれなかった。前肢だけでもがいて啼き声を立てているプリンセスをじっとみながら彼は食べた。プリンセスの食べ物を入れる皿は空だった。今朝出がけにやったかどうかを思い出そうとしたが思い出せなかった。或いはゆうべからやっていなかったかも知れなかった。彼は大抵何時でも充分やりすぎていたから、プリンセスの皿には食べ残しがあるのが普通だった。それが無かった。

プリンセスは前肢を折ることすら出来なかった。斜めに吊り下げられた腹から脅にかけて肋骨《あばら》が浮き上って、艶やかな黒い毛並みのはしに妙に灰色じみた薄汚なさをあらわにしていた。泥棒猫め、淫売奴、ざまみろ、――彼はパンとソーセージと水をつめこんだ。水はクロオル・カルキの匂いがした。

プリンセスは腹の力を抜き始めていた。首を振り立てるのをやめ、媚びた泣き声は喘ぎに代っていた。それでも彼女は時々じっと眼をすえて彼が口に運んでいる食べ物をみつめた。それは彼女が空腹であることをはっきりと示していた。

五つの女の子が――。彼は其の時、惨めな者、虐げられた者に対する怒りと憎悪の為に肩を慄わせたのだった。彼等が彼自身の中に埋蔵している恥部をひきずり出し、鼻先にぶら下げて、彼の顔中に汚物をなすりつけながらこれでもかこれでもかという風に彼の鼻と口に押えつけるからだった。穢ならしいすえた匂いのするあらゆる黒い色彩の中で、コール・タールでねちゃねちゃになりながら喘ぐ自分にエドは身を慄わせた。

彼は自分の住んでいる、物置き小屋としか言いようのないコーンクリートの上に床を張ったにすぎない、湿った、あらゆる場所に汚点《しみ》の滲み出た低い天井と、牢獄の鉄格子を想わせるベッドと粗末な机と木の椅子が投げ出された部屋を見まわした。毎月きちんきちんと家賃を払っているにもかかわらず、家主のばあさんから口汚なく罵られなければならない自分の身分を考えた。此の六年間、学資の為に金になることなら何でもした屈辱の場面の数々、スーパー・マーケットの荷運び、ガソリン・スタンドの車洗い、モデル、年上の女との金目当ての情事。そしてその間始終気を持たせるようなことを言いつづけて、遂に彼をぽいと放り出した、その血をしぼり出すようにして得た授業料を六年間ひったくりつづけて今になってそっぽ向く大学のことを思った。こんなことなら何を無理して大学院に残る必要があっただろう。四年の卒業で少なくともこの二年間はもっとまともな生活ができたのだ。するとその怒りは、その自分の反映ででもあるかのような前肢だけで喘いでいる黒猫に置き変えられて、彼はもう滅茶苦茶にプリンセスを打擲せずにはいられない一種の興奮状態に陥った。

彼はソーセージをプリンセスの鼻先に持って行き、彼女がふと生気をとり戻して首を前に突き出し、素早くその肉片を片方の前足と顎でとらえようとすると、彼はついと手をひっこめ彼女を嘲笑った。プリンセスは泣き声とも喘ぎともつかない奇妙な声を立てながら何度か片方の前肢を空に掻いた。彼は執拗にその動作を繰り返した。遂に彼女は最早眼を上げなくなり、腹の力をぐったりと抜いて、縛られた後足からぶらっとぶらさげられた恰好で時々ぴくぴくと痙攣するだけになった。エドは最早、自分のつき出す餌に乗ってこようとしないプリンセスを憎々しい眼で眺めた。そしてゆっくり後にまわると尻尾をひっ摑み宙に吊した。プリンセスはぎゃあ、というような声をあげて体を丸め、爪を立てて武者振りつこうとしたが、彼は無慈悲にも尻尾を持ったままぐるりと宙に一回転させて手を放した。プリンセスは前肢の爪で床をひっ掻くようにしながらゆれていた。

エドは頭に血が煮えたぎった異常な興奮状態で彼女の腹を蹴上げ、眼を血走らせて喘いだ。そしてプリンセスの喘ぎに交錯した得体の知れない快感に似たもので自分が慄え始めるのを、頭の片隅でもうどうしようもない、自分の中から我の分離した状態でぼんやりと感じていた。

全身冷汗をかき、咽喉がからからに乾いて、ベッドにどさりと身を横たえた時、陽はもう大分傾いていた。彼は身動き出来ない程に疲労して、斜めの西陽の中にうずくまった。彼は乾いた砂の上で叩きのめされた水母《くらげ》であった。彼は時々薄眼をあけてプリンセスの方を見やり、彼女がまだかすかに息をしていることを認め、ああ、そうやってくたばるがいいのだと、被虐と嗜虐のまぜ合わされた快感を感じていた。

彼はとろとろと睡った。睡りの中で垢じみたギンガムの洋服のひるがえった裾や、菓子パン屋の軒に張り出した白地が赤茶けて、更に灰色に汚れた緑の縞のある日よけのキャンヴァスやら、腹を突き出してきゃっきゃっと笑いながら少年に首筋にキスさせている赤いリボンのお下げの娘やら、マフラのこわれた五三年のフォードのエンジンの音やらがごっちゃになって瞼の裏側でちらちらして、灰色の燻った煙となり、死肉の焼ける匂いのする黄色い焔となり、オレンジ色の舌なめずりするぬれた炎となった。

我鳴り立てる下宿のばあさんのイタリヤ語のアクセントの強い英語。灰色の巻貝を想わせるとび出た眼。ワックスでぴかぴかに磨きたてられたヴィテル・タイルの床。ひっくり返ったスープ鍋。黒猫とマドンナ。血の葡萄色の絨毯を敷きつめた居間の飾り棚に首をかしげておちょぼ口をして突ったっているコバルトとピンクの衣裳をつけた焼き物のマドンナ。フランネルの赤いチェックのシャツを着てボートのカタログを繰っている下宿の主人。五十年間網と塩水でもみくちゃにされながら営々と働きづめに働いて、獲れた魚の一匹も近所に配ることもせずにやっとのことで老後の金をため、間貸しをしながら五十年間夢にみたボート作りを始め、その槌の音で一層聾になったイタリヤから移民してきた男。夫の舟大工の仕事場の脇の物置きを月十五弗でニグロの学生に貸しているその妻。——見つからなかった旧友。とろとろとまどろみながらエドは自分をとりまく風景を、どろどろの亜麻仁油の中でこみ合わせた絵の具に五本の指を突っこんで麻袋に塗りたくっていた。

目を醒した時、あたりはすっかり暗くなっていた。エドは身慄いして起き上り、闇の中ですかして部屋の中をみまわした。白いシーツの紐が窓からぶら下がり、エドの目醒めた気配にプリンセスは弱々しい声を立てた。枕元のスタンドをつけるとスタンドのずれた拍子に、下に挾んであったアンナの手紙が落ちた。何を言おうとしているのかまるきりわからない、すでに心の離れた、それでいて思わせぶりな女の手紙であった。

ふと異様な匂いが鼻についてみまわすと、プリンセスが、排泄物と嘔吐物の中で鈍い眼を光らせていた。エドはかっとして立ち上りざま、脱いだ靴をふりあげてプリンセスを叩きのめした。ぶすりというような音がして白いシーツの紐が切れるかはずれるかしてプリンセスはひしゃげたようにくずおれたが、次の瞬間、ふうーっというような息で逆毛を立てて彼にとびかかった。エドが反射的に力一杯一撃を加えたのが最後で、プリンセスはぎゃっというような声と共に動かなくなった。

彼女は汚物にまみれてひっそりと動かなかった。後脚のシーツの結び目はほどけかけてもつれていたが、それも吐瀉物にまみれていた。エドは立ったまま声を立てずに慟哭した。


サキはその黒ずんだ冷たい金属の装身具の陳列を少女時代の宝物、おはじきとか、片袖の落ちた人形の着物とか、浜辺で見つけた貝殻とかを見るように見た。その一つ一つは様々の古い思い出を秘めて微笑んでいた。垂れ下がった銀の氷柱に支えられて、翠い瞳のように燃えている翡翠のペンダント、くねってからみ合った銀の枝の中でもがいているガーネットのブローチ、銀の海草のゆれる中でたたずむアゲイタ、意地悪な女の子の茨の刺のように驕慢に尖った金の耳環、ヴィクターの金と銀と石の細工はみんなサキのからだの何処かで微笑んでいた。

それらはみんな彼女の或る時の表情であった。ほっそりとしたしなやかな腕や、くびれてむっちりした胴や、盛り上った乳房が黒い燻し銀の向うで光っていた。ぴったりと密着したサキのからだが色んな石の色、骨の色に艶を加えて光っていた。ガラスのケースの向うに並ぶヴィクターの作品にみいることはサキにとって、丹念なしつこい性器のくねりに似た長いくねくねとした鎖でからだを幾重にもきりきりと巻かれ、細いトーチの炎でじりじりと黒い煙の中でこがされる快感があった。自分のからだが赤く灼熱して、ゆっくりと弓のように折れまがり、それから、不意に笑い出し、赤い魚のぽとりとおとした泪みたいな火の玉になる、――そして、耳元で、「だから、――」というヴィクターの囁きがあった。

しかし、展覧会に来たのはヴィクターに対するサキの鉛の人形みたいに忠実な礼儀である。

「あなたの展覧会を見ました」

と言うことが必要だった。

見終った時、サキは少女時代に読み古した童話の頁を繰り終ったような気分であった。確かにそれは読み古した童話であった。

展覧会場を出るとヴィクターに教えられた駐車場に車を探した。乗りこむとヴィクターは裏道にハンドルを切った。サキはヴィクターをじろりと見てからくるりとまるくなって座席に寝た。一言だって口などきいてやるものか、とサキは思った。毎度のことながら彼女は彼の車に拾われる度に彼の落ち着きの無さが敏感に伝わってそういう風に思うのである。それなのに彼女は心ならずも親切に振舞わずには居られない質だった。つい気の毒で丸くなってやらずにはいられないのである。まあ、いいさ、ガクやダニエルからもかくれられるんだしな、とサキは思うことにした。何もかも、こっそりとやりさえすれば誰も文句は言わないのだ。そして何時の間にか睡ってしまう。ヴィクターの脊中の後に足を差し入れて時々ごそごそとやりながら、彼女はよく眠った。

ヴィクター・ボウマンはこの辺りでは彫金家として名がとおっていたから、C市周辺の金持ちから個人的に指環とかブローチ、ペンダントなどの装身具の依頼や、教会の銀製品の注文があり、それがかなりよい収入になった。そして、それは仕事と称して学校の勤め以外に外出出来る妻のソフィヤへのよい口実になった。

彼はそういう時、サキを誘った。

彼は最初、彼女との関係を他の学生達に気づかれるのを恐れたけれど、その為に彼は彼女によそよそしくする代りに、外国人である彼女にいくらか特別の興味を持っていることを半ば公然と学生達に認めさせた。それはむしろ利巧なやり方だった。万一彼等が一緒の場合を見つかったにしても、それは言い訳になった。サキの専科は油絵だったが、この大学では必ず平面的なものと立体的なものと両方の単位が必要だったから、サキは彫刻か、陶芸か、其の他立体的なデザイン分野の何かをしなければならなかった。この半年ばかり彫刻の教室で針金を熔接するコムポジションに、サキは凝っていたから、彫金に興味を持ってボウマンの教室に出入りしてもとやかく言われる筋合いはなかった。彼はアルバイトの世話をする教師として個人的に彫金の指導をすることを思いついた。それは外国人への親切であり、他の学生はそうした彼の気紛れに多少の難癖はつけたにしても責める訳にはいかなかった。

サキは足の甲にヴィクターの脊中のぬくもりを感じながら、ひどく惨めだった。つまりこれは動物的な愛情なのではなかろうか、と疑わしく自分の頭を石で叩いていた。すると彼女は、嘗て、自分が心の離れた最初の男とのからだの絆から自分をとき放つ為、彼女の心を占め始めた他の男に押しつけがましく自分のからだを与えた時のことを思い出した。だが、勿論、そういうやり方は相手の男には理解されなかった。彼は男の誰でもがそうであるように、ためらいがちにしろ結局は彼女を受け入れたが、間もなく彼自身が被害者だという妄想に陥ったのであった。だから彼女はとうとう終いまでその男の顔を自分の方に向けることが出来ずに、死にたい程の想いをした。

年月が立って自信をとり戻し始めると、サキは男というものは、結局女を制度の中でしか眺められないのだな、と軽蔑し始めた。第一、多くの男達が馬鹿らしくも信じている、「女は男とは本質的に異って、一人の男に献身的な愛情を注ぎ、一人の男の子供を生み育てたがる本能がある」などということは絶対に嘘である。一体全体、男の癖にどうして女の本能なぞがわかるのだろう。サキは大層自惚れ屋だけれど、男の本能なぞ絶対不可解だと頭をかかえている。何時までもわからないから好奇心が強くて、きょときょととしているのである。サキに言わせれば、女は男と同様気が多くて、出来ることなら様々の男の子供を生んでみたいのである。ただ、そうしないのはそういう風にできる場がこの社会にはないし、時には男同様、くたびれてしまうから、最も易しい安全な、身をすり減らさない方法を選ぶのである。確かにそれは利巧で狡る賢いやり方だ。一人の男から逃げないことを誓えば、男は渋々ながらでも女を養ってくれるのだし、ともかくも結婚制度という大義名分の下に自分の為に確保した一人の男に他の女の指を触れさせないぞと脅すことができる。だが女達は男達にとってそれぞれの異った魅力を供えているし、男達は女達にとってそれぞれに魅力があるのだから嚇しにのらない者がでてきても仕方がない。サキにとってピカソだけが素晴しくて、クレーがつまらない、などという訳にはいかないのである。カミュだけに貞節を尽し、カフカに心が向かない、などということはできはしない。

だがうっかりそんなことを大きな声で言おうものなら野良猫のように首根っ子をつかまれて溝の中にぽんと放りこまれてしまう。何しろ男達は一心に汗水たらして働いているのだからぶらぶらしている閑な女がたとえ本当のことを言ったにしたって、自分に都合の悪いことはきかない振りをするにきまっている。だからサキはふしだらな、だらしのない女で沢山だった。そういう形容詞がつけば、男達はまた異った興味でサキを眺め始めるのだった。学者みたいに、尤もらしい理屈をのべ立てて、胡散臭い眼つきで眺められるよりは余っ程いい。

サキはヴィクターの体温の中で、うまくいかなかった過去の悲しい場面の数々を思い出して、慌てて眼を閉じた。今度だって又、うまくいかないかも知れない。うまくいかないことを考えるとサキは憂欝だった。何だって、あの浜名岳とかいう男はサキに青酸カリなど呉れたのだろう。酔っ払い女の言葉をまともに受けたりして。その上、魚をバケツ一杯もくれたのだった。彼女はそれをフライにして、アパート中の友人に配ったが、みんな骨が多いとぶつぶつ言い、翌朝ごみ溜めの中を見ると随分沢山食べないままのが捨ててあった。彼女はその時程魚の嫌いなアメリカ人を憎んだことはない。その上サキは骨を咽喉にひっかけて血を吐いた。ケッケッと首をしめられた鶏みたいにサキが爪先立って洗面所にとんでいき、吐き出すと、鮮血が溢れて、ガクは慌てふためいて、サキの肩をつかんでゆり動かしながら、「大丈夫？　大丈夫？」と繰り返したのだった。そういえばあのガクとかいう男は年中釣竿を持って校庭を歩いている。すると彼女はどういう訳か必ず浦島太郎の姿を想い浮べるのである。浦島太郎のことはともかくとして、ダニエルとまた、一体全体、どうしてあんなことになったのか腹立たしい限りだった。ダニエルがあんまりサキの絵をくさしたので、泪が溢れて、鼻までつまってしまったのだった。ダニエルはびっくりして大きな眼でサキを眺めていたが、やがてかっかと怒って、

「だから女はきらいだ。どうして直ぐそうめそめそするんだろう」

と行ってしまった。

その癖直き戻ってきたのだった。そして、それからもしょっちゅう戻ってきた。そして、そ

んなことになってしまったのだ。結果的に、自分は涙という通俗的な武器で男をひっかけたのだと、サキは憂鬱になった。もとはと言えばヴィクターのことであまりしつこく厭味を言われたからだった。

アメリカに来たばかりの頃日本での痛めつけられた記憶があって、サキは臆病になっていたから、若い男を避けた。そんな時にヴィクターが居たのである。彼は華々しくない、裏道を歩く者の、自信の無い素朴さ、といった彼女の好みを供えていたし、妻子がある、ということは彼女の気を楽にした。男に縛られるのはもうこりごりだった。喚き立てられるのもこりごりだった。だから、あるきっかけの後では慾情にひきずられている、と言えないことはなかった。だが情事には情緒が伴い得るし、情緒の無い異性との交渉にサキは興味を持たない質だった。というよりは情緒だけの為に生きている、といってもいいくらいだったし、時には、慾情だけで異性との交渉を持てたら、どんなに楽であろうと思うくらいサキは女の特性を供えていた。だからこそサキは不安になり始めていた。ヴィクターとの間を努めることが苦痛になり始めた、とサキは心の何処かで感じていた。そしてその不安を打ち消す為に、サキは屢々無理な言葉を探して喋るようになっていた。

「ねえ、ヴィック、あなたはあんなに流れ出すものがあるのに、どうしてそれを押えちゃうの。ねえ、ヴィック、何にも役に立たない、途方もなく大きなものをつくったらいいのに。ねえ、ヴィック、わたしはどうも役に立たない贅沢なものが好きなのよ。無駄遣いや贅沢や不義理の出来ない生活なんて息がつまってしまうの。そうでしょう。あなただってヴィック、後めたいと思いながら、そういうものが好きだから、わたしなんかと、何の役にも立たない女と、こっそり遊んでいるんじゃないの」

サキは時々目が醒めると、ヴィクターの脊中の後で足をごそごそとやりながら喋った。逢った時は決して口を利くまいと思うのだが、五分立つと忘れてしまうのであった。そして忘れたことに又腹を立てていた。

「学校は学校で、あなたのその天賦の才で器用に大過なくなさいませ」

サキは言いながら自分に腹を立てていた。何もこんなことを言ってやる必要なんかない。サキの言葉は何時ものように彼の心を突き刺した。この十年間彼の心の何処かで執念深く燻ぶりつづけてきた工芸家の純粋美術に対する僻みとやっかみみたいなものをサキは容赦もなくぐいぐいとほじくる残酷さがあった。

彼は自分が彫金を選んだ他愛もない偶然を思い浮べた。大学の三年の時、面白半分に時間の空いている都合で選んだ彫金の一つの作品が展覧会で賞をとり、金工の教授に可愛がられ始めたということにすぎなかった。彼の父親はスポーツ用品店をやっていたが息子に大した野心を持っていなかったから、彼がどんな方法ででも安全にまともに生きてくれればよいと思っていた。大学に残れるなら、無理して純粋美術に固執することは無い、と彼は最初の希みであった彫刻をあっさりと捨てた。工芸的彫金と彫刻の間にそれ程の差があるとは思えなかった。想像力と技巧が何処かで折り合わなければならないという点では同じようなものじゃないか、と彼は嘯いた。彼は器用に自分の慾望を殺すことのできる質だった。或る目的の為に折り合いをつけることは長年職人としての技巧を身につけた後では半ば無意識的な彼の感覚そのものになりつつあった。

ヴィクターの彫金する装身具にはひどく奇怪な趣味があって、身を飾りたてることに使う筈の首飾りとか耳環とか腕輪などが、ねじ歪げられた醜怪な金属の塊りでうずくまっている、という感じがあった。もともと装身具というものは原始時代から人間の抽象的な美に対する憧れと同時に、性的慾望に繋がる表現である、とヴィクターは思っていた。しかし、それよりも確かに彼の作品は彼の生活態度そのものの慾求不満のあらわれには違いなかった。サキがいうように彼は何かを押えているのである。工芸家には工芸家の生命力のようなものがあり、限られた世界ではあるにしても、自分の持つ場の中で或る完成された世界を創造し得るものだとヴィクターは思いながらも、サキの言葉を何を小癪な、といまいましくきいていた。

彼の彫金には工芸品の枠をはずれた奔放さがあったが、手先を非常に器用に使える彼はそうした慾求不満の嘔吐物を想わせる金属の塊りに、恐ろしく鋭利な閃光を刀で彫るとか、半面を輝いた月のように磨くとか、高慢な姿態で高価な石を嵌めこむとかして、一応装身具としての形を整えることができた。幾何学的に整理されたものと、殆ど偶発的な淀みをうまく組み合わせてある、こうした小細工は彼が心の底で苦々しく感じている彫金家としての通俗性のようなものであったのに、同業者仲間ではその秀れた技巧、技術的な練磨、不均衡な意匠の新鮮さ、といったものが買われていた。

車が農場の続くハイ・ウェイに出るとサキは目を醒して身を起した。そして彼の方にすりよるようにして首筋に唇をあてた。ヴィクターは前を見たまま唇だけをちゅっと鳴らしてハンドルを握りつづけていた。

「あなた、いくら、奥さんにかくしたって、あのひと、もう知っているわよ」

サキは靴を脱ぎ捨てた足を座席の端にかけ、立てた膝に顎を埋ずめて言った。

「そうかも知れんな」

彼は草原の乳牛の群を見ながら答えた。ソフィヤの男友達のことを気づいたのは随分前のことだったが、ソフィヤは優れた主婦だったから、彼女自身がそのことを上手に隠しおおせる限りは、そして、サキのことを気づかない限りは、或いは気づかない振りをする限りは彼は二つの谷間を愉しんできた。ソフィヤはただ気晴しをしているだけなのだ。事を荒立てることはない。きちんとしたやり方を守ろうという気さえあれば、それはどうでもよいことなんだしな、と、ヴィクターは割り切っていた。だが、そのソフィヤが最近思わせぶりなことを言うようになってきた。サキのことをでなく、彼女自身のことをである。それはサキのことを気づいたからかも知れなかった。ソフィヤの変化と平行して、ヴィクターはサキとのことが表面化してもかまわない、と思い始めていた。なるようになるさ。その時はまたその時でやり方を考えよう。本当に、そうする気配もある。本当にそうだとしたら――。

「この間、映画館で会ったのよ。ローリーを連れてきていたわ。ほら、名画シリーズの時の、『チャップリンの黄金狂時代』をやっている時よ。ソフィヤはわたしに気附いていたけれど無視したわよ。無関心ならあんな風に無視したりしない」

「――」

「わたしは親切だから、〈今日は〉って肩をつついてあげたのよ。あの愛想のいいひとが――

黙って眼で挨拶しただけよ」

「だから、どうしろって言うんだ」

「別に――。あったことを報告してあげただけよ。何かと、あなたのやりいいようにと思って

――」

「御親切にありがとう」

「どういたしまして」

それから又サキは横になった。

ヴィクターが大学でのサキとの噂を以前程気にしなくなったのは、或いは、そのように思えるのは、サキはダニエルやエドの言葉や其の他幾つかの場面からデーターを集めながら考えた――ソフィヤに何かがあったのだ。ソフィヤの男友達のことは夫のヴィクター公認なのだと何時か彼の家庭に親しく出入りしているシモーヌから聞いたことがある。シモーヌはそれをサキに対する侮辱のつもりで何げない風に言ったのだ。「あなたとのことだって公認よ」とシモーヌは閃めかせたかったかも知れないのだ。それはどうだっていい。ソフィヤが自分のことを知っていようがいまいが、そんなことは自分に関係はない。自分はヴィクターをいじりまわしてみたいだけなのだ、とサキは嘯いた。つまり、ヴィクターにとっては罪の匂いのする逢曳《あいびき》、わたしにとっては冒瀆の匂いのする火遊び。そして、しようと思えば何時だって出来る。あの高慢ちきなソフィヤが洒落たつもりでハンド・バッグの脇にはさんで持ち歩いているスカーフを、するりと抜いて知らん顔をしてやったら、――ふっと気がついて何処に落としただろうと慌てふためいて探しまわることだろう。たかをくくっては貰うまい。そのソフィヤの顔つきを思い浮べるだけでもサキは愉しかった。そして、東洋人の女と寝ることで、白人の女では味わえない征服感を伴うエキゾチシズムで酔っている男を、目に見えない絹糸で雁字搦めにしてやったら。

ヴィクターはC市の少し手前のF町のはずれのモーテルでサキを下ろした。

「二時間で帰ってくる」

サキはヴィクターがあらかじめ買っておいた食べ物や飲み物の入った大きな袋をかかえておりると、ばたんとドアを閉めた。

それは外で食事をするのが目立つ、という理由もあったけれど、ヴィクターがサキの料理をひどく喜んだからである。サキは男の気に入ったようにしてやらずにはいられない性分だった。ヴィクターがかなり気ばって買い込んだに違いない贅沢な材料を袋からとり出すとき、サキはいくらか哀しい気分になるのである。何時ものようにまずシャンペンを氷に冷やし、肉や野菜の下拵えをし、テーブル・セットをした。彼女はその為に蠟纈染めのテーブル・クロスや二人前の特別なデザインでつくったサキのヴィクターの指導による作品である銀のナイフやフォークを籠の中からとり出した。そうしながら、ああ、街も一緒に歩けないような恋人はもうこりごりだとサキは腹を立てていた。

夕食の下拵えをしてしまうと彼女はすることがないのでスケッチ・ブックをひろげて無数の無意味の線を描いた。描きながら流れたものが形に固まることもあったし、散らばって縺れたままで残ることもあった。だが、これは、何時の間にかヴィクターの影響だ。女の髪や、奇怪な脚や腕のからみ合う線だけのエッチングに最近彼は凝っていた。ふり乱した髪の中で、黒く大きな口をあけて笑っている男と女、足や手のある泪をためた鳥、盛り上った肉塊である巨大な陰部を両手でかかえてひっそりと眼をとじている女、などを彼のエッチングのくねった筆法を思い出しながら彼女は鉛筆の線だけで次々に描いてみた。男は自分の持ち物の女が自分の影響を受けてそっくりになることを喜ぶものだから、彼を幸福にする為にも、何から何まですっかり盗んでやろう。紙一杯にヴィクター・ボウマンの想像力を盗んで、その脇に、ヴィクター・ボウマン氏よりの盗作、森田左喜と署名した。彼は異国文字が好きだから、隷書風に森田左喜と書いてやった。読めないと困るから、ローマ字でも、モリタ・サキ、とふり仮名をつけた。無学文盲はこれだから面倒臭い。

だが、その線画を眺めていると、これは又ダニエルにも似ている。つまり二人から盗んだ訳だ。いや、そんなことはない、サキがダニエルから盗んだものをヴィクターに伝えるから、ヴィクターから盗んだものをダニエルに伝えるから、彼等は二人とも知らず知らずに近づいている。こんなからくりはこっそり双方の自尊心を傷つけずにやらなくっちゃ。サキはすましてアカンベー、をしてやった。ああ、こんなところでぼんやり男を待っているなんて、もうこりごりだ。

それでもサキは思い直してスケッチ・ブックの次の頁を開いた。怠惰に、何の情熱もないままに糊染と蠟纈の下絵を機械的に描いた。何時も何時も同じことの繰り返しだったから、大きさだけを変えればよかった。テーブル・クロスとプレイス・マットの両端だけを考えて抽象的なアミーバーの組み合せをやった。

だけど、――ヴィクターはどうして最近幾何学的なデザインを全くやめたのだろう。具象的な線画ばっかり描いて――。そして立体的なものから平面的なものばかり手がけている。反対に自分の方は具象的なものに殆ど興味が失くなりかけている。生命というものはそんな風なものではない。そんな風な説明的なものではない、と思いつづけている。だが、ヴィクターが線画ばかり描くのは、纏まらないイメージだけが溢れすぎて、きっと何か説明が欲しいのだなあ、とサキは思った。四、五枚下絵を描いて、今月中に仕上げなければならないこの食べる為の仕事と金の勘定をした。今年の夏はヴィクターから貰う彫金の下請け（ヴィクターの名があったからこれはかなりよい金になった）のアルバイトだけしてコースをとるのをやめようか。だがそれだけ来学期の単位予定が苦しくなるであろうと思うと、やはり無理しても此の夏学校に出た方がよいようにも思えた。しかし、一体、絵を描くつもりなら、修士などとって何になろう。幾度かそうも思うのだが、絵だけで食べられるようになる自信はなかったし、日本に帰った時のことを考えれば、もう少しのことだからやはり修士をとっておいた方がよいようにも思える。教師の仕事をみつける時に役に立つだろう。

サキは疲れて眼を上げた。

全く、こんなところでぼんやり男を待っているなんて馬鹿げている。淡い苔色の窓掛けの襞を通して陽が翳り始め、部屋の中は灰色の落ち着きをとり戻してきた。サキは自分の重ねた手の甲が薄い緑の翳をつくっているのをじっとみつめている中に、その薄緑色の翳がアミーバーのようにひろがり、流れ出し始めるのに気づいた。つまり、こんな風なのだな、とサキは自分の翳を追った。じっとしていることなどできはしない。

彼女は自分の二十七という年齢を考えた。肉体的にはともかく、まだ当分自分の青春が失くなろうとは考えていなかったけれど、限りのある命を考えれば、それ程ゆっくりもしていられない、といった気分もあった。強がりを言わなければならない年齢に達する前に、この辺りで養ってくれそうな男を見つけて結婚するのが一番簡単なことだ、と何度か思ったことを又しても考えてみる。ヴィクターなら、心をこめて眼を伏せさえすれば、抱き寄せてくれるだろうか。芝生のある裏庭、林檎の木、垣根にそってマーガレットやプリムラや、パンジイやルピナスが咲いて、駒鳥が来るだろう。

彼女は立ち上って窓のところへ行った。カーテンのすき間から外を覗くと、ブランコがあって、七つくらいの女の子がのっていた。そばで弟らしい五つくらいの男の子が砂遊びをしている。サキは窓をあけて喋りかけた。

「何をつくっているの」

「温泉――」

男の子は言った。

「ふーん、何処からお湯がでるのよ」

「これさ」

彼は聳え立った砂山を指さした。

「それ、山じゃないの」

「イエロー・ストーン温泉の噴きあげるお湯の柱だよ」

「みんなで休暇で、イエロー・ストーン温泉に行ったのよ」

女の子がブランコから言った。

「イエロー・ストーンで何をして遊んだの」

「テレビをみたの。ラッシイの」

「ふーん、お母さんは」

「お母さんは美容院に行ったの。イエロー・ストーンの美容院はとても高いのですって」

「ふーん、お父さんは」

「お父さんは、鱒を一匹釣ったのよ」

「温泉で釣ったの」

「いいや、川で――」

「食べた？」

「ううん、燻製にしてとってあるの。食べるの勿体ないから」

女の子は言った。

「ふーん、燻製にしとけばずっと腐らないのかな」

サキは訊いた。

「でも、あんまり長くなれば腐るってお母さんが言ったわ」

女の子は言った。

「そりゃそうでしょうね。いっそのことアルコール漬けにすればよかったのに」

「酢漬けでもいいかしら」

女の子は言った。

「きっとね」

「酢漬けなんかにしたら、お母さんがみんな食べちゃうし、アルコール漬けにすれば、お父さんが食べちゃうよ」

男の子が言った。

「じゃあ、やっぱり燻しとくのがいいわよ」

サキは言って窓をしめた。

結婚などということは――サキは考えた。やっぱり自信が無いな。移り気だし、じっとしていることなんかできやしない。

だが、あのソフィヤの鼻をあかす為なら、サキは再びほくそ笑んだ。

彼女はその時のことを思い出した。

その睫の長い、ひとを吸い込むような深い黒い眼の、腫れ瞼の女は召し使いの女にでも言うような事務的な口調で言った。

「ボウマン氏、居るかしら」

サキはボウマン氏の学生ではなかったから彼が普通何処に居るのかはっきりは知らなかった。しかし辺りに他の学生の姿はみあたらなかったし、しょっ中出入りする彫刻の教室が金工の教室の隣で、顔見知り程度ならヴィクター・ボウマンを知っていたから、中し訳に金工の教室を覗いて答えた。

「さあ、いらっしゃらないようですよ」

その女はサキの訛りの強い英語を嘲笑うように二、三度その簡単な答えをきき直した。女は光る美しい歯並みを見せびらかすように唇をめくれ上らせていた。濃い黒い眉や、かなり生毛の濃い唇のまわりなどがきつい印象を与える顔だった。耳の脇には年には似合わない白髪が目立ったが、浅黒い肌はなめらかで艶があり、すんなりと伸びた肩つきや高い腰の線が目立つ美しい姿態の女だった。

「では、これを渡して下さいな」

それは鍵だった。一度行きかけて女は戻ってきて念を押すように言った。

「大切な鍵だそうです。持ってくるようにと言うことだったから。金工の教室にいる学生に渡してくれと言うことでしたから。ちゃんと渡して下さい」

そしてしばらくしてから附け加えた。

「あのひと、あなたのような外国人の学生が居るなんて言わなかったわ」

「わたくしはボウマン先生の学生じゃありませんから、セミナーが金工の教室であるだけなんです。でも鍵はちゃんとお渡し致します」

サキは答えた。

あのソフィヤの印象がもっと違う風だったら——。

あの誇りの高いソフィヤは、他の女にいじりまわされた夫を、どんな風に扱っているのだろう。ほっぽり出されたとわかったら、しがみつくだろうか。それとも、何もかも計算ずくで、あっさりと別れ、一年以内にヴィクターより少くともみてくれは見映えのする男をつかまえるだろうか。それとも、その男友達とやら、を、本気でどうにかするだろうか。だが、その男が他人の持ち物ならそう簡単に事は運ぶまい。尤も自分が夫を盗まれたのなら他の女の夫を盗む立派な口実ができる。そうだ、そうだ、やってみるのも悪くはない。ヴィクターだけが物要りだ。そして、ローリーだけがしくしく泣くだろう。

サキはベッドに横になった。あれや、これや、考えながらうとうととした。ヴィックは仕事をしている女より眠っている女の方がずっと好きなのだ。怠け者、と罵りながら、怠け者の女を愛しむ表情があらわだった。サキはそういう男の気持を敏感に感じとり、男を迎える時は怠惰に装うことに努める自分を哀れに思った。こんな風な時間が来る日も来る日もではとてもたまらない。やっぱりこれはたまの逢曳きだからできるんだな、とサキは眠りにおちいりながら苦笑していた。

一体わたしは男の機嫌をとりすぎる。つい気が弱くて迎合せずにはいられない。重苦しくてやりきれない、と思いながら男の気に入るようにしてやらずにはいられない。そして、或る日突然もう何もかも厭になってしまうのだった。みんなそうだった。サキは失った幾つかの優しい場面を、失った、——時間をかけて育てたら幾層倍か素敵なものになったかも知れない心を寄せ合った男達との失った話を思い浮べた。みんな力に余る奉仕をし過ぎた為だった。しかしあのひと達の何人がそんなわたしの努めに気づいてくれただろう。いや、向うは向うでわたしが鈍感な女だと思っていたかも知れないのだ。——だけど、限度がある。ひとの力には限りがある。そんなに何時までも振りをするなんてことはできない。

ヴィクターはそういう無防備な女の横顔が好きだった。彼はよりそって横になり、眼を閉じたままですり寄ってくる女の髪を撫でた。彼はサキの乳房の盛り上りに爪を立てて睫を伏せた。この野放図もなく野心家で、気が多く、しょっちゅう自分を苛々させる動物。俺が殻に閉じこもろうとしても、まるで魔法の蛇みたいに際限もなくずるずると何かをひき出し、その赤い舌をちろちろと燃えさせる手品師。それでいて猫撫で声で、「いい子、いい子、大人しくして」とまた鎌首を押えて、古ぼけた鉄の箱に押しこんで蓋を押え、俺がその中でじたばたするのをにやにや笑って蓋の上に腰かけている性悪女。俺の固いしゃちほこばったイメージがだんだん動き始めて、奇怪な妄念みたいなものに変って、——最近、俺のつくるものはこの女のからだに密着する或る妄念みたいなもので、赤く溶けている銀の下には何時でもその白いからだがある。

彼は又片方でひどく散漫な気持ちで妻のソフィヤのことも考えた。彼女がきちんとした有能な妻なら、つまり、家と子供のことをきちんととりしきり、夫の友人達と気の利いた会話のやりとりができ、悪くない趣味と教養があって夫をきちんとしたやり方で尊敬して、夫がその気になった時、慾情を満してくれる女なら、何も言うことはない。時たま夫を傷つけないやり方で男友達と遊ぶぐらいのことは見て見ぬふりをしてやろう。

彼はソフィヤのすべすべとした浅黒い肌の感触を手繰り寄せようとした。彼は努めて手繰り寄せようとした。それは、飼っておいてもよい動物だった。——だがソフィヤは彼の心をゆり動かさなかった。わずかに、ローリーのことを想う時、彼はいくらか胸が痛んだ。つまり、ソフィヤは、俺にほんとうに話しかける、ということのない女なのだな、と彼は自分がそういう風にし向けなかったことを忘れて呟いていた。

ずっと昔、これと同じことがあった。これと同じことがあった。サキはぼんやり考えた。孤独なライオンみたいに吠えようではないか。たてがみがふさふさして、赤い大きな暖かな、ざらざらした舌のある鍾乳洞みたいな口の中に青白い月の光が差し込んでいた。

「——ソフィヤに情人《おとこ》が居るかも知れない」

ヴィクターは長いこと思っていたことをやっと言った。言ってしまえば気が楽になるような言葉だった。

「まあ、それはよかったこと」

サキは薄眼をあけて言った。

「それであなたも、わたしのことで責められているように思わなくてもよくなったし、——ええ、もしも、そうだったとしたら、ということよ」

サキは起き上った。起き上ってサキは男を真直ぐに見つめて言った。

「そういうことだって、あるわよ。予期しなかったことが突然やってくる、なんてことは、何時も予期してなきゃいけない」

ヴィクターはサキの膝の上に置いた手を硬ばらせていた。サキはその短い太い指を薄情に眺めていた。彼女はその指の間の血管に沿って自分の中指の腹を軽くあてて這わせながら、ああ、自分は又しても繰り返すに違いない、と恐れた。

「御飯を食べましょうよ。あんまりおなかをすかせすぎると、あなたは何時も不機嫌になるもの」

彼女はヴィクターに笑いかけた。

「ね、――でしょう。――だから」

ヴィクターはサキに指をからめてサキが立ち上るのを押えていた。サキはずっと昔のことを思い出した。あの時、死ぬことだって出来たのだしな。散々痛めつけられたのだ。ひとの心はどうしても通い合わないこともある、とサキは不貞腐れていた。

彼女が料理をする間、ヴィクターはそばに立って皿を運んだり、グラスを並べたりした。それは彼が此の国でごく小さい時分からそういう風に習慣づけられてきたやり方であった。ただ彼は自動的にそうするのだった。ソフィヤに情人《おとこ》が居たって、――そんなことは大したことじゃない。問題は彼女が公開する気になったことだ。彼はソフィヤがレモンに歯を立てる時の白い歯を思い出した。ソフィヤはレモンを丸ごと齧るのだった。そうする時彼女の唇はめくれ上っていくらか八重歯になった犬歯の脇の桃色の歯茎が見えるのだった。それは、そういうことだってある、彼はシャンペンの瓶のまわりに溶けはじめて、つらなった氷の丸い角を見つめながら思った。

サキは浜名岳のことを思い浮べていた。彼ならこんな時、ベッドの上に寝ころんで新聞を読むに違いない。彼は全く印刷物の好きな男だった。年中印刷物に目を通していた。嘘だろうと本当だろうと確かめてみずにはいられないのだった。

何だってまた、好きこのんで日本人なんかと、うるさいかかわり合いのある日本人なんかとあんなことになったのだろう。その上、また何だってあの浜名岳とかいう男は馬鹿正直に青酸カリなど持ってきたのだろう。馬鹿正直には馬鹿正直に応対せずにはいられないのがサキの悪い癖だった。そうだ、何も馬鹿正直にする必要はない。彼女は決心した。女と遊びたいだけなら遊んでやろう。特別嫌いな男じゃなければ、言いなりになってやろう。大抵の男達はそれなりにお返しはしてくれる。近づく距離はひとによって限りがあるが彼等から何一つひきずり出せないということはなかった。優しくしてやりさえすれば、男達は何でも本当のことを女にぶちまけたし、男が女に語る言葉には女からきく言葉よりも遙かに真実があった。次の瞬間は心をひるがえすにしろ、ともかくも、その時は男は女に語りかけたいのだった。どうしてそれに手を差し出さずにそっぽむく、などということができよう。或いは何かがあるかも知れないのだから。

「だから、喚きたてなかったんだ」

ヴィクターはつづけた。

「だから、あなたも都合がよかったじゃないの」

「離婚したいようなことをほのめかしている」

「ふうん」

「気の無いような返事じゃないか」

彼女は焼いた肉を皿に入れた。

ヴィクターは最初サキにあった日のことを思い出していた。それは彼が一人で金工の教室で複雑な蠟付けをしている時だった。すでに十時を過ぎていて、彼が、

「駄目だ、今日はもう終いだ。明日にしろ」

とバーナーを持ったまま怒鳴っても、そのこつこつというドアを叩く音は何時迄も止まなかったのだ。彼が癇癪を起しながら出ていくと、其処にサキが居た。彼女は二フィートもある細長いブロンズのレリーフをかかえていて、フレクシブル・シャフトを貸してくれ、と言った。彼は顎でその場所を示すとそのまま自分の仕事を続けた。彼女は金工の学生ではなかった。持

っているのは彫刻か、デザインの仕事らしかった。彼女が重いレリーフをかかえていることが、彼に断る機会を失わせた。

彼は石綿の上で溶かした銀の奇妙な流れを面白くつなぎ合わせて、中にトルコ石を嵌めこむ細工をやっていた。偶然の面白い形をつくる為、バーナーで強い炎を当てながら溶け始める銀をピンセットで動かす仕事は思うままにならないと苛立ちの押えきれない時があった。

気がつくと、サキが彼の後に立ってその仕事を見ていた。そして、彼が一段落すると、おずおずと言ったのだ。

「フレクシブル・シャフトをしめるキイがみつからないんです」

彼は自分の意志に反してこの学生を教室に入れたことを後悔した。キイは何時もある場所になかった。助手のシモーヌが置き場所を変えたのかもわからなかった。彼は不愛想に明日の朝来るように言った。

「では、家に帰ってやすりでします。明日までに仕上げなきゃならないんです。どうしてだか彫刻の教室は閉ってるんです」

サキは重いレリーフをかかえて出て行こうとした。其の時彼はその学生が夕方妻のソフィヤからあずかったのだと言って家に忘れて来た研究室の机の抽出しの鍵をとどけに来た学生だったことを思い出した。

「妻が他に何か言っていなかったでしょうか」

彼は家を出る時、ソフィヤが行くと言っていたベビー・シャワーのある家の電話番号をきくのを忘れていたのだった。彼は学校の帰りに其処へまわってソフィヤを拾うことになっていた。まあいい、向うから電話がかかって来るだろうと九時半に授業が終って其のまま教室で待っていたのだ。

「さあ、別に何も仰言らなかったようですけれど」

その時電話が鳴った。其の時、何故だか自分でも訳のわからないままに彼はサキに目顔で待つように手で押えた。電話はソフィヤからで、一緒に行った友人と先に家へ帰ったということだった。

「歩いて帰るなら送ろう」

彼は重そうなレリーフを見ながら言った。彼はこの妙にひとを見すえるような光の強い眼を持った外国人の女に興味を持ち始めていた。彼女は黙ってついてきた。

「そういう仕事はやすりでやった方が却って面白い光や地肌がでるのだ」

彼は車の中で弁解がましく言いながら自分の気の弱さに腹を立てていた。サキは黙っていた。

車から下りる時、彼女はドアをあけかけてふり向き、薄い笑いを浮べて言った。

「ほんとう言うと、ホールに並べてあったあなたのおつくりになったものがあまりきれいだったので、借りなくてもいいフレクシブル・シャフトを借りに行ったんです。邪魔をして御免なさい。ではさようなら」

彼女はドアをばたんと閉めて見えなくなった。彼は今、その時のサキをいとおしく思い出していた。

「あのブロンズのレリーフはまだ持っているの」

「溶かしちゃったのよ。結局はうまくいかなかったから」

サキはひどく愛らしく肩をすくめて言った。そして彼の胸のところにごりごりと鼻の頭をすりつけた。彼女はそうしながら、あの時若し、ソフィヤに逢いさえしなければ、――と考えつづけていた。

「あなた、簡単にひっかかったわね」

サキはヴィクターにとびついてキスを強要した。そうしながら、サキは、又しても、努めている、と自分の行為に恐怖していた。

飲み始めると彼女はテーブルに肘をついてゆれながら話を始めた。

「ダニエルがエドをさし置いて学校に残るなんて――」

「ダニエル・デュヴァルは手法は地道なアカデミックな下地があるし、そうかといって新しい感覚でも無難な判断力を持っている。エドは感覚とエネルギーは認めるが、美術史やセミナーの論文はまあまあやっとというところだ。ダニエルは美術史とセミナーの論文が抜群で、将来美術史に行きたがっているが、学校としてはその方がいい。将来、描けて、セミナーの論文指導のできる者を学校は欲しいんだ。エドの主任教授はエドを残したいような口振りだが、ああいう個性の強いのは却って自由に反逆的な生き方をさせて描かした方がよい、ということになった。学校なんかに残ってみろ、伸びるものも伸びなくなる。きみはエドが黒人だからはねられた、って言いたいんだろう。それはそうかも知れない。僕はそういうことは弁護したくないよ。急にはどうにもならないことなんだから。学校としてはあまり政治的色彩の強い画題のものをしょっちゅう描く職員は選べるものなら最初は敬遠するのは仕方がないのじゃないか。然し、そいつを画家に描くなという訳にはいかない。この大学はアメリカの中でも革新派的な伝統を持っている。きみにとやかく言われることはない。きみは言いたいのだろうが、そうだ、エドが想うことをどんな権力だって禁ずるわけには、いかないよ。学校で描くな、ということはできる。学校に残ってくれるな、ということはできる。しかし、想うな、という訳にはいかないねえ。だから、いっその事学校に残さない方がいい。僕が言えるのはこれまでの線だ。いいかい、黒人の問題は長い時間がかかるんだ。生半可に同情してみたところで現実には喰い違いが多過ぎるんだ。君だって、何時か、C市のスラムで間違って地下鉄を降りた時、うろうろしている黒人の群に恐れをなして僕にしがみついたじゃないか。そういう恐怖はどうしようもないんだからね」

それは彼女がヴィクターと一緒にC大学にある近東諸国のコレクションが多いので知られている美術館を訪ねた時のことで、夕方薄暗い頃、間違えてスラム街に近い地下鉄の駅を降りた時のことだ。道を訊いた黒人がにたりと笑って、「十セント呉れ」と手を差出したのだ。その時、そばの電柱には更に二人の黒人がポケット手をしてよりかかり、それをじっとみつめていた。サキはヴィクターにしがみつきながら、彼の中にも走った恐怖が伝わって、身を固くしたのだ。彼等は黙ってそうそうにタクシーを拾って大学まで行った。歩いてもいくらもかからなかったに違いないその街をそれ以上歩く気になれないのを二人は無言の中に認め合っていた。

「ダニエルだって悪くはない――」

サキはコップのシャンペンを飲みほして言った。サキは理由の無い憎しみを感じながら言った。

「ダニエルはひねくれ屋だけれど、ひねくれ屋の強情な魅力がある。それに、あのひと、きっとこの大学で一番デッサンの力があるわよ。あなたの仰言るように」

ヴィクターは肩をそびやかした。

「では、何もエドの肩を持つことはない」

「だけど、ダニエルは直き、描かなくなるわよ。エドのような溢れるものがないもの、――」

サキは含み笑いをした。

「わたし、あの子と、キスしたことあるのよ」

ヴィクターはどきりとした。

「――――」

「あの子、わたしに、あの子らしいひねくれた言いまわしで結婚のことほのめかしたことあるのよ」

「それは、僕に離婚しろ、っていう謎かい？」

「さあね。自分でお考えなさい」

ヴィクターはいくらか和んだ顔になった。そして喋り始めた。

「僕は、日本風の室内装飾にとても興味があるんだ。障子風な、然し、もっとアクセントのあるスクリーンを居間に作ろう。それから、行燈のアイデアをもっと自由な縦と横の桟の組み合わせで不規則な淡い光が洩れる感じの大きなランプを作ろう。きみは絨毯が織れるかい？　スエーデンから巾の広い麻布をとり寄せて、太い毛糸で、きみの好きな、例のアルプみたいな(彼はいくらかサキに侮辱をこめてアルプみたいな、と言った。彼女がひと頃せっせとアルプの真似をしたからである）影の重なりを織り出すんだ。深い赤に、黒と枯茶色でね。窓掛は渋い紺無地に近い細かい絣はどうだろう。僕等の家を一生かかって創る共同作品にしようじゃないか。君は髪を高く結い上げた方がいいよ。短かい髪は嫌いだ。そして、裾の長い着物風の洋服を着給え。僕は奴隷みたいに君の言いなりになるに違いないよ」

彼は喋り続けた。彼が彼の持っている日本に対する異国情緒を喋れば喋る程、彼女は彼から遠ざかった。きっと、それは、美しい見知らぬ世界だった。何処か知らない、遠い昔に海の底に沈んだ都のように。彼女が若しその都に住むことを欲するなら、彼との共同の生活は成り立つ筈だった。しかし、彼女が海の底に耳を押しつけると、海の上で陰気な七色の虹や、黒く燻った焦点やら、黄色い痩せた横顔、穢い歯をむき出した卑屈な慄えた唇が重なり合って声を立てて笑った。彼女は他人の夢の中で借りもののアルプの機など織る訳にはいかなかった。それは全く、死んだ、模写されたアルプになってしまうだろう。

だが、どうして、彼を侮辱することなどできるだろう。彼女は眼を伏せ、彼のからだのことだけに心を集中しようとした。それだけあれば、何も他のことなど考えることはない。それから、ほんの少し、優しいこころがあれば。彼女は肉にきつく喰い込んだ黒く燻った銅のベルトや、足輪をひきずる重い鎖の感触をじっと待った。だが、それは、今、車の外を通り過ぎていくサイロのようにゆれながらぼやけて行った。

湖の水は蒼くゆらいで、ベルベットの光線の水草の中で、毒薊のようにかっと目を見開いた刺のある透明なゼリーの鱗の魚が泳いでいた。鰓の間から桃色の肉を見せた恐ろしく大きな白い魚が輝いた月のような威厳でゆっくりと透明な青い肌の小魚達を睥睨して行き過ぎた。赤黒い岩陰の玉藻の陰で鎖で腹をしばられた灰色の醜い鯰がしめつけられた浮袋をくびれさせながら、錆びた鎖を厭な音を立ててひきずった。腹はいくらかまだらになっていた。

ひややかで、湖の底まで霧が立ちこめてきたみたいだった。その霧が無数の細かい雪になって水の中をゆっくりと泳ぎ始めた。

そんな風にひえびえとしたのだった。そして、遠いところから、錆びた鎖でひっぱられるような気持ちがして薄眼をあけると、真直ぐに水の中を突進してくる魚の眼みたいなダニエルの大きな灰色の眼が近づいてきて棍棒をふりあげた。いや、棍棒ではなくてボートのオールだった。ペンキのはげた、ささくれだった、木のこすれた錆びた汚点がその亀裂に沿って走っている古いオールであった。

すると其処に白いプードルがちょろちょろと走り出て、赤いリボンにつけた鈴をちりちりと鳴らしたのだった。それは気忙しく苛立つような音であった。しかしその白い玩具のようなプードルはまるで神聖な白い象の威厳をもって其処に立ちはだかっていた。霧がひいて体中が汗ばみ、サキはプードルの頭を撫でながらダニエルを見上げずに、深い息をしていた。

ダニエルはオールを放り出した。彼は砂の上に真直ぐに寝た。サキは立てた膝の上にプードルの顎をのせて耳の脇をそっと撫でつづけた。プードルは時々鈴を鳴らした。

「これっきりで終った、などと思わないでくれ」

ダニエルは言った。

「君は男にとり返しのつかないことをさせる女だ。君のような女は両足を持って頭から湖の中に漬けて、ぶくぶく言わせながら殺してやりたいよ」

サキはプードルを撫でつづけた。何か口を利けばダニエルは益々激昂しそうだった。彼女はその時のことを考えていた。これと全く同じ風だった。サキは相手の男を殺してやりたいと思ったのだった。実際彼女は様々の殺人の方法を思いめぐらした。毒殺とか斬殺とかその他さまざま考えた。しかし、どれも上手くいきそうなのはなかった。相手を殺すのが不可能なら自分が死にたいと思った。しかし結局は耐えるしかなかった。男だって女だって相手の心を自分の方にねじまげることなど出来はしない。

「だから――」

サキはこやなぎの柔らかな緑が陽の翳りの中でゆれるのを追いながら言った。

「もうそばに来ないでよ。わたしだって仕方がない。あなたがそばに居れば何をするかわからない。わたしはあなたをしめ殺す力など無いから、胸の間で窒息させるくらいのことしかできない」

「――――」

「だって仕方がない。無関心でいるわけにはいかないもの」

「一体、きみはボウマンにはどういう風に言っているんだ。みんな、あいつは離婚する気だって言っている。いくらきみがそういう風にしれっとしていたって、あいつをそういう風に思わせているのだとしたら、とんでもないことだと思わないのか」

「いくら言ってもわからないのね。あのひとはソフィヤに男友達があるのをみつけたから、丁度そばに居るわたしを拾い上げようとしているだけなのよ。拾い上げられるのを感謝しようと拒絶しようとそんなことはわたしの勝手じゃないの。わたしは落ちたままでねそべってもう少しごろごろしていたいのよ」

「ボウマンだって阿呆じゃあるまいし、きみがのらりくらりと意志表示をしないから、――そうだよ。きみは天性淫売だ。淫売だよ。男から金こそ巻き上げないかも知れないが、色仕掛けで男の持ち物を片っぱしからもぎとっている。そして、君が勝手に天井知らずに値をつり上げる売り物に、男が支払い不可能だとわかると、ぷいと横を向いて、又他に売りつけるんだ。あのガク、とかいう日本人にだって何て言ってるかわかったものじゃない」

「そうだと思うなら、そばになんか来ないでよ。来たら容赦なんかしないんだから――。骨までしゃぶりつくしてやるから。その辺りにうろうろしないでよ」

サキは立ち上って水の中に入って行った。

岬だったので、岸近くから水はかなり深かった。サキは空を見ながら、思い出したように足を搔いてはゆっくりと漂っていった。雲が走るように流れていた。湖の水はかなり冷たかったが、肌になじんだあとでは水の冷たさの中に心を沈めることが救いのようにサキには思えた。すると彼女はこういうふうに水の冷たさの中で耐えていることが、ダニエルにぶつけられたいわれのない罵りに滑稽にもふりまわされている自分への同情に変った。一体全体奇妙なことではないか。何時どうして自分がダニエルを騙したとでもいうのだろうか。自分はダニエルと寝てやっただけなのだ。寝たあとで相手にすがりつかないことで相手は腹を立てているだけなのだ。彼女は再び、その時のことを思い出した。その男は彼女と寝たあとで彼女がふしだらな女だと思い始め、そんな女にすがりつかれることに腹を立てたのだった。つまり男は女から自尊心を満足させられない限り結果はともあれどっちにしたって腹を立てるのだった。ああ、勿論、ふりをすることなど簡単だ。だけど、――サキは考えた。散々耐えて生き残った森田サキなのだ。もうふりをするのは沢山だ。ダニエル、あなたも耐えなさい。女のわたしですらやりとげたことなら、どうしてあなたにできないことがあろう。

何故、ダニエルと寝たって？　色んな方法で言い寄ったではないか。どうしてわたしに振りきることなぞ出来ただろう。わたしが罠にかけたって？　そりゃそうだろう。男と女はそういう風に創られている。若しもお互いに相手の中に押し入る情熱があればそれ以外に方法なぞありはしない。だが、ダニエルと触れ合った途端にサキは他人という黒い岩に突き当った思いがして愕然とした。大きな黒い爪の立たない、よじのぼれない岩であった。そしてまた、サキ自身が何時の間にか灰色の岩に変形していた。サキはそっぽ向いて自分だけがかかえこんだ柔らかな砂を波に打たせてゆっくりと隣の岩を眺めていた。ダニエルとサキの譲り合わないこういう自我の強さはどうしようもない。相手の魅力にひきずりこまれそうになりながら、サキは繰り返していた。そりゃ、ふりをすることはできるだろう。一時的に。それ以上のつき合いを希むのなら、理性的に自分を削るしかない。努力して、友人になることは出来るだろう。どうにかすれば、もう少しは上手くいくのだが、とサキは水を足で蹴りながら顔を波の上に寝せて、眼を閉じた。ダニエルは舟をそばに漕ぎつけた。ダニエルは柔らかな眼をとり戻していた。

「乗るか――」

サキは暫くためらうように舟について泳いだが、結局はひっぱり上げられた。

「ねえ、ダニエル、やっぱり日本に帰ろうかと思うのよ」

サキは言った。

「そうだねえ。それがいいよ」

ダニエルはオールを休めてサキの肩越しに水の面をみたままで言った。

「あなたの国はお金持ちで、眩しい程だから、わたしは奉公したての女中みたいにきょときょとと高価な家具を撫でまわしたり、さすったりしているけれど、結局は自分のものじゃないんですからね。つまらないわ」

「アメリカ人になればいいじゃないか。例えばボウマンなどと結婚して――」

ダニエルは性懲りもなく繰り返した。

「日本へ帰るなり、ボウマンと結婚するなり、何処にでもさっさと去ってくれ。君の言うように目の前にちらつかれているよりはいい」

「結婚した方がいいかしら。やっぱり」

「阿呆か、聖人とするんだな。若しそういう男がいるとすれば」

すると、再びサキはむしゃくしゃした。この上しつこく何をこうダニエルにばかり罵られていることがあろう。こっちにだって言い分は山程ある。

「可哀そうだけれど、ダニエル、あなたは男に生れたんだから、世間の認める、それから多分、神様だって認めている特権をちゃんと持っているでしょう。女にむしりとられるくらいは諦めるのねえ。腹が立つならあなただってわたしからむしりとれるだけのものをみんなはぎとったらいいじゃないの。そんな情熱も無い癖にわたしばかりを悪女呼ばわりするのはやめて頂戴。わたしは散々あなた方に色んな場所で充分すぎる程先払いしてあるもの、今更とやかくいわれることなんかない」

「君がその昔、男にどんな目にあわされたか知らないが、そんなことは僕には何のかかわり合いもない」

「あなたにかかわりあいのないわたし自身の昔のことは抜きにしたって、わたしはあなたに対してだって後めたいことなんかこれっぽっちもしてやしない。あなたと寝たからって、ヴィックやガクのことをとやかく言われる筋合いなんてありゃしない。最初わたしが男に傷つけられて自殺もせずに今まで生きのびられたのは、それなりに生きのびるやり方を見つけ出したからなのよ。生き物というのはどんなに弱くて醜い虫けらでもそれなりに生きのびる方法をそれぞれにちゃんと知っているものよ。そして地虫だって、じーんと小さな声で啼き声を立ててみたくなるものじゃないの。勿論わたしは、あなた方の魅力に目をつぶるなんてやり方は選べなかったの。そんなやり方を思いつく位なら死にたいなどと考えもしなかったでしょうよ。あなた方の持っている魅力に目をつぶることもできなくて、その上その中に自分を埋めることも出来ないとなれば、大っぴらに受け入れて、相手も自分も生かすことを考える以外にやり方なんかないじゃないの。尤も、こんなことはあなた方の大抵が、その立派な頭脳と特権で、大っぴらにしろこっそりにしろ人間というものがこの地上に住み始めて以来、どんな時代にも生きる権利としてやってきたことじゃなかったの」

ダニエルは耳をふさいでいた。ふさいだ耳の中に残っている言葉といえば、生きのびる権利、という言葉だけだった。自分は若しかしたら生きのびられないかも知れない、そんな恐怖が殆ど本能的に彼を身慄いさせた。自分が生きのびる為にはあまりにも沢山の邪魔物がそこら中に道をふさいでいた。

殆ど生理的に彼の気に染まない人間達がそこら中に溢れすぎていた。エド、テッド、ナンシイ、ブレント、彼等は何時も彼を慇懃に嘲笑い、彼に心から口を利こうとしたためしがないのだった。其の他の人間達はただぼんやり彼を眺めていた。興味も示さなければ賞讃もせず、彼を石ころみたいに蹴とばして歩いていた。彼の主任教授でさえ、彼を面倒臭そうに拾い上げ、その石ころを磨きもせずに、ちょんと棚の上にあげただけなのだ。

「いや、仲々、描けるようになった。まあしっかりつづけ給え」

と言いながら、ちょんと棚にあげたのだった。彼は埃にまみれて棚の上でじっと身を慄わせていた。身慄いしすぎれば埃が舞うであろうかと気にしながら唇を嚙んでいた。ああ、もう沢山だ。おれは奴等にへつらいへつらい描きつづけて、そうだ奴等が聞えよがしに囁くように、あの十八世紀の画家のジャック・ルイ・ダヴィッドがローマ賞が欲しいばっかりに、審査員の顔色を読みながら、あの入念な生命《いのち》の無い彩色をほどこしたように、フランス中の小学校の教科書にのる、世界中の美術全集にのるあの屈辱にまみれた絵を俺も亦描いている。こういう風にすればいいのだと自分に言ってきかせながら、俺の本当の心とは別のところで蛆のような絵を描いている。ダヴィッドがやったように革命の暁には審査員を一人残らずギロチンにかけてやるぞ。ダニエルは自分にデッサンを教えこんだ教授を、構図に思わせぶりな批評をして、結局自分に、このダニエル・デュヴァルに、W大学美術科推薦の絵を描かせた恩師を一人残らず憎んだ。

だが、そして、そしてそのダヴィッドがやったように、嘗つての恩師をギロチンにかけたあとで、とくとくと、俺は、あのダヴィッドがやったように、ナポレオンの為に、一度もポーズをとろうとしないナポレオンとジョセフィーヌの戴冠式の絵を、はたちの美青年の帝王とその帝王からの冠をおしいただく十八歳の美少女のように描くのではなかろうか。(ナポレオンは自分が法王から冠を戴くところを絵に描かれるのは厭だったから既に冠を頭にのせた自分がジョセフィーヌの頭に冠をかぶせてやるところを、ダヴィッドに描かせた。そして彼等は一度もダヴィッドの為にポーズをとろうとしなかったから、ダヴィッドは三十幾歳の夫より数年年上のジョセフィーヌを描く為に十六歳の自分の娘にポーズさせた)おれは奴等が言っているのをちゃんと聞いたのだぞ。俺にシモーヌの戴冠式の絵を描かせろって言うのを。エドとテッドは声をあげてピエロの俺に拍手喝采するだろう。

だが、そういう風にせずにいられないのなら、結局、そういう風にせずにいられないのなら、描くのはもう辞めだ。ひとの心なら隅から隅まで見透せる。唾をのみこんでいるのまで聞えるような気がする。俺は美術史にいって、他人の描いた絵を、一枚、一枚、仮面をひきはがしてやる。

サキがおずおずと歯を鳴らすのをダニエルは聞いた。此処にも亦、自分に諂わない女が一人居た。彼は彼女のぐったりとしている時の静かな横顔を思い浮べた。彼女はひどくお喋りな時と、全く口を利かない時があった。彼女が何も言わずに彼を長いことみつめる時、彼は自分の心の中を見透かされるような気がして怖かった。サキは最近彼の作品を全く批評しなくなったが、それは関心がなくなった為ではなくて、彼を知り始めたからである。

そのサキがダヴィッドの『マーラーの死』をじっとみつめて言ったことがある。「このひとにはこれがあるから救われる。尤も、マーラーが殺されでもしなかったら、こんな風にも描けなかったわね」それから彼女はダニエルをじっとみつめて言った。「あなたが憎んでいるものを、もっとあからさまに描いたらいいのに。あなたはその強すぎる自分自身への愛情の強さをどっち道表現できないひとなんだから。では反対の方法でおやりなさい」。何から何まで自分の心を見透して、おれのこの悲しみを痛い程に知りながら、寝床から離れると途端に刃をつきつける女が居た。そして、そのしめったやわらかなからだを、ちらつかせながら、これでもかこれでもかと彼の鼻先を通りすぎ、唇を突き出して笑いかけ、手を差し伸べ、髪の中に指を差し入れ、恐ろしい力で胯の間でしめつけ、腰をくねらせる女がいた。彼女は何から何まで彼を受け入れているように見える時もあった。だがそのすぐあとで彼女自身の持つありとあらゆるその反対のものをさらけ出し、まき散らし、その優越を誇るのだった。実際それらはきらびやかで、眩しい程の鮮やかさで彼の眼前にひろがり、彼のキャンヴァスを覆いかくすことがあった。

生きのびる権利、――おれ以外の人間が生きのびる権利などをおれが認める訳にはいかない。生き物は他の生き物を蹴落す以外に生きのびる方法などありはしない。

ダニエルは際限もなく沖に漕ぎ出して行った。五月の太陽の中でも、ダニエルは灼きつくせない苛立ちをじっと耐えていた。ブレント・ウインタース――エドワード・ジョーンズ――ヴィクター・ボウマン――ガク・ハマナ、どうしてそいつらが生きのびている権利があるのだろう。彼は自分を捨てた母親を憎み、自分を罠にかけたサキを憎み、自分をとりまいて執念深く挑発しつづける女達を全て憎み、自分を、ダニエル・デュヴァルを歯牙にもかけずふんと嘲って通りすぎる全ての男達を一人残らず撃ち殺してやりたかった。頭にこびりついて離れない、どんなに頭をふりたてても、無関心になることのできない自分が蹴落すか、或は歯を喰いしばってでも手を差し出さなければならない人間達を全て憎んだ。彼にへつらった絵を描かせる、彼にデッサンを教えさせる、そいつらを——、男の肩によりそいながらマドンナみたいに微笑みかける母親を、傲慢に自分を主張しながら乳房の間で自分をしめつけるサキを、桜ん坊みたいな唇を突き出してパウロの義などとやり出すシモーヌを、憎んだ。

風が吹き始めて、湖にはかなり波が立っていた。雲が大分多くなってきたようだし、陽は急に翳ったりまた輝いたりしていた。ダニエルは相変らず沖に向って漕ぎつづけていた。漕ぎ出した岬と対岸から突き出ている岬ともう殆ど同じ距離くらいの中程まできていると思われた。サキは肩が寒くなり歯を鳴らし始めていたけれど、今、帰りましょうよ、と言ってみたところで、強情なダニエルが素直に言うことをきくとも思われなかったし、どっち道同じ距離なら、先の岬に着けばよいのだというような気になっていた。向う岸についたって車が無いのに——、一体、どうやって帰るつもりだろう、とサキは襲ってくる恐怖をじっと押えながら、ダニエルを窺っていた。

サキは唇をすっかり紫色にして歯を鳴らしていた。歯を鳴らして、黙っている女を見るとダニエルはいくらか気が和んだ。彼はオールを漕ぐ手を休めて、上衣を脱ぎ、投げてやった。それからまた彼は漕ぎ始めた。だんだんと疲労していくことで彼は救われるような気がし始めていた。サキは羽を落した鳥のように彼の上衣の中でうずくまっていた。対岸の岬につけて、母親の車を借りればよい。だがボートを返さなくちゃ。しかし、この風ではもう一度漕ぎ出した岬に帰る気はしない。彼は自分のしたことに腹を立てながらも、濡れた水着の女を連れて、母親にボートの金を払わせる時のことを考えるとほくそ笑んだ。彼はブレント・ウインタースのとび出した暗い眼や、針鼠のようにささくれ立った後頭部の硬い毛などを思い出した。

つまり、俺自身だって、この女と本気になって結婚する気なぞ毛頭ないのだからな。彼は、この奇妙な事実に今迄自分が少しも気付かなかったことにあらためて驚いた。俺は所有してみたいだけなのだ。そして、レンチでじわじわとまわす錆ついたねじのように女の首をこちらに真直ぐに向けてみたいだけなのだ。そしてひっかかりのない、つるつるしたその奇妙なねじに腹を立てているのだった。しかし、また、結婚なぞというものに、何の価値があるというのだろう。まるで湿った木の膚にくっつくきのこみたいに次々に女に子供を生ませて、岩の間に根の生えた自分は足を抜くにも抜かれず、風でぎいぎいときしみながら、囀る小鳥達や、足元の美しい花にもじっと眼を伏せて、立ち枯れていくのを待つなんて。白く、磨かれた白骨のように立ち枯れたら、それが美しく人生を終った、とでもいうのだろうか。

「あなたの上衣が濡れてしまうわよ」

サキは小さな声で言った。

「もう直きだ。対岸にお袋の家があるんだ」

彼は何でもないように言った。

「はこやなぎに囲まれた湖のへりの家で、トロイのヘレン気取りで、憂欝な顔で愉しい毎日を送っているんだ」

「それ以外に、やり方が無かったのでしょうから、そんな風に言うものではないわ」

サキは言った。

「君でも他の女の肩を持つことがあるなんて、随分心を入れかえたものじゃないか」

「女に対する同情は何時だって持っている。何しろ自分自身のことですからね」

サキは快活をとり戻していた。


「君が若し、俺と結婚しないというのなら、きっとおれは外国人の女の子と結婚するよ。例えばヨルダンの娘とか」

ガクはサキにエジプト人に紹介されたヨルダンの娘のことをほのめかせた。彼がアメリカの大学で学位をとった後に受ける報酬、決して教授になれない助教授の肩書きにしたって、此の国に永住権を持ち、大学での安定した職業であるなら、後進国の貧しい娘達をひきつける餌としては充分だ、彼はエジプト人の推薦の言葉を自分の中で繰り返していた。

「若しも君が日本に帰ったって、君は直き日本に疲れ果てて、古巣に舞い戻ってくるような気持ちでアメリカに帰ってくると思うね。大体君のような肉食動物が、あのねばついた米食の陰気さで人間達を古ぼけた制度の中に、麹の匂いのする何度も煮立て直した甘酒という制度の中に人間達をとっぷりと漬けこんでいるあの日本に暮したら、三日で生肉が切れた狼みたいに喘ぎ始めるにきまっている。大体きみはこのアメリカでだって、特殊な人間達の間でしか生きられないんだ。

その上あの日本の貧しさの中で耐える強靭さが君にあるものか。それから、あの冷たさにさ。俺はこの国に暮し始めてからもう六年目だが、三年目まではホーム・シックにかかった中学生みたいに寝床の中ですすり泣いて生れた国をなつかしんださ。だから必死の想いで金を溜めて二年前に帰ってみたんだ。それなのに、そんな思いで帰った日本がどんな風におれを迎えたと思う。辞めた勤め場所を訪ねたような佗びしさだったよ。勿論おれだって百年前の洋行帰りの気分で帰国した訳じゃない。恐る恐る高い敷居をやっとの思いでまたいでみたんだ。彼等は裏切り者を眺める目つきで俺を眺めたよ。

俺を全く知らない他人の眼はまだいい。其処ではみんな孤独で、疲れて、不安で、新聞を読みながら常に批判的で、――これは全く大した事だ、アメリカ人に欠けている自己批判の精神を俺達の同胞は二十年前の敗戦のお陰で立派に持ちつづけているよ。そして、電車の席をうばい合い、ぼんやりと濁った川の水を眺め、路次から出てくる子供の数に絶望を感じ、それから、なるべく疲れないように少しでも時間があれば眠ろうと努力している。おれは日本に帰った第一日日に電車の中でどうしてこうみんな居眠りをして、新聞を読むのだろうと思った。けれど三日目には自分も居眠りをして柱に頭をぶっつけ、手には買った週刊誌を握りしめていた。その上、そんな中でも伝統というものは尊ばなくちゃならない。一分間で用が足りることなら、まず十倍の時間はかけて、まわりくどく遠慮したり不必要な、いやという程の感謝の意を表して物事を優美に運ばなくちゃならない。テムポののろいねちねちした、それでいてなげやりな、あっさりした取り引きが全ての人間関係を支配している。例えば、――デパートに行って見給え、いやという程お辞儀をされ、サーヴィス過剰で寄ってくる売娘達の意地悪さ。彼女達はみんな不当に労働を買われたと思っているから、その面あてをお客にするのさ。なかんずく同性のお客に。恐らくあの娘らの意地悪さには君の意地悪さをもってしてもかなわないだろうよ。

そして気がつくと、俺自身、いやーな冷たい他人の眼で自分の国を眺めているんだ。ひとは一度他人の眼を持ってしまうと淋しさの深みにはまりこむだけだね。つまり俺は日本に居てもアメリカに居てもどっちに居ても異邦人なんだ。同じ異邦人なら、他国のアメリカで異邦人にとりまかれている方がまだ救われる。責任の無い無頓着、単純な善意への感謝、それから他人の無頓着の中で自分の創造する世界の面白さ、こいつは豊かな国じゃなきゃできない。貧しい国では他人の無頓着さえ滅多に得られない贅沢なのだ」

「あなたはただ面倒臭くなってしまったのよ。アメリカ人はあまり豊かすぎて、倖せの尺度を忘れてしまったから、安いカメラのレンズみたいな眼で、十九世紀風の風景画しか撮らないじゃないの。日本は恐ろしくて、わたしをしめ殺しそうだから魅力があるのよ。他国のアメリカに居て御覧なさい。そんな恐怖もない代り、わたしは際限もなくぶよぶよと肥っていく自分を溜息をつきながら眺めるだけになるのよ」

サキはガクの淡白ですらりと伸びた指、それからとても静かな伏眼勝ちの眼を見た。それは草食動物の和んだ睫の長い眼であった。

ガクのからだは古い城壁のようで、川に洗われた青銅の匂いがした。青銅にはトルコ石みたいな美しい銹がひろがり、淀みには投げた石の波紋と鈍い音がみなぎっている。とてもだるくて、何処かで小さな虫の啼く声がした。

サキは自分を廃墟の壁にもたれて行き倒れた年老いた女みたいだと思った。男との絆をつくったあとではまたもや繰り返した悔悟と、たよりの無い薄あかりの希望で彩られた不安が灰褐色の珪藻土のひろがりをサキの中にぽっかりとつくっていた。

「一体、君は、こういうことが好きなのか、嫌いなのかわからないな」

ガクはいぶかしげに言った。

「まあ、失礼な。誰だって、愉しいのではないの」

サキは無表情に言った。

女の叫び狂った獣の赤い咽喉が灰色に閉じてしまうと、そこには墓守りの老女がうずくまっているような寒々とした風景がひろがる。念を押したり、ひき伸ばしたりすることの好きな女に馴れていた彼はこういう無表情に戸惑った。すると女は彼を慰めるように言った。

「あなたがあまり優しいので、わたしは、死んでもいいと思う、く、ら、い、よ——」

恋をするというのは、——彼女は考えた——神話みたいなものだな——。

「いいかい。僕はヨルダンの娘と結婚する。そうだ、若し、君が日本に帰ってしまうのだったら、僕は断然ヨルダンの娘と結婚する。僕はもうアメリカに残ることに決めたんだ。日本の女と結婚して孤独なのはやりきれないからねえ。きみは日本へ帰るのは野心があるからだ、というようなことを言うが、一般にアメリカに残る日本の女の子は、日本とアメリカを秤にかけて計るように夫を秤にかけて決める夫に対する野心家なんだ。おれはきっと、やりきれないと思うんだ。自分の野心を捨てた代りに夫に全ての野心をかける、そういう女を女房にして責めたてられたらさ——」

「そうねえ、あなたは自分を表現するより表現されたものを受け入れて楽しむ方だから、どちらかというと、そのひと自身が野心的な女の方がよいように思えるわねえ。きっとあなたの言うように、外国人の男と結婚するようなひとは、表現力の強いひとだと思うわ。だから、きっと、うまくいくわ。あなたはもう自分のすることもちゃんときまっているし、きちんとお金もとれるし、女を歓ばせることも上手だし、そして、何よりも優しいし、余程変な女でなければまあ大丈夫でしょうねえ。きっと。それに男と女はそういう風にできているのよ――」

「色々、あとのことまで心配してくれて有難う。恩に着るよ。ところで、もう一度訊きたいんだけれど、かりに、もし、おれが日本に帰る男だとしたら、一緒に暮してもいいと思うかい。一般論でなくて、おれは、きみから見たら一緒に暮してもいいような男かい」

「きっと、誰だって結婚したくなるわ。わたしがそう思うくらいですもの」

「じゃあ、おれのような男を探せよ」

「そうね、きっと、そういうことになるわ。若し、見つかるものなら」

「そして、その見つかった男に、――わたしは、結局、そのひととはやっていけないと思ったの。あのひとは駄目なひとだったわ。アメリカにさえ居られればいいひとだったのよ――こんな風に話すのかい」

「――そのひとは、仏陀みたいに悟っていて、執着する、ということの無いひとだったの。執着すれば自由は無くなる、と、こう考えていたのよ。ところがわたしは煩悩だけみたいな女で、とても駄目だったのよ——と言うわ」

「君は親切だよ。君はきっと、親切すぎるから、おれから離れてくれるんだ、と考えることにするよ」

窓の具合が何時もの青と灰色の構図でひろがってきて、レモン色の月がとても具合よくかかっていた。

「おれは、ウイスキーを三杯飲んで、すっかり酔っ払ってしまったのに、君は、ずっと同じペースで嘗めつづけている。君は酒にも強いし、まるで軍馬みたいだ。ほんとういえば女は馬みたいに強い必要はない。兎か、猫か、まあ、せいぜい豹だなあ」

「豹は馬を倒すじゃないの」

「まあ、いいさ。どっちでも。君がそういうなら。ただ、おれは、男を置いてきぼりにする女の強さを表現しただけだよ」

「あなたと一生暮したくなっているのよ。でも、かりに結婚なんてものをしたにしても、ダニエルと逢うのも辞められないし、——あのひとは素敵なのよ。一緒に暮すことはできないけれど、言葉がみんな突きささるひとなのよ——それから、色んな、インチキなひと達とでも其の場限りでついふらふらとなることもあるのよ。結局わたしは男のひとが好きすぎて、つまり、いわゆる、だらしのない女らしいのよ。ああ、どうか、そんなふうな、淫らな女だというふうな眼で見ないでよ」

「そんな眼で見てやしないよ。おれはただ感心しているのさ。きみは一体、何時になったら諦めるんだろうなあ。もう、いい加減に諦めろよ。何時までほっつき歩いたって同じことだよ。きみが探し求めているようなものは何処にも在りゃしないよ。いや、若しかしたら、君自身だって、あてがあって探している訳でもない。ただ、落ちつける、と思う場所が無いものだから、何となくまだもう少しはましな場所がありそうだと思ってうろうろしている。僕はもう諦めかけている。だから、いい加減のところで手を打とうと思っている」

「わたしは男のひと達のことで面倒になる、ということはないのよ」

サキは照れたように言った。

「面倒になることがないのなら、青酸カリなどどうして後生大事に持ち歩いているのだ」

サキはウイスキー・グラスに唇をあてたままひどく愛らしく笑った。

「わたしってね、そういう芝居じみたことが好きなのよ。昔から。だから、気にしないでよ。あなたの迷惑になるようなことはしないわ。生活の中で、何処を向いてもひとかけらの言葉も無い、と思える時はもう絶望してね、そしてたまたま心のありったけを捧げつくした恋の相手などからさえ、エスキモー語で返事をされたりするとね、小指の先に青酸カリをつけて唇の前に持って行ってみたくなったりするのよ。嘘の言葉を喋っている限りは日常生活は平穏無事で、心の中で溢れて腐りかけた血を吐き出したりするとね、青酸カリが必要になるのよ」

「それは大した決心だ」

ガクは友人の化学教室の戸棚の前で、あいた戸棚の前で、ふっとサキを思い出してしまったのだ。ひとさじの粉末を盗んだあとで、眠っている美女の唇を盗んでそしらぬ顔をする高利貸しになったような気がした。おれの青春の最後の試みだ。こんなやり方でその女の心を自分の方に向けることができるなら、彼は狐のように狡猾に微笑み、淫らな好奇心でその粉末を包んだ。

サキは彼の淫らな好奇心を受け入れるのにあまりに翳が無かった。彼女の奔放さは分裂して支離滅裂であるようにガクには思えた。するとガクは彼女の今にもこぼれ落ちそうな、そしてそのまま風に舞い散ってしまいそうな、その乱れ咲いた花びらを両手で受けとめてやらずにはいられないような、殆ど切ない気分になった。彼女の投げやりな強気な言葉の中にひどくはかないものがあって、彼女の前に立ちはだかって吹いてくる風をよけてやりたい、というような、男の誰しもが女に対して持つ保護者のような気分にガクは陥った。サキには不思議な情緒があって、男の中で宙に浮いているものをふわりと包みこんで頬ずりする幼女のような好奇心があった。すると彼は自分の中に確かに、嘗つてあったに違いない、その種の好奇心がはるか彼方に消え去ろうとしていたことに愕然とした。彼のいうのは期待のある好奇心である。驚いたことに彼は期待というものが自分の中から姿を消していることに気づいたのだった。気がつくと、彼は他人の言葉を少しも期待してはいなかった。彼に言わせれば、ひとは始めから終りまで自分だけの言葉しか喋れないものなのだし、生活するということは他人を無視することなのだとさえ心の何処かで信じ始めていた。相手の言葉をききながら、ああ、そういう風にも思うのだな、と他人事のように聞き流すだけで、それに返答しようとは毛頭思わなくなりつつあった。女は慾望の対象であり、自分に、首を投げかける花のような自然さがあれば、それ以外に希むものはなかった。だから、彼はそっぽ向く女を深追いしなかった。帰ってくる時もあるし、帰ってこない時もある。だが、サキの動物に近い身のすり寄せ方は、彼をはっとさせた。

彼はふと少年の日の毎日を思い出した。来る日も来る日も飛んできたB29と、はらはらと斜めにこぼれおちる爆弾と、炎と、防空壕——しまいには防空壕にも入りはしなかった。ただ黙って眺めていた。他にどうしようがあっただろう。はらはらとこぼれおちる爆弾をただ黙って眺めていた。

配偶者として年齢的には釣り合っていると思えるガクとサキの間で、ガクの方が先に女への情熱的な興味を失ったとすれば、それは自分の方が先に年老いた、ということになるのではないか、と思うこともあった。そしてサキの貪婪は彼を哀しくする。が、既に自分が面倒になった獲物を、犬に任せて追わせてみたい、というなげやりな中での期待、というものが無いでもなかった。

彼はサキの耳を引っぱってみた。悪魔の耳のように張り出して長く伸びる迄ひっぱってみた。

「痛い、痛い」

サキは叫んだ。叫ぶことが愉しい風であった。彼はサキの期待にみちた媚態を眺めると切なくなった。期待があって、落胆がある。期待と落胆、期待と落胆、と繰り返していると、やはりこの女が哀れに思えた。

彼は女の耳をひっぱり続けた。女は身をよじってむしゃぶりついてきた。彼は笑い出した。

彼が絃を鳴らすと、サキは野分の中で鳴る破れた笛のような音を立てた。

ガクが乳房の間でもがくとサキはたまらなく幸福だった。そこで彼女はくるりと丸くなり、彼の脇の下に頭を突っこむ。

「ああ、あなたはお父さん熊みたいだわ」

サキはガクに身をすり寄せていると洞穴《ほらあな》に冬眠している熊みたいによい気分になり、もう永久に眠りから醒めなくてもいいと思うくらいだった。

「このまま、眠ってしまえよ」

彼は女の髪を撫でた。

「眠っている中に、いろんな夢を見たからと言って、夢遊病者みたいにふらふらと歩き出したりすると、簡単に猟師に撃たれてしまうんだぞ」

ガクは女が自分の肉体の一部であるような気がしだしていた。この女が傍にいるなら、他の女を苦労して手に入れるのは面倒臭いな、と考え始めていた。サキのあけっぴろげな情事への没頭を、何時の間にか自分の中で失われたものに対するなつかしさで眺めているのに気付いた。ハックルベリイの甘酸っぱいかおり、野芹の芳香、虹色に光る鱒の脊、きんぽうげと火草の蜜のかおり、暖かに湿った苔の匂いが薄い緑色の煙のむこうでゆらゆらとゆれていた。そして、片方では、——今はそんな時期ではなくて、灰色の雪景色と、ささくれた霙と北風がびゅうびゅう吹いているのだぞと誰かがしきりに囁いていた。だから、だから、このまま眠ってしまったら、それっきりなのだなあ、という焦りがあって、サキは一生懸命腿の肉をつねっては自分の眼を醒させようとしていた。

「若し、結婚というものをするのだったら、あなた以外に無い、と思い始めているのよ。あなたは、わたしを、とても哀れに思っていてくれるのねえ」

サキは其の時、闘わなくてもすむ、という気分になっていた。こみあげる怒りのない安心でサキは萎えていた。陽溜りの草いきれの中で彼女はじっとからだをまるめていた。

サキは本当に、いい加減なところで手を打つしかないな、と考え始めていた。シモーヌ、ナンシイ、ディック、——それから、ヴィクターやダニエルさえ、耳をふさぎたくなるような、きいとガラスをするような音を立て始めていた。ずっと昔の、疲れた、ゆるんだ絃を鳴らすような自分のすすり泣きも聞えてきて、誰かの大きな手がその絃をゆっくりとしめ直してくれているような気もした。こういう時は、めったにやって来ないものかも知れない、と思い始めていた。

アメリカに残る、などという考えは、何時だってひっくり返すことができる。男は女房が朝から晩まで蟹のようにぶくぶくと泡を出して呟いていればどうせ根負けするにきまっている。男は何でも自分で決める、と思っているけれど、女にうるさくいわれれば面倒になって、どっちでもいいと思うにきまっている。そして結果が余っ程悪くならなければ、全てを自分で判断した、と思いこむにちがいない。

「聞いているのか」

ヴィクターはパイプを灰皿に叩きつけながら苛立った声で言った。

「うん」

サキはテレビの画面をみつめながら頷いた。

しなしなとしなをつくる髪を高くひっつめに結った眼の吊り上った着物姿の日本の女と、気のいいアメリカの男の恋の話で、劇の間には三味線の合の手のように親米的子役がちょろちょろと出たり入ったりした。子役は男の子である。つまり、アメリカは心理的安心感の為に子供といえど同性の外国人の心を得ることが必要なんだな、とサキは考えた。女は男によりそって、舞台の踊りに使うような蛇の目をさしかけてやりながら男の肩にかかった白い雪を払いのけてやった。歌舞伎の舞台にあるような白い築地《ついじ》の前でのその日本娘とアメリカ男の道行は白い雪がひらひらと舞い落ちる中で藁の雪靴をはいて雪だるまをつくっている男の子の絣の着物ともんぺ姿によって一層幻想的になった。男の子は鼻水をすすり上げながらサキににっと笑いかけた。

サキはヴィクターに笑いかけた。ヴィクターはくり返した。

「きいているのか、といっているんだよ」

「きいているわよ。ちゃんと。——あなた、ああいう日本娘を探せば——」

サキは再び笑いかけた。

「テレビの番組に言いがかりをつけるのは返事のあとにしてくれよ。僕があの芝居をつくった訳じゃないんだからね。——一体、どういうつもりなんだ」

「だから、さっきから言っているじゃないの。わたしは結婚には向かないし、女房稼業なんぞとってもつとまらないって。どうして今までのようなお友達のまんまでいられないのよ」

「ガクは君に結婚を申し込んだんじゃないのか」

「そうみたいねえ」

「そうみたいねえ、とはどういうことだ。今、僕に言ったと同じような答えをしたのか」

「そうみたいよ」

「それで、あいつなんて言った」

「じゃあ、一緒に暮そうよ。いやになったら出ていけばいい、って」

サキはテレビのチャンネルをまわした。テレビはヘアー・クリームの広告をやっていた。デイトをしている若い男の髪を少女が優しく掻きあげて、(男がではなく、女の方が、である。世の中は大分やり方が変ってきた）頰ずりする。風が吹いて少女の金色の長い髪が少年のつややかな栗色の髪にからみついて、二人は抱き合って声を立てて笑った。

「もう、帰った方がよくはないかしら。こんなところにあまり長く居て見つかったりすると、あなたの方が言い出した離婚だとすると、慰謝料を沢山払わなければならないわよ。もっとも、あなたが女房の恋人を見つけたから、腹いせに女をつくったと言えないこともないでしょうけれど。ずっと前のことがばれなければね」

「君が今になって寝返りを打つなんて。当然とは思えない」

「寝返りを打つ、ですって。何時、わたしがあなたと結婚すると誓って。そんな事は始めからわたし達の間には全然無かったことなのに。あなただって始めの中はそんな事は思ってもみなかった癖に。しょっ中びくびくしていた癖に」

「びくびくしていたことが君の感情を害したのか。それは、僕だって始めからそう思っていたとは言わない。だけど、こんな風に近づけば、結婚を考えるのが当然じゃないか。――つまり、僕は、ガクと秤にかけられて振られたのかい。それならそうで何故そう言わないんだ。自信が無いとか、駄目だとか、君が言うことはみんな理屈にならない誤魔化しばかりじゃないか」

「だって、本当なんですもの。一般的な標準から言ったら、あなたは申し分ない夫になると思うし、わたしが結婚の大好きな女なら、感激しておしいただかなきゃならないひとみたいよ。ただ、わたしがあなたに言うのは、あなたがわたしに期待しているようなものをわたしは何一つ持っていないし、あなたがわたしに要求するような妻の稼業はわたしには向かない、っていうことなの。櫺子《れんじ》のある居間の天井に日本風な提灯をぶら下げて、緞子《どんす》の座蒲団に緋の長襦袢を着て立て膝をして坐るなんて、そんなあなたの夢を満足させてあげられる質じゃないのよ。わたしは少しばかり足りない方だから、あなたを詐欺にかけるなんてことはできないのよ」

ヴィクターは陰気な目附きでサキの眼を真直ぐに見ていた。

「君は、僕と寝てみたかっただけなんだ」

サキは向日葵のように顔を輝かせて笑った。

「女達が後生大事に抱きしめたがっている台詞をとらないでよ。わたしが若し肉体派なら、あなたのつくった鎖を体中に巻きつけて、啜り泣きながらあなたの寝床にへばりついているわよ。あなたの心の輝きを見る機会が寝る以外に無いものだから、寝床に誘っただけなのよ」

「わかったよ、君はそうやって、男の心の輝きを見る為にならどんな男でも寝床に誘うんだな」

「そうよ。若し好きになったら、誰でも誘うわ。その男があなたみたいな女房持ちだって、或いはわたしが結婚してたにしたって、そんなことはわたしが心を押える理由になぞならないわ。その上あなた方は一般に、女と寝ることで得をしたと思うひとが多いという話じゃないの。どうしてわたしが遠慮することがあって。ほうら、あなたはそんな女と結婚したくはないでしょう」

(わたしは身勝手な女で、自分の夢の為にあなたと一緒に自分の世界を創るのは楽しいけれど、あなたの夢の為に自分の夢を殺すことなどはできないのよ）とサキは言いかけて、これ以上傷つけ合う必要はない、と口をつぐんだ。

二人の間にはその時、青いひっそりとした空間があった。窓の外を通り過ぎた車のヘッド・

ライトの白い矢が青味を帯びた闇の中に重たく重なり合った林檎の葉を縫って流れた。薄いカーテンの襞が、パレット・ナイフで削られたキャンヴァスの地肌のように沈んだ光で流れ去った白い矢からとり残されてじっとたたずみ、窓の中の不毛な構成の中で苛立って微かに動いた。結婚は、気がつくと自分の中で何時も広がっている不毛な画面を幻想で彩る努力なのだ、とサキは思った。幻想は時として構成の不毛を誤魔化すものだ。サキは沢山のスケッチの中に坐りこみ、構図の未完成なままに色彩をいそいでいた。色彩の中からレンズの焦点で太陽が燃え始めるように命が起き上ってくるのを希んでいた。

線だけが多すぎて、はっきりしない線だけが多すぎて、パレットから流れ出した色だけが溢れていて、少しも絵にならない——、サキは苛立ちと共にあのダニエルと同じ眼つきで不意にエドを憎んだ。エドの絵には音を立てて燃える炎があり、その炎が火柱となって噴き上げる凄まじさがあった。

すると、サキには目の前にいるヴィクターが、一体どうして、其処にそうしているのかということさえわからなくなってきた。わたしにはこのひとと一緒に、林檎の木のある裏庭を眺めながら、白い新しいペンキの匂いのする家で機を織ることなど逆立ちしたって出来はしない。サキはヴィクターに床に額をすりつけて、「わたしは、あなたを安心できる男友達として扱っていたにすぎません」と声にならない声で呟いていた。サキはおどおどと眼を上げ、ヴィクターを見たが、ヴィクターの強い光の眼に合うと、恐怖の為、へなへなと其処に坐りこみたいくらいだった。それなのに、ヴィクターはいとも沈痛に言ったのである。

「君はアメリカの女よりもずっと強いよ。寡婦になって牙をむいた雌豹のように強いよ」

ヴィクターはゆっくりとパイプに火をつけた。ベッドにねそべってテレビを見ている女を、その長い尻尾をひっ摑み、振りまわして窓ガラスに叩きつけてやりたかった。

サキの眼は光線の加減でうるんでふくれ上っていた。それは用心深く相手の視線を追う動物の眼だった。彼はその同じ眼に何度か追いかけられた記憶を辿った。

ヴィクターはそのサキの眼に、妻のソフィヤの男を追う眼を重ねた。彼は今三角形の一つの頂点で、残った二つの頂点から二人の女の眼が用心深く彼に眼をすえたまま、じりじりと後退りをしていくのをみながら、まるで釘附けされたように動かない足の脹脛から踵にかけてたらたらと流れ落ちる汗を歯を嚙みながら耐えていた。

それでも、ヴィクターは儀礼的にサキの頰を両手で挾んで接吻した。その唇は乾いた紙のように味が無い、と、男と女はお互いに思いながら唇を離した。

彼女はソファの上でうとうとと眠った。目が醒めるとつけっぱなしだったテレビが戦争映画をやっていた。

木の無い砂漠に砂煙が立ちこめ、陰気な暗い海が爆弾で飛沫をあげていた。走っていく兵隊が次々に倒れ、木や岩が炸裂し、クローズ・アップされた兵隊の顔の恐怖でひきつった眼が吊り上って、何か喚きながら、彼女の眼の前に迫って来てはのけぞりながらひっくり返った。その兵隊の恐怖はなめくじのように執拗に彼女の体中を這いまわった。いくらか感傷的なアナウンサーの声が、日本兵は玉砕した、と告げた。それは第二次大戦の実戦フィルムらしかった。椰子に似た木が煙で曇った空の下でゆれて、その下を背嚢を背負った兵隊達がうつむいてばらばらに歩いていた。それはアメリカの兵隊で、丘の上に星条旗が翻り、それを見上げる米兵の顔がクローズ・アップされた。十七、八の幼い顔だった。

場面が変って、岩に掘った横穴の中から、米兵に銃を突きつけられたぼろぼろの若布のような着物を纏った民間の男や女達が出てきた。男達は殆ど老人であった。女達は異様に腹だけがふくれた裸に近い子供の手をしっかりと握ってよろめくように出てきた。やがて彼等は掘立小屋でアメリカ兵に傷の手当をして貰い、食物を貰った。老人も子供も女も無表情に米兵を見上げ、がつがつと食った。

解説は再び英雄的な沈痛さで語りつづけられた。

「彼等は日本軍によって信じこまされていた恐ろしい虐殺の代りに敵兵の手厚い看護と食物の恵みを受けたのであります」

棕櫚の葉がゆっくりとゆれた。再び少年兵の顔がクローズ・アップされた。少年兵は太陽のように微笑んでいた。

二十年の間にアメリカ人の夢の中で、その手厚い看護を受けた女が、高い髷を結って三つ指をつき、アメリカ男と相合傘で道行をする日本娘に発展した。責めることは無い。リキは子供の頃きいた蘇州夜曲の甘いメロデーを思い浮べた。

「君がみ胸に
抱かれてきくは
夢の舟唄、恋の唄――」

電話が鳴った。

受話器をとるとがちゃんと硬貨を入れる音がした。公衆電話でかけている。

「ヘーイ、可愛い子ちゃん。今夜、僕と寝ないかい？　君の、あそこは――」

近頃女子学生達の間に頻繁にかけられる酔っ払いの猥褻電話だった。電話を切って再びソファにひっくり返ったが電話はまた鳴りつづけた。彼女は受話器をはずして窓をあけた。

林檎の葉を縫って夜のひやりとした空気が流れてきて、彼女は深呼吸をした。

テレビはニュースになって、ケネディが喋っていた。

「必要ならば国家軍隊を動員してでも、大学に入学した黒人学生を保護するであろう」

と彼は語った。政治家がこういう台詞を喋る時はさぞかし気分がいいに違いない。サキはひとりでにやにやした。彼女はちょっとケネディに恋しかけたくらいだった。

彼女はテレビを消して再びソファにひっくりかえった。

——アメリカの女よりも強い。後家さんの雌豹ですって。——

彼女の眼は泪でうるんでふくれ上った。兎のように愛らしくなれるものなら、草を食《は》んで、時たま檻の金網をガリガリさせて、人参などをさも美味しそうに食べられるものなら。

受話器を置き直すと、途端にベルが鳴って、彼女は再び切ろうとしたが、思い直して耳にあてた。ガクの声だった。

「一体、何て長い電話なんだ。誰と話してたんだ」

ガクは怒鳴った。

「酔払い電話がかかるんで、はずしておいたのよ」

「僕も酔払いだ。泊めてくれよ」

「切るわよ」

「殺生な。——A大学に口が決った。ねえ、行ってもいいだろ」

「今しがたも寝たいって男の電話があったのに、そっちを断って、あなたにはどうぞ、どうぞ、って言うなんて、ちょっと気がひけるのよ」

「いいからさ。結婚申込みをしている男なんだぜ。証拠に婚約指環をやるよ」

ガクは本当に酔っ払っていた。

「まあすてき。コーヒーとケーキで教会のロビイで婚約発表のパーティをしましょうよ」

「阿呆。そんなことをしたら、もう他の男と寝られなくなるんだぞ」

電話が切れるとサキは机の抽出しから小さな鏡をとり出して自分の顔を映した。それはもう若い顔ではなかった。陽に焼けて、眼のまわりには黒い汚点《しみ》が目立っていた。これが、つかめる最後の機会かも知れなかった。彼女は眼を閉じ、少しも構図のまとまらない画面に再び苛立ち始めていた。


（「群像」昭和四十三年十月号）

虹と浮橋

或る日曜日の朝、ガクはサキを抱いたあとでそそくさと洋服を着更えながら言った。

「早く仕度をしろ。こういう日が釣にいい。こういう空の日は魚が黒ずんだ影みたいに、すうっと舟のそばによってくるんだ。十時半が引潮だ。さあ、早くしろ。早くしないと潮時に間に合わない」

降るでもない照るでもない空には、ところどころ勿忘草の花びらみたいに青いところもあって、どうかした加減によぎるようにさす陽の中で雨の雫が光ったりもした。

「わたし、お臍の胡麻をいじっていたら、何だかお腹が痛くなっちゃった」

サキはのろのろ起き上ったが、鏡の中に写った下腹の突き出た裸身を見て、下腹にぐっと力を入れた。

「ぐずぐずしていないで早くしろ」

ガクは靴下を穿きながら言った。

サキは立膝の上に肘をついて、夫をぼんやり眺めた。

「まだ、キング・サーモンはこの辺りには来ていないって話よ」

「馬鹿野郎、キング・サーモンは年中居るんだ」

ガクはもう一方の靴下を穿いた。

「あなた、どうしてそんなに釣が好きなの」

彼女は鏡の中の自分ににやりと笑いかけながら言った。

「好きなものは仕方がない。女の次に好きなくらいだ。さあ、早くしろ。何をぐずぐずしてるんだ。ルノアールかドガぐらいきれいだよ。もうわかったから早く服を着ろ。潮時が間に合わない」

サキは起きて服を着更える代りにもう一度寝床に潜りこんだ。

「ねえ、色々考えたんだけど――」

サキは勿忘草の花びらのような青い空の切れはしを眺めながら言った。

「ねえ、昨夜《ゆうべ》からの話だけれど、あなたは魚が好きなんだし、わたしはひとが好きなんだから――」

「いいよ、わかったよ。何でもきいてやるよ。舟《ボート》の中できいてやるよ。海の上でゆっくりきいてやるよ。早くしろ」

ガクが洗面所でがちゃがちゃと乱暴な物音を立てるのをききながら、サキは洋服をきた。スラックスに足を突っこんでいると、

「朝飯はボートの中だ。その辺りにあるもの何か放りこんでいけよ。全く、何でそう愚図なんだろう。君と七年結婚していて、たっぷり二年は君を待つ時間に費したって気がするよ」

「もう待たないで済むようにしてあげるから」

サキはスラックスをはき終った。

海は艶やかな灰色で、規則的に息づいていた。寝そべった海驢《あしか》の脊みたいな柔らかな島影が空と海の間で和んでいた。水の面《おもて》一面に群り、縺れ合っている光のラムネ玉を押し出すようにサキは眼を細めた。サキの眼の中でラムネ玉は青の側の色を減じ、赤と金色に近づいて炎を上げた。目を見開くと、再び錆びた針葉樹の色の滲みこんだ北の海の色が其処にあった。海驢の島影が近づいて来て、濡れた木肌を覗かせて、鉄色の針葉樹の森が其処に在った。

ガクはエンジンをトローリングに切り変えた。ジャック・ナイフで餌の鰊の頭を斜めに切り落し、魚の腹に糸を巻くようにしながら、針をその脇腹に縫い込んだ。

「——ちゃんと見ていろ。いいか。何時も言うように水の中で鰊の回り具合を見るんだ」

鰊は水の中でゆっくりと輪を描いて回り、白い腹を上に見せる度にきらりと鈍く光った。

「深さは、十五フィートくらいでいいだろう」

サキは貰った竿を舷から突き出し、水の中を覗き込んだ。水の奥は暗くて、拒絶された光が水の面てに漂っていた。

ガクは自分の竿の糸を海の中に下ろした。軽いナイロンの糸の撓みが餌を投げ出すと一緒に消え、水の世界と彼の世界を結びつける絆となった。

釣を始めるとガクは凡そ女房を追いたてるなどということは知らないような男になる。サキは水の中で輪を描く鰊をながめてた。

「ねえ、ボートの中で聴いてくれるって言ったでしょう」

「ああ」

「昨夜《ゆうべ》から、考えたんだけれど――」

「――」

「あなたは、魚が好きなんだし、――わたしは、ひとが好きなんだし――」

「いいじゃないか。両方とも魚が好きだと静かすぎて退屈するし、両方ともひとが好きだと、喧しすぎる。丁度いいよ」

「ねえ――そりゃ、あなたはそう思うかも知れないけれど、――いや、わたしだって、そう思うんだけれど、だけど、退屈しちゃったのよ。色々考えたんだけど、わたしって、結局、魚が好きじゃないのよ」

「いくら、魚が嫌いかも知れないが、ひとは魚と闘わなくちゃ、生きていけないんだ」

ガクはホールダーに預けてある釣竿の糸をリールから少し繰り出した。

「そりゃ、そうでしょうけれど――」

サキは水の光を眼の中から押し出した。

「ねえ、もう九年にもなるのよ。この国にきてから。そして、もう七年になるのよ。魚と暮し始めてから。――」

「ダニエルが来たのは何時だったっけ」

ガクはそれには答えずに訊いた。

「――」

「あれも、魚だったのか」

「――」

それは雪の降る日だった。ガクとサキがこの海辺の町に落ちついてから、間もなくの冬の日だった。その日急に降り始めた雪道に用心してガクが学校から帰りに途中で車のタイヤにチェインを巻き、何時もより少し遅れて家に帰って来たら、ダニエルはサキと一緒にソファに坐っていたのだった。ガクが、戸をあけると、家は何時ものようにひっそりとしていて、サキは又ソファにうたた寝でもしているのであろうと居間のドアをあけると、其処にサキはダニエルと並んで腰かけていたのだった。

「ダニエルが来たのよ」

サキはぼんやりした眼附きで言った。

ダニエルは立上って手をさし出した。そして、ガクはその手を握り返してしまったのだった。

「あなたは、僕を追い出さないんですか」

ダニエルは灰色の眼で嘲笑うように言った。

サキはもうすっかり暗くなった窓の外の降りしきる雪を眺めていた。墨色の中で雪だけが白い光を残して窓ガラスの向うにゆっくりと、ひっきりなしに舞いおちていた。

「こんな日に、よく飛行機が着いたなあ」

ガクは言った。

「その時だけ、晴間があったのです」

ダニエルは言った。

「随分、ゆれたけれど――」

ダニエルは附加えた。

サキは暖炉の火を搔き立てた。大方消えかかっていたらしい燠《おき》の白い灰がぱっと飛んで赤い焔が上り、サキの頬半分がぱっと赤く輝いた。サキは火を掻く鉄の棒を持って其の時真直ぐにガクをみつめていた。それは、ガクの妻ではなくて、彼に挑んでいるひとりの女の顔であった。途端に彼はそれまで自分達がどんな風に一緒に暮してきていたのか思い出せなくなっていた。その時、二人の男と一人の女は孤独な離れ離れの三つの点に立っていた。

「まさか、もう学位はとっただろう。この間来た時は、学位をとったらS大学で教えるようなことを言ってたじゃないか。おととい、S大学の夏期講座の案内書を見ていたら、あいつの名前は無かったが、あいつの親父の名があった。夏期だけの客員教授でW大学から来るらしい」

「ダニエルのお父さんじゃなくって、ダニエルのお母さんの御亭主なのよ」

「ブレント・ウインタースって言うんだろ。『二十世紀の欧州文学』っていう講座だ」

サキはポケットからクラッカーとチーズをとり出して、ガクに差出した。ガクはチーズをのせたクラッカーをばりっと噛んだが、クラッカーははらりと割れてズボンの膝の上におちた。

「わたし、もう駄目なのよ」

サキはガクの言葉を風にそよがせながら続けた。

「もう、これ以上駄目なのよ。ねえ、日本に帰りたいの。魚じゃあ、とっても生きられないの。ねえ――、千弗欲しいの。日本に帰りたいのよ。――魚じゃあ、駄目なのよ。人間が要るのよ。

――」

ガクはエンジンの舵をとりながら、俯いている妻の額の辺りを眺めた。妻は、海と空の中で一羽のうずくまった水鳥のように見えた。流木の上でじっと羽を休めている黒い水鳥は、頼りなげで、しかも傲岸な、ふてぶてしい生命力を潜めていた。

「どうして、あなたはわたしを追い出さないの。しょっ中他の男と寝て、あなたの生きている世界に全く興味がなくて、自分勝手に阿呆な夢を見て、ほっつき歩きたがっているような女房を、どうして傍に置いておくの。ただ、突き出しさえすれば、わたしが泣こうと喚こうと、わたしの方にはこれっぽっちの言分もありゃしないんだから。あなたは何時でも立派な、申分ない夫で、わたしは不貞な、突き出されるのが当然な、悪女房なんだから。――ねえ、千弗頂戴。日本に帰りたいのよ」

「やれないって言ったらどうする」

ガクはリールの糸をほんの少し巻き戻した。

「強奪するわ。強奪したくないから頼んでいるんじゃないの。ねえ、千弗頂戴」

「S大学の夏期講座は六月十五日から始まるよ。一夏行ったらどうだ。人間が居りゃあいいんだろ。魚でなくって。それに、何か描けるかも知れないさ」

「この国じゃあ、絵なんか描けないのよ。わたしは生きているんじゃなくって、漂っているだけなんだから。インチキ展覧会に時々入選して、二枚や三枚の絵が売れたって、描いたことにはならないのよ。ねえ、千弗頂戴。日本に帰りたいの」

「千弗やるよ。だけど、どうせ帰る途なんだ。S大学に寄ってったらいいじゃないか。大学なら、モデルがあるし、君の好きな人物だって描けるじゃないか。夏期講座の授業料は百十五弗だ。モデル代だと思えば安いものじゃないか。寮に入れば一ヵ月、百弗で食べられるだろう。一ヵ月居て、厭なら、——帰るがいいさ。五百弗残しておけば、東京までの片道の飛行機代はあるよ。俺は往復の飛行機賃を払って女房を日本に遊びにやる程金持じゃないんだ」

「そういうことじゃなくって、——帰って当座、落着くまでのお金が要るのよ」

「君らしくもない実際的な計算をするじゃないか。君が決心して何か新しいことを始めるなら、何にも無いところから、後に振返れないところから始めるべきなんだ。だけど、君は気紛れだから、君の気に入った人間に逢えば、何処の国だって満更でもないっていう気分になる。千弗やるよ。君のいうように。ただし、飛行機の切符一枚で日本に帰るんだ。片田舎の日本語教師が、女房にさせられるせいいっぱいの贅沢だ」

彼は言いながら、どんなにひきのばしても結局なるようにしかならないんだな、というような気分になっていた。自分で自由にならない人間達の間で生きる為には人間達に無関心になることだとガクは大方そういうやり方に安住できる年齢に達していたのに、妻のサキが容易に其処に馴染まないのにガクはあきれ果てながら、そういう妻に執着することが自分に最後に残された奇妙な生き甲斐のような気がしていた。サキは日本に帰ったら二度と彼のところに戻ってきはすまい。自分がそれを追うとも思えなかったが、それよりはアメリカでサキの気に入ったやり方をさせておく方がまだ自分のそばに留めておくことができるような気がする。

サキが若しダニエルに未だに心を残しているのなら、暫く一緒にでも何でも棲むがよい。どっちみちダニエルのような男にサキが扱いきれるものではない、とガクは確信のようなものを持っていた。捨てられればサキは戻ってくる筈だった。

サキはぼんやり夫の顔を眺めた。ガクは水の中をみつめていた。

「結局、ひとは自分の好きなようにやるしかないんだからな。君は未だにひとが好きで俺は魚が好きになっちまった。俺の眼から見ると、三十も過ぎて、どうして君は未だに人が好きなんだろうと、不思議でならないんだが、それは質だからな。仕方がない。俺だって、昔、人間に期待しすぎて、何時も不満で不満でならなかった時は、文学などというものにも興味があったが、人間に期待しなくなったら、裏切られることもなくなったんで、平静になり、同時に好奇心も失ってしまったんだ。だから、本当いうと、俺は、君のその執念深い好奇心にほとほと感心しているんだ。そして、若しかしたら、心の何処かで、ふん、これは確かに大したことだ、と称讃しているんだ。だから、君を憎んでなど居ないから、安心してもいいよ」

（それは、わたしが嘘つきだからだ。わたしは気が弱くて、とても本当にあなたを傷つけることなど出来ない。というより、自分も含めて、ガク、あなたと、わたしの能力の限界を、はっきりと認めることが怖いからなのだ。だから、あなたはわたしが若しかしたら、心の優しい女ではないかと勘違いしている。成程、辺りを見まわせば、自分の場に満足している人間などそう沢山いるようには思えない。時たま満足しているように見える人間に突き当ると、一体、このひとは馬鹿なのではなかろうか、と思うくらいで、感心するわけにはいかない。満足してはいないまでも、或る可能性を信じて、自分の満足できる場所に到達できる可能性を信じて、一路邁進、身を粉にして働いている人を見ると、称讃より絶望を感ずる。巨大な女郎蜘蛛の握りつぶされたねちゃねちゃした巣みたいな社会で、その蜘蛛の糸の端っこを探し出すことなんぞ、まず不可能なのだ。親しい人達はみんな流行性肝炎に罹ったような黄色い顔をして、傾いた太陽を白眼いっぱいにオレンジ色に溢れさせて、乾いた睫を漸くの思いで瞬かせている。だから、わたしはたったひとりの肉親のあなたに、ガク、つい、ぶつぶつと蟹が泡を吹くみたいに、呟いてみたくなるの。

御免なさい。ガク、わたしは罪深い女で、あなたのお友達や、あなたの周りのお喋りに全く興味を感じないんです。週に一度の大学の職員の家族との夕食会は、悪阻の時に秋刀魚の焼物を食べさせられるよりもっと我慢のならないものだし、大学婦人会の、ブリッジ・パーティのお喋りは、ローマン・カトリックのお坊さんのお経みたいです。だけど、ガク、繰言だけ繰返すより、やっぱり歩きまわってみたくなるのよ。人間が崇高だと思える唯一の点は、不可能を予期しながら、やってみずにはいられない、ということじゃありませんか）

ボートはゆっくりと揺れていた。海の上でガクの横顔は半分すみれ色に翳っていた。

（俺はとうの昔に人間の知性とか、人間の判断力、美に対する情熱、というものへの信頼を失くしてしまっている。彼等の眼は、厚い泪を浮べた魚の眼より狡猾で、濁っており、唇は、水の中でぱくぱくやる、赤黒い鰓の見える丸めた団扇のように骨張った魚の唇より意地穢くて思い切りが悪い。鮭ならば、傲岸に青空を見据えて舟板の上に横たわる時でも、人間は哀願したり、喚き立てたり、呪ったりする。その癖、人間達はしょっ中、若しかしたら、自然を捩歪げられるんじゃないか、というような馬鹿げた錯覚を起している）

不意にサキの竿がきり、きりとリールが逆戻りした。ガクは素速く自分の竿を巻き上げて、舟のスピードをおとした。

「ゆっくりとリールを巻きなさい。そして、時々緩めなさい。遊ばせるんだ。焦ってはいけない。その中疲れる。横に走るようだな。多分、鮭だろう。キング・サーモンだ」

リールは逆戻りしつづけていた。ガクはサキの竿のぴんと張った糸がエンジンのスクリューにひっかからないように舵をとっていた。

「さあ、そろそろ巻くんだ。ゆっくりと巻くんだ。釣竿を立てて。竿を寝せちゃいけない。糸が切れる。なるべく立てるんだ。さあ、巻くんだ。逆戻りしてもかまわない。あまりリールを締めちゃいけない。糸が切れる。逆戻りさせながら、ゆっくりと巻くんだ」

サキは巻きつづけた。きりきりと糸が逆戻りするのをききながら、必死になって巻きつづけた。魚は時々頭を振り立てて突進するように勢よく糸を引いて走った。ボートで魚を追うように、魚の動きに従ってガクはゆっくりと舵をとった。サキはリールを巻きつづけた。逆戻りしながらも、巻き込む糸は僅かながらもリールの中に増えていた。きりきりとリールの糸が逆戻りする度に、サキは殆ど快感に近い興奮を覚えた。

「大分、大きいらしいな。ゆっくり遊ばせるんだ」

竿を立てるのがせいいっぱいな程、魚の力は強かったが、それでもある間隔を置いて、魚が水の中でぐったりとするのがわかって、糸は徐々に手繰られていた。

「糸を切られないように気をつけろ。水際から上げる時に跳ねて切ることが一番多い」

ガクは網を持って水の中を覗きこんだ。

「もう直き姿が見える筈だ。ずっと巻きつづけて、姿が見えるまで巻きつづけて。いいから

――そのまま、ずっと巻きつづけて――」

「まだなの」

サキは叫んだ。

「まだ見えないの」

サキはたまりかねて、竿を倒しそうになった。

「駄目だ、竿を寝せちゃ駄目だ。糸を切られる。未だだ。もう直きだ。もっと巻いて。もうあまり走らなくなった。巻きつづけなさい」

「見えるじゃないの。ほら、見えるじゃないの」

サキは叫んだ。

「ああ、可成あるな。三十ポンドくらいのキングだな。何てきれいなんだろう」

鮭は六、七フィートのところで、ゆっくりと銀色の鱗をきらめかせて泳いでいた。

「いいか。竿を立てて。倒すと糸を切られる。走ったら走らせろ。あせらないで」

ガクは網を水につけた。

「ずっと巻け」

三フィートぐらいの美しい魚だった。針を飲みこんでいるとは思えない悠然とした、釣手を無視した落ちつきで、ゆっくりと尾をひらめかせていた。

サキの顳顬《こめかみ》から汗が流れた。

不意に銀色の腹がきらめいて、舷に魚がはね、きりきりとリールが鳴った。と同時に、竿が倒された。途端に腰が抜けたようにリールが軽くなった。

「切られた」

サキはへたへたと其処に坐りこみ、舷から体をのめらすように水の中を覗き込んだ。

「きれいな魚だったのに」

サキは呟いた。

「惜しかったな」

「きれいな、魚だったのに――」

サキは繰返した。

「四十ポンドくらいあったかも知れないな」

ガクは魚の大きさを増した。逃げた魚だから。ガクはそうしてぐったりしている妻をひどく愛おしいものに思った。

「まあ、いいさ。またかかるさ。ほら――」

ガクは餌を投げて寄越した。

サキは夫の顔を見つめた。

「どうして、あなたはそんな風に平気でいられるの。どうして腹をたてないの」

「腹をたててどうするんだ。魚は当り前のことをしただけさ。餌を投げてやれば、またかかるよ」

ガクは再び自分の釣竿を下ろし、餌を泳がせながら言った。

「もうかからないわ。滅多にかかることなんか無いじゃないの」

「かからないかも知れないさ。そんなことはわからない」

彼は時計を見た。

「今が一番いい潮時なんだ。あと三十分で潮が引く。満ち始めたら河岸を変えよう。いいかい。こっちにかかったら、そっちの竿の糸を巻いて、あげてくれ。糸が絡むからね。そして、舵はとれるか――」

サキはあやふやに頷いた。

「あまり、岸に近づけなければいい。自分で適当に竿をまわすから」

「――、きれいな魚だったのに」

サキは呟いた。

「まだ、言っているのか。諦めが肝心だ」

「あなたは、――執着する、ということが無いのね」

「逃げた魚に執着してどうするんだ」

「わたしが逃げても、そういう風にあっさりとしているのね」

「腹が立つなら、逃げなきゃいいさ。逃げたら一尺くらい大きさを水増ししてやるよ」


――声を出せばいい。さあ、呼ぶんだ。助けてくれ、ってさ。ガクはあんたの旦那だ。ほら、どうして叫ばない。僕にその勇気が無いと思っているのかい。引き金を引くよ。僕の眼を見て御覧。明りをつけてあげようか。君が明るいのが嫌いだから、こうして暗くしているだけだ。暗くする理由なんぞ、何にもありはしない。男は女と寝る時は何時だって明るいのが好きなんだ。あんたは怖いけれど愉しんでいる。最後の愉しみかも知れないんだ。生きている、という証拠の最後の愉しみだね。さあ、サキ、叫べよ。大きな声を出すんだ。ガークーってね。ガークーって。ガクは来るさ。来ないかも知れない、と思うのかい。それが怖いのかい。来ないかも知れない――例の遊び、だと思ってね――君が何百回となくやっている、例のくだらない遊びだと思ってね。――そうだ、サキ、若しかしたらガクは来ないかも知れない。

可哀想に。それが恐ろしい。どうして声を出さないんだ。サキ、ほら、数えるよ——いいかい。あんたが声を出さないということは、つまり、僕も殺すことになるんだ。僕は人殺しで監獄に行く。まあ、死刑にはならないかも知れない。僕はユダヤ人かも知れないが、ちゃんとこの国の市民権を持っている。その上あんたは僕より五つも年上だ。裁判は僕に有利だろうよ。ガクは変態性慾の男で、僕は侮辱されたあんたの年下の情夫だということになる。それにしても何年かは監獄に行かなきゃならない。事実上僕の人生は壊れる。つまり、まあ、今の僕は死ぬようなものだ。だから、僕はこうしてあんたの脇っ腹にピストルをつきつけながら、君が今思案していると同じように、若しこの女が声を出して助けを求めなかったらどうしようと恐怖している。そうだ。あんたは頭がいいから、それがよくわかる。そうでしょう。ねえ、最後の瞬間くらいは男に譲るもんだ。それが女の幸福になる方法なんだよ。あんたはさんざん男と遊んで、男というものがよくわかる筈だ。男がどんなに自尊心が強いか、男が女によって創り出される自負心がどんなに素晴しくもなるか、或いは女によって傷けられる自尊心のやり場の無さの果に、どんなにくだらなくもなるかがよくわかっている筈だ。あんたが、今、どんなに喜びに慄えているかが、僕にはよくわかる。君は長いこと、追いつめられたがっていた。土壇場まで来れば、何か方法がある、と苛々していた。其の瞬間だ。だから、あんたの最高の瞬間だ。ところが、あんたは大団円《カタストロフイ》なんぞ好きじゃない。あんたの口癖だ。現代には悲劇《トラジディ》なんぞありはしない。つまり破局《カタストロフイ》のある悲劇なんぞありはしない——それが、あんたの口癖だ。ところが、此処に、そいつを夢みている男がいる。とっくに失われたものを夢みている愚かな男がいる。現代では正気の人間は悲劇を創れない。いや、若しかしたら、みんな狂気だから、純粋悲劇への理解能力が無くなったのだ。君の肌は、今夜は、ひんやりとする。サキ、湿った苔みたいだ。ねえ、僕はこんなに優しく喋っている。僕が一番最初、君をくどいた時よりも、もっと優しく喋っている。君の息づかいが、——変るのが、——サキ、——こんなに愛おしく思えることは無い。サキ、いいかい、さあ。

あんたの旦那はすぐ其処にいる。眠ってなんぞいやしない。どんなにアブノーマルな男だって、いや、アブノーマルなら、アブノーマル程、じっと聴き耳をたてている筈だ。ところが、僕がこんなに優しく、ひっそりと喋っているものだから、彼は僕のロマンチシズムに腹を立てている。そして、あんたが物音一つ立てないものだから、いくらか心配になりかけている。正常な、ラヴ・シーンの物音より、もっと苛々していることだろう。あんたはガクの変態性慾に惚れているのかもしれないが、あの男には想像力《イマジネーション》なんぞありゃしないよ。だから、あの男は、あんたが声を立てさえすればとんでくる筈だ。あんたの旦那は、三年一緒に暮した、仮にも女房と名のつくあんたの事は、或いはよくわかっているのかも知れない。だから、見繕っている。だから、あんたに、ピストルを買ってくれたり、青酸カリを呉れたりする。

〈そいつをそばに置いて、ゆっくりとお休み。可愛い子ちゃん〉っていうわけだ。ピストルや青酸カリを、首飾りや、ハンド・バッグの代りにねだる女を所有していることが、あいつの衒学趣味を満足させるんだ。君の方は君の方でその効果を初めから狙っている。〈おお、よし、よし、いい子だからねんねしな〉ってわけだ。そして、女房をドアの外へ突き出して、他の男と寝させて愉んでいる。まるで名優気取りで下手くそな芝居を打っている。ところがあんたの旦那は、僕が、どんな人間かなんて、全然わかりゃしないんだ。そしていくらか、不安なんだ。僕は、まだ、今夜、あんたを抱いていない。僕はそういう浪漫主義者だ。女を抱く前に、競演で、一芝居打ちたい性分だ。僕は、まだ、今夜、君を抱いていない。だから、エネルギーに溢れている。こんな風に、湿った苔みたいな肌を撫でていると、そして、アルコールが入っていると、成程、ガクでなくたって、青い照明の中に坐っている舞台の二枚目のような気分になるもんだな。役者というものは喋っている中に、自然にその気分になる。苦労しなくたって、自然に涙は出てくるものだ。君がよくやるようにさ。僕には涙なんぞという器用なものは出やしない。その代り、この指が動くかも知れん。サキ、さあ、いいかい。僕が数え始める前に、何か喋らないのかい。さあ、君のお話の番だ。若しかしたら、最後のお話だ。

——どうして、そんな理由があるのかわからないの。何にもないでしょう。そんな悲劇の理由なんぞ、何にも無いでしょう。あなたは悲劇の大破局を夢みているって言ったけれど、あなたが夢みているのは笑劇でしょう。あなたは笑劇を悲劇につくり変えようとしているだけなの。つくりかえようとして、うまくいかないから、色々と小道具を使って、尤もらしく見せかけようとしているの。女にピストルを突きつけて、女がどんな風な反応を示すか、あなたがまだ曖昧にしかわからない、あなたとわたしとの関係を、わたしとガクとの関係を、はっきりと突きとめようとしているの。あなたはわたしを愛しても居なければ、憎んでもいやしない。わたしはとても感じ易い、優しい女だから、あなたに故意に意地悪を企てる時でなければ、あなたを傷つけたりはしなかったでしょう。ダニエル、だから、あなたはわたしを憎む理由なんか何もありはしないのよ。あなたは曖昧なのが嫌いで、物事を何でもはっきりとさせたい性分だから、どんなに虚しい時でも、熱烈な行動を何時でも夢みているのね。例えば、愛する女を殺すとか、強姦するとか、憎んでいる男の頭をぶち割るとか、とてつもない詐欺とか、英雄的泥棒とか、大破局を伴う劇的行動が欲しくて仕方が無いのね。ねえ、ダニエル、あなたがとても好きなのよ。若しもあなたが昔、ギリシャに生れていたら、エディプスみたいな情熱家だったかも知れないわ。でも、今の世の中じゃ、こんな風に優しく、ひっそりとお喋りするのがせいいっぱいなのよ。大きな声を出したって、そんな音なんぞは、片っぱしから防音装置に吸いこまれてしまうのよ。あなたはほんとうにわたしの心がよくわかるのね。わたしは、こうして心臓にピストルを突きつけられて、歓喜に慄えている。これが、わたしが長い間夢みてきた、素晴しい栄光の瞬間なのだと、息をのんでいるの。あなたに屍姦されることを夢みているの。ダニエル、ほら、こんなに、こんなにわたしはあなたが好きなの。ガクが隣の部屋に居るからだ、などと思わないで。ねえ、ダニエル、わたしはあなたよりもう少しよくガクを知っているの。あのひとはあなたが思っているよりずっと偉大な虚無主義者なのよ。男でも女でもみんな、あんまり自分が大切だから、同性のことはからきしわからないものでしょう。男は女を軽蔑しながら、何でも心を打ち明けるし、女は男に裏切られるとわかっていても男にしか本当のことを言わないものなのよ。女同士の話は、全然意味の無い言葉を使うものだし、男同士の話は、真実すぎる牙を用心という厚い膜で覆ってあるから、結局他人の心なんぞ固い決して割れない石ころみたいなもんじゃないの。だから、男が他の男の心の中を押しはかることなんぞ、賭をするようなものだし、女は他の女の心の中なんぞ、初めからわかろうという興味さえ起さないものみたいねえ。

わたしが若しも叫んだら、あのひとは頑なに耳を塞いで、出てこないかも知れないわ。あのひとは、あなたが激情に身を任せたいと夢みるように、どのくらい無関心に対して情熱的になれるか試してみたい質なのよ。若しもあのひとが来なかったら、あなたは追いつめられて、そしてわたしも追いつめられて、不意に気が狂うかも知れないのよ。言わなくてもよい言葉をぶつけ合って——。あなたがわたしを殺すなんて、そんな無意味な賭事は辞めましょう。それよりも、どうしてわたし達はもっと気さくなお友達になれないの。わたしが、こんなにあなたが好きなのに、どうしてあなたは何時でもわたしを疑って、わたしがあなたを愉しんでいるのではないかと責めたてるの。そして、あなたは対抗上、わたしと同等に愉しもうとするのだけれど、わたしへの疑いがあなたを愉しませず、苛々させるものだから、ひょいとこんなゲームを思いついたのね。ダニエル、ねえ、若しも、あなたがどうしてもそうしたいというのなら、——ほら、わたしのお腹《なか》をさわってみて。わたしはもう三十だから、こんなに脂肪がついている。きっと外科医が開腹手術をしたら、あんまり脂肪の層が厚くって、何回もナイフをとり変えなきゃならないわ。おまけに、灰色のぎしぎしした汚れた脂肪で、ところどころに折れた鉛筆の芯だとか、錆びたナイフとか、すりきれた靴の紐の切れはしとかが挾っていて、刃がこぼれるかも知れないの。ねえ、きっと脂肪の中には血管はそんなに沢山通ってはいないのよ。ほら、触って御覧なさい。肋骨と骨盤の間の、この無駄な肉をぎゅっとつまんで御覧なさい。ねえ、ダニエル、あなたは信じないでしょうけれど、十年前、あ あ、若し、わたしが本当にそうだったら、——あなたに相応しい年頃には、わたしはウエストが五十七センチ、——二十二インチくらいしか無かったのよ。今、此処についているこの肉はみんな無駄なものなの。十年の間にがつがつとそこら中から拾い集めて溜めこんだ、折れた鉛筆の芯や、錆びたナイフの挾った灰色の脂肪の塊りなの。此処のところをぶち抜いて頂戴。きっと薊の花のような、暗い寂しい血が流れるわ。わたしは小さな声を立てるでしょう。そしてあなたのお希みのようにガクが来るわ。でも彼はあなたを警察に訴えやしない。知り合いの医者をこっそりと呼ぶでしょう。そして、わたしには素敵な傷跡ができる。ねえ、ダニエル、そうしましょう。それが、わたし達にできるせいいっぱいのことなのよ。ポーカーや玉突きでもするように、女にピストルを突きつけてみたって、あなたはどっち道それで生計を立てるわけにはいかないのよ。それよりも、あなたが地道に、この何年か計画して来たように、大学の先生におなりなさい。学位さえとれば、あなたにはちゃんと教授の席が待っている。そして、女の子にもう少し心から優しくして結婚なさい。結婚という制度をどんなにわたし達が軽蔑したって、結局それより他にどんな方法があるの。あなたは独りでいるわけにはいかないわ。女が結婚を希めば、そして、あなたがどうしてもその女を手に入れたければ、結婚以外の方法なんかありゃしないのよ。勿論、あなたは、色んな謀叛をこっそりと企てるでしょう。でも結局のところ、今の世の中では結婚している方が何かと便利だし、そう悪いものでも無かったと思うことの方が多いのじゃないかしら。そして、結婚して十年くらい経つと、あなたはきっとわたしのことを随分と懐かしく思い出すでしょうよ。そして、今よりももっといい風にわたしのことを考えてくれると思うわ。

さあ、引き金を引いて頂戴。どっち道、この脂肪はわたしには要らないものなんだから。

デビイは金髪で、蕎淬が可成目立つが、顔立ちは所謂美人に属している。金髪を短くカットして、丹念にクリームをすりこんだすんなりとした首筋を充分意識して、何時も清潔な襟の服を着ている。少くとも三年は着たに違いない、しかし、上等な、洗いざらしてもレースが黄ばんではいるがそれ程すりきれずにまだしっかりしているスリップに、コルセットも可成上等なものをぴっちりとつけている。よくアイロンの利いたテトロンと綿の混紡のブラウスに、同系統の色のスカートをつけ、中等品の気の利いたデザインの中ヒールをはいている。

「サキ、十時には帰っていらっしゃい。図書館から途中の木立ちにはヒッピイが沢山いて、気味が悪いじゃないの。ギターなんぞ弾き鳴らして、口笛を吹いて、薄汚い花をほこりまみれの髪にくっつけて、ビーズをお腹《なか》のあたりまでじゃらじゃらさせて。男の癖に、女みたいに髪を長くして、裸足で一日中何をするでもなく、うろうろと、女の子と芝生の上に寝そべっているんですからね。何でも、自分のものはひとのもの、ひとのものは自分のもの、で、共産主義みたいな共同生活をして、夫や妻を共有しているって話ですよ」

デビイは三度の食事の後には必ず歯を磨き、嗽をし、毎朝シャワーを浴び、木曜日毎に美容院に行き、金曜日には授業が済むと、スーパー・マーケットで一週間分の買物をして真直ぐに家に帰り、夏期講座の二ヵ月間妻を大学の寮に置いてくれる夫の寛大さに感謝し、土曜日にはそのB飛行機の技術屋だとかいう夫と連れ立って外でささやかな食事をし、カクテルの二杯くらい飲んで、夜は尊敬と愛情に溢れた寝床を共にし、性病なんかには絶対かからない自信がある。

「その癖、金曜日の午後には学生会館の前で、ヴェトナム戦争反対の演説なんぞしているんです。一体、あたし達市民が、此の州立の大学の為にどれだけ税金を払っていると思うの。その税金で勉強している筈の子が、あんなに髪を長くして、勉強なんぞ何一つせずに、女の子とほっつき歩いて、国家の決めた戦争に反対のビラを配って歩いているなんて。そりゃ、あたしだって、戦争は好きじゃありません。だけど一旦国家でそう決めたからには、国民はそれに従うべきです。それに、サキ、わたしの兄の家ではヴェトナムから来た男の子を世話していますが、その子のお父さんはヴェトコンに殺されて、何でもひどい残虐な殺し方でね、帰って来た屍体には頭も無ければ、腕も無かったそうですよ。その子はアメリカ軍が居て呉れなければ、ヴェトナムはどうなるかわからない、と涙ながらに語っていました。わたし達の国は世界で一番お金持なのだから、それでなくても皆に少しやっかまれています。だから、少しぐらいは哀れな国の為に尽してやらなきゃね。人間には誰でも義務というものがあります。

わたしには十四になる息子がいますけれど、息子が奇妙な髪をばささせて、ヒッピイの仲間入りをして戦争反対のビラを配ったりしたら一つ屋根の下には住まわせません。あたしはヒッピイと聞いただけで胸がむかついて吐き気がするわ。ああいうのが子供を誘拐して脅迫の電話をかけたり、同類の不良少女と桃色遊戯にふけったりするんだわ。全く歎かわしい世相じゃないの。いいこと、サキ、十時迄には帰っていらっしゃい」

「(ヒッピイ達は国民の金を盗み、戦争は国民の金と命を正当に費っている)図書館は十時に閉るけれど、それから教室にまわるから、十二時まで帰って来られないわ。わたしの教室はテニス・コートのすぐ向うで、一晩中誰かがテニスをやっていて、電燈があかあかとついているから、大丈夫なのよ。キャンヴァスを明日までに仕上げなきゃならないの」

サキはそういう時、唾を飲みこむようにして、咽喉の奥の方で出来るだけひっそりと、しかし断固として呟くように言う。

サキは首をまわしてフラミンゴのように片足で立ち、羽の中に首をさしこんだ。

デビイはというと、桃色の途方もなく大きな、べろりと舌を出した法螺貝であった。それは、淡い水色の空の下に、淋しく白くひろがった砂浜の風景だった。波が静かに寄せていて、夕焼雲のように美しい朱味を帯びたフラミンゴの羽の中に、深く差しこまれた首の折りまげた部分は静かに小さく息づいていた。そして、法螺貝はひっきりなしに泡を出していた。

No communication!

サキは羽の中に首を埋めながら波の音をきいた。

「いいでしょう。あなたが大丈夫だというのなら」

デビイは一度言うけれど、決してそれ以上言わない。

「だから、心配しないでね」

サキは嘆願した。嘆願した途端に、何を卑屈になることがあろう、と首をしゃきりとふり立てた。

「心配なんぞしませんよ。あなたは御自分で御自分の責任の持てるちゃんとした年頃でいらっしゃるんですからね」

デビイはB市図書館長の威厳を持って答えた。

サキは其の時、シャワー・カーテンの中に閉じこめられて、三十分も出てこられなかったのだ。洗面所で、デビイはラスベガスから来た出目のベテイという動物学の女教師に喋っていたのである。サキがシャワーをとめてカーテンから出ようとした時こう言っていたのであった。

「ねえ、あたしの同室のサキっていう日本人の女はどうも気に入らないわ。学校学校って毎晩のように出歩いているけれど、一体どこをほっつきあるいているのか知れたもんじゃないわよ。ベテイ、あなた見たことない？　あたしは二度ばかりあの女が、若い男と出歩いているのを見たことがありますよ。メキシコ人か何かで、黒いとっくり首のセーターの上から縞のワイシャツなんぞを羽織って、揉上げなんぞを残して、いかれた恰好をした、まだほんの乳臭い子です。一体あなた、あの女、あれでいくつになると思って。東洋の女っていうのは若いんだか年寄りなんだか、皆目わけのわからない妖怪変化みたいなのが多いけど、わたし、あの女の旅券をこっそり見たんです。三十三ですよ。驚くじゃないの。それなのにあんな、ヒッピイみたいに髪をざん切りにしてサンダルなんかはいているんですからね。ねえ、ベテイ、あの広場《プラッツァ》の戸外展覧会は、あの女の仲間達が描いているってことだけれど、あんな、子供が塗りたくった赤だの、青だの、頭の無い蛇だか蜥蜴だかが絡み合ったみたいな絵なら、わたしだって一時間もあれば描けますよ。そして、どう、売値は二百弗ですってさ。その青蛇の踊りがですよ。まあ、ユーモアのセンスのある画家なんでしょうねえ。それからどうお、壊れたタイルの風呂桶にコカコーラの瓶がいっぱいつまっているんです。もっとも瓶は横倒しに滅茶苦茶に叩きこまれているっていうわけではなくってね、みんな空っぽな口を空に向ってあけるか、逆さまに、底を見せていましたよ。わたしは最初、てっきり、屑屋が、何かの都合で其処に置き忘れたんだろうと思っていたわ。それが、とんでもない、それが、つまり作品なんです。三百五十弗って正札つきょ。冗談を通り越して気狂い沙汰ね。芸術家っていうのはそういうやくざな人間よ」

仕方がないから、サキはもう一度シャワーの栓を捩った。この洗面所のシャワーは強さの加減が出来ないのだった。華厳の滝かなんかの滝壺に立っているみたいだった。サキは熱さを通りこして脳震蕩を起しそうだった。またシャワーをとめてじっと外を覗うと、再びデビイの声が言った。

「そしてね、どうお、ベテイ、あの女は毎日、春画を見ているんです。男は半分、牛でね」

この間、ついうっかり、図書館から借りて来たピカソのグラフィックを机の上に置き忘れていたのだった。デビイはつづけた。

「それでね、その話を家に帰って主人にすると、心配して、部屋を変えてくれるように寮の管理人に頼んだらって言うんですけれど、まさか、こっちだって子供じゃありませんからね、この夏の二三ヵ月ぐらい我慢しますよ。あんな女に影響されるなんていうことはないけれど、何せ、毎日一緒でしょ。つい不愉快なこともあるわよ。ベテイ、それに、あの女は夜寝る時、寝巻も持っていないのよ。始めの中はするりとうまい具合に毛布にもぐりこむものだから、よくわからなかったんだけれど、この二三日、気をつけて見ていますとね、ブラジャーとペチコートだけで寝てるんです。それもどうやら、毛布の下でこっそりはずしているんじゃないかと思うわ」

サキは結婚以来寝巻というものを買ったことがないのだった。女は結婚して男と寝床を共にするようになったら、どうせ、裸身で寝る癖に、ベッドの端に坐っている時は、寝巻を着ている方が品行方正だというのでしょう。（君は、一体、どうでもいいことは、他人の気に入るようにしてやる程の頭も働かないのか）ガクは常々サキに教訓を垂れていた。勿論サキだって学校の寮に入る時、寝巻を買った方がよくはないかとも思ったのだが、今の場合少しでも所持金を残す必要上倹約しなければならなかった。顔にクリームを塗りながらベッドの端に坐っているたった三分間の為にどうして十弗も出して、肩紐のところにちょっと余計にひらひらがついている他は、保温、着心地の点でスリップと何ら異るところのない、あの、ナイト・ガウンとやらを買う気になれよう。それに、どっち道、サキの肌はこの十年来、シーツ以外のものの中では、不眠症に陥るのだった。それに、十弗あれば、チコと素敵なお話ができるのだった。

それはそれとして、今の場合シャワー・キャップとタオルを体に巻きつけただけで、カーテンをあけ、跣足で洗面所に出ていけるだろうか。自分も恥が掻きたくなかったが、サキは他人にも恥を掻かせたくない性分だった。先刻部屋を出る時は、バス・タオルを体に巻きつけて、素早く廊下を見まわし、誰も居ないのを幸運と思ってシャワー・ルームにとびこんだのに、今ではその幸運が不運となった。若しも外に洋服がかけてあったなら、デビイはそんな話を始めたりはしなかったのだ。

ああ、もうこんなところは懲々だ。これが少くとも日本だったら、〈あの日本の女は――〉というところだけははずして貰えるのだ。サキはこういう時にきまって同胞をある疑惑にひきずりこんだという後めたい気分になるのだった。その上、無実の罪であるにしたって、日本人からもアメリカ人からも石を投げつけられるような恐怖を感ずるのである。少なくとも、東京までの飛行機の切符だけは買ってある、とサキは安心した。

だが、今、どうして外に出ていけるだろう。〈済みませんけれど、皆さん、ちょっと御免なさい〉なんて、脇をするりと通り過ぎたらよいのだろうか。シャワーの栓からはぽたぽたと冷い水がしたたり落ちた。それでもカーテンの中はもうもうと湯気が立ちこめて、頭がのぼせてサキは其処に坐りこみたいくらいだった。

デビイとベテイは顔にパックを始めたのだった。デビイは美人だから、そして毎週末夫のところへ帰るのだから、理由がなくもなかったが、ベテイは、あのまだらの出目金みたいな動物学の女教師は、未だ嘗つて、一人の男からもキスされたことないに違いないあの尖った鴉の嘴みたいな唇をもった不器量女がパックなんかして一体何になるのだろう。彼女の異常に白い頬には赤いモヘアーのセーターをすりつけられた白いテトロンのワイシャツみたいに無数の赤い血管が透けてみえるのだった。

それは長い長い時間であった。トランクに詰めこまれて密入国する時のように、サキはじっと耐えた。錆びた、アルミニウムの絃を掻き鳴らすようなデビイの声はなおも続いた。

「戸外展覧会のあの女の絵っていうのはね。わたしは河馬と白鯨の絵だと思っていましたけれど、ベテイ、それ、あなた見た？　それね、人間の女と犬ですって――」

サキは気絶しそうになりながらもデビイの想像力に感激した。こんなことなら、あの絵を出す前に、もうちょっと早く、そのヒントを与えてくれたなら、「河馬と白鯨」と題がつけられたのに。全く、それは河馬と白鯨のように孤独で切ない絵だったのだ。

デビイは言った。

「わたしは明日までの宿題で、今夜中に、五百弗で本を買う予算を組まなきゃならないのよ」

デビイはポータブル・タイプの蓋をあけながら言った。

「どうやって本を選ぶの」

図書館長は答えた。

「まあね、目録があるんです。でも書評なんぞはしょっ中気をつけて読まなきゃならないし、時には随分くたびれる仕事よ。――ですから、今夜は大忙しよ」

成程、他人の為に見も知らぬ分野の本を選ぶなどということは、「河馬と白鯨」ぐらいの想像力が無ければ出来ないことに違いない。

「では、さようなら、五百弗を有効に使って下さいな」

サキは言った。五百弗には様々の使い方がある。

教室には誰も居なくて、モデルのサンドラがモデル台の上で子供を寝かしつけながら寝そべってトランジスター・ラジオを聴いていた。一つ半ぐらいの子供はタオルを継ぎ合わせて作った着物を着て、俯せになって尻を出して眠っていた。トランジスター・ラジオは歌った。

僕は気儘が好きなんだ。
自由な青い小鳥のように、
漂う　青い波のように。
いくら　愛してくれたって、
僕を縛りつけるくらいなら、
さようなら、って言っとくれ、
ただ、そばに居て、
親身に意見をしてくれる
いい友達が欲しいんだ。

流行りのモンキーズの歌だった。

「あのひとは、時々あたし達母子《おやこ》に辛く当るのよ。子供が夜泣くんで、あたし達は今居るアパートから追い立てを食ってるの。あのひとは、自分の子供でもない此の子の為に追い立てを食うなんてことは不合理だと思っているの。あのひとが黙って、天井を視つめ始めると、あたしは悲しくなって、涙がでるの。だからって、行くところなんかないんですもの。だから、学校へ来たの。学校は十二時まで開いていて、この教室の人達はみんな親切で、わたしを追い出したりはしないわ。でも、今夜は七時から以後誰も来ないのよ。あなたの靴音がした時、すぐわかったわ。あなたの靴は踵の皮がすり切れて、木が出ているから、かた、かた、かた、という音がするのよ。ねえ、十二時まで居る？　そうして頂戴。わたしは淋しくって、独りでいるのが怖いのよ」

サンドラは木の実をつなぎ合わせた首飾りをロザリオでも繰るように掌の中でまさぐっていた。

「誰だって、じっと安心して坐っていられる場所なんかありゃしないのよ」

サキは腹を立てて答えた。

「わたしだって、行き場所がないから学校に来たのよ。誰が此の年で、学校に物を教わりにくるもんですか。その上、わたしは外国人で、此の国で修得《と》る大学の単位なんて何の役にも立ちゃしないのよ」

「つまり、あなたは、万年大学生なのね。わたしの知っているひとにも、そういうひとが二、三人いるわ。でも、そういうことはお金持でないと出来ないから——」

「わたしはお金持なんかじゃないったら。学校の費用を全部払い込んだら、わたしがあと使えるお金は六十五弗しかないのよ」

「でも、六十五弗あれば、それが無くなる前に、何か次のお金を拵える方法が浮ぶわよ」

（新しい考えなんぞ浮ぶものか）サキはスケッチ・ブックを開き、動物園でとった犬のスケッチをもう一度組み直して、其の間にサンドラを嵌めこんでみた。

「どうして、あなたは、わたしを犬でとり囲んじゃうの」

「どうしてって、あたしにだってわかるものですか。つまり、動物や人間が好きなだけなのよ。静物や風景と違って、泪を浮べたり、吠えたりするから好きなのよ。花や雲は折り歪げても、へし歪げても、つんとしているだけじゃないの」

サンドラは俯せになって睡っている子供の脇で腹這いになって、組んだ手の上に顎をのせていた。つぶれかけた茶色の汚点《しみ》の出た勿忘草の造花を髪にさして、顔半分を長い髪で隠したサンドラの横顔はほっそりと美しかった。

「あのひとの才能を誰も認めないなんて、本当に不合理よ。あのひとの夢はね、砂漠の上に蜃気楼みたいな幻想的な音楽堂を建てる、ってことなの。あのひとのデザインは、曲線が多すぎて、実際的でないっていうことで、ひとが相手にしてくれないんだけど、どうして人間の頭はそう頑なに出来ているんでしょうねえ。つまり、色んな規格から外れているってことは、コスト高になる、ってことかしらねえ」

サンドラの恋人が戸外展覧会に出した「音楽堂」という題の作品は馬鈴薯の麻袋をつなぎ合わせてつくったほっ立て小屋の中に置いてあるコムポジションで、長い長い、コードの先に鞴《ふいご》を踏むようなペダルがとりつけてあった。そして、そのペダルを踏むと、テープ・レコーダーと、レコード・プレーヤーと、テレビと、幾つかのダイヤルのラジオがいっせいに鳴り始めるのであった。テレビは画面が黒と白の矢に流れていて、レコードは恐ろしく傷だらけのLPで、義太夫に太棹の三味線が入る。テープ・レコーダーは二つあって、ジョンソンの演説のスピードが狂わせてあるのに、電気ギターとドラムのロックン・ロールを重ねたもので、きい、と抱きついてすすり泣く少女の黄色い声も入っていた。一つのラジオはピーピーという雑音だけで、一つは北京語か何かの甲高い女のアナウンサーのニュース放送で、一つはフット・ボールの実況放送である。そして、これらのものは、ペンキのはげた、朽ちたボートの中に避難民が肩を寄せ合うように悲しい横顔で坐っていた。

サンドラだって、タイタニック号の手すりにもたれてすすりなく女のようだった。サンドラの顎とか首筋の骨は、皮膚にぴったりと張りついて突き出ている、といった感じだった。胸は仰むきに寝ると殆ど平らで、恥骨は切ない程の硬さで其処に在った。そのそばで、まるまると肥えた子供のつやつやとした柔らかな金髪とか、生毛の光っている首筋とか、まくれている尻の丸味とかを、その痩せた母親とどんな風に組合わせてみても、サキの想像力は纏まらなかった。スケッチ・ブックの中にある間はまだよかったが、スケッチは畢竟、スケッチであり、キャンヴァスの中で完成された絵にはならなかった。キャンヴァスの中に捏ね上げられたものは無意味な線と空間であり、犬の中では殆ど生き生きと馴染んでいるサンドラの怠惰な美しさは、子供の傍では疲れた子守女の無関心さでしか無かった。サキは二人を凝視めたが、何としても二人の組合せは構図にならなかった。不思議なことに、現実のその二人は調和しているように見えた。それは一種お伽噺めいた愉しさを持っているように見えたのに、サキはそれを像《かた》ちにあらわすことができなかった。

〈そういう時は、無意味な、細かい、丹念なスケッチをするんだ。何時の間にか考えが纏ってくる〉

ダニエルは言った。

〈構図となったら、例え、気分ののる時でも、気分だけにのった粗雑な、投げやりの線は、画家として最も恥ずべきものだ。構図の中で芸術家の想像力は建築家の計算された安定をもって

積み上げられなければならない〉

ダニエルはサキの貧しいぶっつけの線を皮肉った。偶然出来上る満更でもない構図、といったものを彼はふん、と鼻先で嘲笑っていた。サキにとってこれはどうにも不可能なことに思えた。唄歌いが、音符を想い浮べずに、旋律を口ずさむような自然な色と、線しかサキにとっては不可能なのだ。

〈ああ、ダニエルが居ないなんて〉

どんなに罵られても、ダニエルと一緒に描いていた頃は張合いがあった。本当をいうと、サキが未だに絵を描きたいと思うのは、ダニエルを想い出したいからだった。ダニエルは随分サキの絵をけなしたが、その舌の先の乾かぬ中にまた見にくるのだった。そして、ほんの時たま、サキは自分の絵を見る男の眼に嫉妬が光るのに満足した。あなたの持っていないものを、わたしは、ほら、こんなに溢れるように持っているじゃないの、という優越であった。

〈それは、何でもないことだったのに——、男と女がからだを暖め合うほど自然なことはないのに。狡猾な、或いは無気力な人間達がつくった奇妙な道徳とやらいうものが、それを陰気なものにする。ダニエルは母を盗んだ男を憎み、サキが他の男に屈していると思いこんでそれを憎み、サキと寝る自分を憎んだ。その上サキに罪の意識が無く、ガクに妻を責める意志が無いことを知った時、ダニエルは自分の絵がマックス・エルンストの絵のようだと云われた時より

も、もっとひどい侮辱を受けたのだった。——ダニエルは去ってしまった）

からだが慄えるほど、ダニエルに逢いたかった。

六年ぶりに帰ってきた大学にはサキの昔の友人は居なかった。勿論違う大学だから、同一人が居る筈はなかったが、六年前にサキが描いていた教室の雰囲気は此処には無かった。サキは達者に描けたから教授は彼女に一目置いて他の学生とは別扱いにした。然し、それは一種のよそよそしい扱いであった。

「あんたは一体何年絵を描いているんだね。何だって学校なんかに来たんだね」

この夏の終りに或る賞金でローマに行くというその教師はサキの絵を冷い眼つきで眺めて言った。

「あんたはあとは自分独りで描くしか他に方法なんぞありゃしないよ」

そして彼はサキに自分の個展の入場券を呉れた。その入場券は二週間先の日付けだった。

ダニエルは居なかった。ダニエルを探す方法は、ブレント・ウインタースに訊くだけしか無かった。ブレント・ウインタースには少くとも週に二回は逢っている。それなのにサキはダニエルの話を持ち出しかねていた。

今更、ダニエルに逢ったところでどうなろう。

どういう訳だかサキは男友達を見つけるのに苦労しない質だった。きっと誰かが話しかけてきた。気が向けばサキは話にのった。会話のつづけられるような男なら、サキは拒まなかった。

この一週間サキはダニエルを思い出しながら、チコに逢っている。チコは六年前のダニエルの年齢の言葉を喋ってくれる。


「あなた、何処か、安い部屋の心当りがないかしら」

サンドラは言った。

「この町のことなんか、わたし、何にも知らないのよ」

「わたし、いっそ、サンフランシスコに行こうかな。或る日突然、あのひとが居なくなったりするくらいなら、自分の方で出ていった方が余っ程、楽じゃない。わたしはね、何百回となくわたし達の話をみんな初めから繰り返してみるのだけれど、どんなに辻褄が合わなくたって、どんなにあのひとに冷くされたって、あのひとを好きでなくなる、なんてことは出来ないのよ。それでね、結局のところ、辻褄を合わせる必要なんて無いのだと思う以外に仕方がないじゃないの。ねえ、そうでしょう」

「(それは全くそうだった。辻褄を合わせる、なんて金輪際できやしない)」

「ところがね、こうもまた思うの。あのひとはどんなにわたしにつき纏われたって、或る日突然出ていきたくなることだってあるじゃない——」

「どこかで諦めなくちゃならないわねえ。欠け始めた月だって、辛抱強く待てば、また直き満ちてくるじゃない——」

サンドラはサキの言うことなど少しも聞いてはいなかった。そして、彼女は突然に言った。

「あたしね、この子を捨ててやろうかと思うことがあるわ。——」


チコはそこで待っていた。

テニス・コートの脇の黄色い山茶花のような花が街燈の下で露に濡れ始めていた。駐車場の車の中で、二本の脚が月の光の中に差し伸べられた枝のようにゆれた。

「畜生!」

チコは犬のように眼を輝かせた。

「ねえ、僕は、自分より他のものを愛したことがあると言えば、犬だけなんだ。大きな黒い雑種の犬で、僕がやったものでなければ決して食べないんだ。僕はほんとうにその犬を愛していたよ。それなのに、飢え死にさせたんだ。毎日、毎日、弱っていくのをじっと眺めていたんだ。毛の艶がなくなって、肋骨がだんだんと浮いてくるのをじっと眺めていたんだ。そして、僕は僧院の門の脇の毛布の中で乳首を探して泣きつづけている僕自身を、その毛布の端をぎゅっと足で踏みつけたまま、膝の上で拳を握りしめて睨めつけ、真赤な太陽がオレンジ色の山のむこうに沈むのをじっと待っていたんだ。夜の冷い風が吹いて、僕の泣声が、僕の記憶の中で聞えなくなった時、犬は死んでいたよ」

チコは眼を伏せて唾をのみこんだ。

「ねえ、チコ、どうして、あなたの親はあなたを捨てたの」

「さあ、それはわからない。皆目わからない。或る朝、僧院の門の脇に、ミルク瓶をそえて、毛布につつんで捨ててあった。それが僕さ。多分、そいつらは、結婚できなかったか、しなかったか、恋の遊びに呆けていたか、どっちにしても生命力に溢れていて、子供より自分達の愉しみの方が大切な奴だったのさ。自分達が生きる為には、子供を捨てるしか方法が無かったんだろうさ。生れて十日くらいの赤ん坊だった。だから、十日間くらいは僕には母親があったのかも知れない。二十三年経った今、僕はそういう女の気持がほんとうによくわかるよ。僕がこんなに女が好きで、優しい性分なところを見ると、きっと僕にそっくりの慾望と、言い訳を用意していた利巧な奴等に相違ないね」

「あなたは本当に、何時でも言訳を用意しているわ。何時だって、行為の前に、行為の後の言訳を」

サキはチコに手を重ねた。チコの肌はすべすべしていて、ただ硬い、突き出た骨だけが、孤独な海辺の岩角みたいに冷たかった。

「あなたが自分の身代りに犬を殺したのなら、わたしは男の身代りに決して言訳を思いつかない犬に囲まれて暮したいわ」

「サキ、それは夢というもんだ。僕等が君等の頭からすっぽりベゴニヤの花びらをかぶせて、必死になって雌蕊を探っているようなものなのだ」

テニス・コートの脇のベンチは硬くて倚りかかれる脊が無かった。

チコは「ペリカン」に行こうと言った。チコはどっち道、最初の一杯分だけしか持っていないにきまっていたが、サキも亦、どっち道、ナイト・ガウンなど買わないにきまっていた。十弗使ったって、まだ日本に帰れた。手持ちが二十弗になったら、飛行場に行かなくちゃ、サキは計算した。

「ペリカン」には熱帯植物が一杯植わっていた。繁った熱帯植物の間を水がちろちろ流れていて、蛇みたいに光るのだった。

チコはサキの肩越しにブロンドの独りの女を眺めていた。独りの女は黙って眼を伏せていた。

「あなたにとって、Y大学の四年間がつまらなかった、というのは、つまり、あなたの優越とぶつかり合う優越があんまり多すぎたからなのね。血と、財力と、頭脳と、そろった人達に対抗するのが不愉快だったからなのね」

「僕は何時だって、ぞっくりAが揃っていたよ。徹夜で机にしがみついてCしかとれない奴等の中で、大して苦労もせずに、Aの顔は見飽きていたよ」

「だけど、あなたは愉しく無かったのよ。Cしかとれない人達が、ふんとあなたを嘲笑って、あなたを見向きもしない魅力的な女の子と毎週デートしていたからなのでしょう」

「捨子の僕が、奨学資金で、一流のホテルのような豪華な寄宿舎に寝起きして、どんな惨めな週末を送っていたか、君は見てきたようなことを言うんだな」

「それで、あなたはカリフォルニヤでは幸福なの」

サキは何げない風に椅子を斜めにして、独りの女が男友達を見つけたことを確めた。

「ああ、カリフォルニヤはもっと学生が急進的で自由だよ。それに、ちょっと、いい女友達ができた。感じ易くって、僕の言葉が大方受けとめられて、野原の花みたいな娘だ。彼女はレスビアンなんだ。ジュデイはレスビアンだから、決して僕のものになんかならず、同じ寝床で目が醒めても、月から来た女みたいに高いところから僕を見下ろしている」

「だから、あなたは安心するのね。終ったあとでしがみつかれたら、とあなたはそればっかりが怖いみたいねえ」

「責めないでくれよ、サキ、何しろ僕はサルヴァドールで革命を起さなきゃならないから、女は要るけれど、女と暮す訳にはいかない」

「結構な御身分だこと、だけど、チコ、革命なんぞ企てるんなら、あなたは一層心を入れ替えなくちゃねえ。ひとはあなたと同じくらい敏感だから、あなたがどんなに頭が良くたって、得にならなきゃ、あなたの後になんかついてこないわよ。女と同じで。人間は要るけれど、人間と一緒に暮す訳にはいかない、なんていう訳にはいかないじゃないの。それに、あなたは、二言目には女は能無しだっていうけれど、能無しの女に憎まれるってことは、案外命とりになることもあるらしいわね。昔から馬鹿力っていうでしょう。それはそうといったい、チコ、革命って、どういう風にして起すものなの」

「僕は来年修士課程を終ったら、サルヴァドールの政府の役人になるけれど、労働組合を煽ることが目的なんだ。サルヴァドールの僕の保証人は、僕に、学位をとるまでカリフォルニヤに居たらどうかっていうけれど、僕は学者になるつもりはないからね。学位をとれば却って大学にまわされる。

僕が孤児院の小学校をトップで出て、中学校を二年とび越して、高等学校に又、トップで入った時、サルヴァドールで指折りの金持ちの一人が僕の保護者になってくれた。その保護者が今なら政府のちょっとしたポストを僕の為に用意して待っていてくれる。勿論、彼は僕を利用する気だろうよ。だけど、僕は喜んでそのポストを貰い、利用されてやるよ。労働組合が目的だったにしても、サルヴァドールじゃ人の心を動かすには政府の役人になることが一番の早道なんだ。尤も、政府じゃアメリカで教育を受けた人間を外交官に使うことしか考えていない。いいとも、それが、国際的な組織に渡りをつけられる道なら、二重スパイも覚悟しようじゃないか」

「あなたは組織が怖くないの」

「僕は決して呑みこまれないよ。サキ、どんな天才でも、（サキは笑った）人間一人の能力なんて知れている。才能があるなら、そいつは人の心を集めるのに使うべきだ。サキ、君は何時も僕の話をききながら、政治を馬鹿にしている。何から何まで政治に毒されている癖に、政治家を嘲笑っている。何しろ、君は芸術家だからねえ。政治家よりは高級な人種だと自惚れている」

サキはグラスをまわしながら、ブランデイ越しに、チコの眼を見て笑った。

「まあ、どうか御幸運に！」

「御幸運に！　っていうのが君の口癖だ。僕が決して幸運でないことを、ジプシイ女みたいに占っているんだ。いいとも、僕はもともと寺の門前に捨てられていた捨子なんだ。今までが幸運すぎた。これから先どんなに不運だって、生まれた時より悪くなることはない。世界で一番金持のアメリカのエリート達と何年か一緒に暮し、奴らがそれ程別拵えに出来てるわけじゃない、ってこともわかったし、カリフォルニヤではヒッピイ達と随分愉しく暮しもしたし、そろそろ自分の生まれた土の家の人間達が恋しくなったんだ。ねえ、サキ、僕の生まれた国は、そんなにのんびりしている訳にはいかないいんだ」

「どうか、無責任に失敗したりしないでね。お芝居の二枚目気取りで観客を煽ったりしないでね。幕切れで、泪を浮べたひと達をどぎまぎさせながら、平和にシャンデリヤがつく、なんて訳にはいかないいんだから。革命ぐらい蠱惑的で、創造的な仕事は無いけれど、革命ぐらい俗悪で、インチキな人達が沢山集まる仕事もないらしいから」

「ねえ、サキ、僕の若さをもっと大切にしてくれよ。十年たったら、僕は駄目になるかも知れない。だからといって、十年先のことを考えて、今の情熱を殺すなんて意味が無いじゃないか。サキ、今、丁度、こんな風に、君をみつめているみたいにさ。ねえ、君は僕に興味があるでしょう。そうでしょう」

「わたしがあなたに興味があるかって？　そうみたいねえ。あなたに呼び出されると、のこのこ出てくるじゃないの。わたしは何時も反抗的で飽き性だから、あなたが革命のお話をしたりすると、直ぐぽーっとするのよ。わたしは男を裸の男としてしか見ない性だから、あなたが名門のY大学で、ぞっくりAの揃った学生だったからって、性的魅力の一つにしか数えちゃいないのだけれど、革命となると、また一層素敵に思えるのよ。あなたが東部名門の女子大学から来たお金持のアメリカ娘に、何一つ意味の無い言葉で、長い長いきれいな、間違いの無いフランス語を喋る、アメリカのお嬢さんに粋なやり方で、何げなく結婚を申込むような野心的な中南米の青年だったら、十五分のお喋りで飽きちゃう質なのよ」

チコはひどく愉しい眼附きでサキをみつめ、サキの指を一本一本ほぐしていた。

「ねえ、君は一体、いくつなの。僕より年上だって威張るけれど、亭主が居たって、浮浪者なんだろ。何処に行ったって同じじゃないか。僕と一緒にサルヴァドールに行って、何年か愉しく暮そうよ。或る日、どかんと背中からぶち抜かれるかも知れないけれど、それまで愉しく暮そうよ。僕達は二人とも誇大妄想狂的自信家で、空想家で、冒険が好きみたいじゃないか。ねえ、サキ、僕は君に言い寄っているんだぜ」

「あなたはまるで、こっそり、わたしに、L・S・Dでも飲ませたみたいねえ。あなたのお話はありそうもない砂漠の中のお伽噺みたいに愉しいわ。あなたは素敵な王子さまみたいだから、わたしは魔法使に尻尾をちょんと切って貰って――アンデルセンの人魚姫のお話よ――代りに立派な太い脚をつけて貰って、針を踏むような痛さをこらえてでも、あなたについていきたくなったわ。あなたの傍で、赤い土の家の中で、牛の尻尾をことことと煮ようかしら。まあ、わたしに、シチュウを作らせて御覧なさい。天下一品なんだから。でも、あなた、大きなエプロンをかけた、脚のむくんだ家政婦が恋をするなんて、ねえ、チコ、あんまり笑いすぎて、涙が滝みたいに流れて、涙の塩辛さだけで、シチュウの味つけが出来るくらいよ」

サキは脇腹の捩れたケロイドのところに手をやった。傷跡のまわりには、また脂肪がついて、傷は凹んだお臍みたいに、さわると擽ったかった。

チコはサキの指から手を離して、再び、サキの肩越しに後の女の裸の肩をみつめた。そして挑戦するように言った。

「僕は、六つの時、テキーラを飲まされて、ひっくり返ったことがある。それ以来、決して酒に酔わないんだ。酒を入れると、どういう訳かひどく腹が減って、食うと一滴も飲まなかったみたいな清々しい気分になる。僕は今、オリーヴを一罐と、ハンバーガーの三つも食いたいよ」

チコはグラスに残った氷をやけにガリガリと噛み砕いた。それは丁度猛獣が獲物を骨ごとばりばりと音を立てて噛み砕くのに似ていた。

サキは何時でも、こういう時が好きであった。反抗せずに、じっと眼を伏せるたおやかな心になるときであった。

サキは眼を伏せて、女の金で酒を飲みながら、男の優越を意識したチコの眼を避けた。自信過剰の性的優越できらきらしている南国の動物の眼にサキは疲れながら、じっと身を任せていた。

ガクが耳元で囁いた。〈どうして君はその男に纏わる馬鹿げた夢が捨てきれないんだろう。

俺達男のまわりには、君が想像しているような素晴しいものなんか、何にもありゃしないんだぜ。女という動物への断片的な慾望があるだけなんだ。もういい加減わかってもいい年頃じゃないか〉耳元のガクの囁きに、サキは囁き返した。〈いくらあなたがそういっても、何十遍繰返しても、それがわたしには信じられないのよ。わたし達が生んだ男なら、どうしてわたし達を理解しない、なんてことがあるものですか〉然し、ガクはなおも執拗に繰返した。〈お前のような女は、追い出してみろ、男から男へと渡り歩いて、末は施療病院の気狂い病棟かなんかで死ぬのが関の山だ。そんなところでいくら男を礼讃したって、お前が力の限り抱きしめたことのある男だって、決して助けに来てくれやしないんだぞ。出ていきたいなら、出ていくがいい。俺はただ自分で手を下して殺生するのがいやな質なのだ〉

サキはチコの氷を嚙み砕く音を快く聞きながら、自分は何時だって日本に帰れるのだし、ダニエルを探し出すことだって――ブレント・ウインタースにききさえすれば――、また、この十も年下の男についていくことだって出来るのだし、また再び、夫のところへ帰ることだって出来るのだ、と考えた。飛行機の切符の向うに写し出された日本は風の吹きすさぶ灰色の沼地に見えた。彼女は怯えた眼で、その沼地の中に寒々と立っている鉄格子のはまった気狂い病院をみつめていた。彼女は其処に、鉄格子につかまって髪をふり乱している自分の姿を見た。

チコはそんな風に翳っている女の額が好きであった。彼は再び、自分の掌で、すっぽりと、サキの手の甲をつつみ、その暖かさの中で、じらすように無言を保った。そして、サキが倖せそうににこにこと笑いながら、柔らかな眼で彼の眼を覗きこんでくると、不意に苛立って、サキを促して立ち上った。

外に出ると冷えこんだ夜の空気はサキの歯を鳴らした。チコはサキの肩をひき寄せながら早口に言った。

「ああ、どうかふりをしないでくれ。サキ！　君は何時もそんなとんちんかんな受け答えをして、僕の言うことを聞いて居なかったか、わからなかったふりをする。僕が時たま生真面目に繰返すのは、君に親切だからではなくて、君がその間にどんな風に考え直しているかを、じっと観察する為なんだ。そんな、間《ま》、というものが、不意に僕達の心を変えてしまって、とんでもない方向にそっぽ向き合ってしまうことだってあるのに」

サキは唇を突き出してゆっくりと言った。

「どうしてわたし達は、何時のまにか、こんなに生真面目な口調になるんでしょう。きっと、あんまり同じ気質なのね」

するとチコはその突き出した下唇の下に軽く人差指をあてて言った。

「ねえ、僕は、ラテン・アメリカの熱い心《ハート》を持っている。人生は美しくて、愉しむものだと、先祖代々教えられてきたんだ。時にはもうちょっと実際的になろうじゃないか。此処はプラグマティズムのアメリカ合衆国なんだぜ」

チコはサキの腰を抱いた。チコのキスは最初は嬲るように投げやりに、食慾もなく乳首を唇で玩ぶ赤子のように無心に繰り返され、嚙みつくようにする時だって、それは自然な心の昂まりというよりは、気紛れな遊びにすぎなかった。サキはチコと同じくらい纎細で、傷つき易い心を持った女なので、誰でも優しさというものは大切にしなければならない、無神経にぶちこわしたり、ふんづけたりしてはならないものだと考え、やわらかに唇を差出している。


「サキ、今日は又、何と華やかな緋色をお召しだこと」

ヨシコは盆を持って近づいて来たサキに笑いかけながら言った。

「憂鬱な日だからなの」

「そういう色を煽情的な色というんだな」

サキの為に椅子を後に引きながら、フレッドは素早く、口をサキの耳元によせて言った。サキが坐るなり、ヨシコは畳みかけるように訊いた。

「サキ、此の間貸した、デュイノ・エレジーを読んで呉れた?」

「僕が途中で投げ出したんで、サキにお鉢がまわったんだ。ヨシコはリルケの答案にBしか貰えなかったんで憤慨しているんだ。女房って奴は亭主が碌に読みもしないで、《男というものは女を勝手に自分の中で高めるのが好きなんだ。男が女の為に城を傾けるなんて心理はまさにそれで、肉欲の虜になればなる程、その惨めさに打克つ為に女を理想化するんだ》などと尤もらしく言えば、すっかり感激して試験答案にそう書いて、Bしか貰えなかった訳さ」

「あなたの意見はわかりましたよ、フレッド。わたしはサキに訊いてるんです。ねえ、サキ、わたしはくる日もくる日も二週間リルケで飽き飽きよ。今週からカフカでやっとほっとしたわ。同じ男性的な詩人でも、カフカのあのひんやりとしたユーモアはわたしをほっとさせてくれますけど、リルケときたら、あれは男性のエゴイズムの象徴みたいなもんですからね。何百遍、天使の何のって繰返したって、女にとっちゃ、ちっとも有難くないわ。女をあれ程讃えてくれる詩人で、ああまで女の心をつかめないひともないわね。そんな男に女友達がうんとこさ居たって話だけれど、わたしにはあのひとの詩より、そういう女の話の方がずっと興味があるわ」

ヨシコはリルケの女友達に批難と憎しみをこめて、言った。

「リルケってひとは女にとっては重荷なひとね。ちょっとダンテみたいじゃない。でもわたし、そういう気持わからなくもないわ。わたしは大体、自分でも男を理想化する質だから。男のひと達にはわたし達とは違う何か素敵なものがありそうに思えて、——その実はんとは、何時でもがっかりするんだけど、性懲もなく、また崇めているらしいの」

〈ガクが繰返した。《どうして、君は、その男に纏わる馬鹿げた空想が捨てられないんだろう。俺達、男のまわりには、君が想像しているような素晴しいものなんか、何にもありゃしないんだぜ。女という動物への、断片的な欲望があるだけなんだ》

フレッドはサキを見て、笑った。

「リルケの地獄篇だっていうの。それで、サキ、あなた、いったい、リルケみたいなひと好き?」

「好きじゃないけど興味あるわ。或る意味じゃ、大変男性的な、創造的というよりは批評精神ばかりみたいな詩人だから。わたしって、どうも自分の持ち合わせていないものに性的魅力を感ずるのよ」

「君は、性的魅力に余っ程弱いんだな」

フレッドはへらへらと笑いながら言った。

「そうよ、あたり前じゃない。あなた、性的魅力の無い女が好きなの」

サキはつんとした。

「サキ、ぴしゃんとやっつけなきゃ駄目よ」

ヨシコは夫を睨みつけた。

「あなたは少しサキに侵略的よ。リルケのような具合にはいきませんよ」

「ヨシコという天使がついているからなあ」

フレッドは詠嘆した。

「そうそう、指の絵具をとるラノリンを買ってきてあげたよ。両手につけてくちゃくちゃ、とやって、あとで水で洗うんだ」

フレッドはテーブルの脇においてあった大きな罐をサキの方に押しやった。

「まあ、有難う。いくらだったかしら」

「いや、いい、いい、いい、僕が勝手に君にあげたかったんだから」

「このひとは、あなたに親切にしたくてたまらないのよ。親切にさせておあげなさい。慾求不満になると困るから」

「サキ、――ラテン・アメリカの若いのと親しくしすぎるぞ。いつ、何時、僕が後をつけているかも知れないってことを覚えておいてくれ。あいつは夏学期だけガール・ハントにカリフォルニヤからやってきたパート・タイムのヒッピイだぜ」

「だから、ちょっと興味あるの。フレッドもヨシコも、二十年前だったら、きっと仲間入りしてたわよ」

「わたしが教えていた学生にも、ヒッピイの仲間入りをしたのが沢山居てね、一人、よく出来た子ですけれど、そんな風になっちゃったわ。他の男の子供がお腹《なか》にいる同級生の女の子と結婚して得意になっていましたけれど、つい先頃、大学の前のコーヒー店で、又、同じように穢らしい、肩から滑りおちそうな、印度サラサのロング・ドレスを着た、裸足の別の女の子と抱き合っているのを見ましたよ。その女にキスしながら、わたしに手を振るんですからね。あれで、人生を愉しんでいるつもりかしら。ヴェトナム戦争反対は別として、精神的抵抗の基準なんてものはありゃしないのよ。あるとすれば、性的不満の原始的解決方法くらいで、それだけで現代の社会に対する抵抗だと思っているんですからね」

「まあ、やらせとくさ。とにかく滅法大人しいし、観光的価値があるじゃないか」

「このひとは、ヒッピイだろうと何だろうと、裸の女の子が居さえすればいいのよ。全く瞼にカーテンをぶらさげておきたいわね」

ヨシコはフレッドを流し目に見たが、フレッドは瞼を拇指と人差指でしきりにひっぱっては目をぱちくりさせた。

「でも、ああいう人目をひく恰好で群をなして屯していれば、一種のデモンストレーションにはなるわね。みんなが内攻させている不満みたいなものを発散させてやっている、っていう英雄主義もあるのよ。きっと」

サキは言った。

「まあ、あれだけ若い子達が集るんですから、一種の浪漫主義はあるんでしょうよ。精神的抵抗の基準が無い、っていいましたけど、ひどく散漫な、感覚的な気儘な振舞いが好きなだけなんです。大方は中産階級の出身で、親の臑齧りの浮浪者なのよ。たいてい、あんまり頭の良くない、落第生の烏合の衆なんです。それでいて何となく、アカデミックな雰囲気に魅かれて、大学の附近に集るってことは、可愛気もあるわね。そういう平均以下の頭で、物を考えることのできない、つまり、ぼんやりと感ずることしか出来ない種類の人間はともかくとして、歴とした大学の教授なんかでそのお先棒をかついでいるのがいるんですからね。そういうのは罪悪ですよ。つい最近も、歴史だか何だかのヒッピイ教授が馘になりましたけれど、何も、ヒッピイだから馘になった訳じゃない。広言していたことは大層立派な、思想と言論の自由、とか、大学の自治、とかで、あとは学生と芝生に寝そべって、唯物史観か何かぶってたらしいけど、セミナーと称して夜半に神秘的性交の実験とやらを学生達と教室でやっていて捕ったんです。つまり、そういうことに、歴史的価値がある、っていう訳でしょうよ。一体これはどういうこと。何てことでしょうね。恥さらしな。大体、わたしは大学の教授って種族にひどく懐疑的なんです。例えば、わたしのとっているドラマの教授なんか――」

「ほら、今だ、今、後を振返るんだよ。あれが、サキのお気に入りのラテン・アメリカの女友達さ。ちょっといい子だろ」

フレッドはヨシコの膝頭をテーブルの下でぐいとつついた。

「黄色いドレスだ――」

ヨシコは何げない風にゆっくりとふり向くと、盆の上にコーヒーとパンケーキをのせてやってくる黒い髪の女の子と目が合った。サキも素早く観察し、脚がきれいで、黄色のミニスカートがよく似合っているのを確めた。

「ところが、あの子は例の物理の赤髭のロシア人ともよろしくやっているのさ。このところ食堂で同じテーブルに坐る回数は髭の物理の方が多いから、ラテン・アメリカは振られた形だ。それで、奴さん、あの子への牽制の意味もあって、サキに纏わりついているんだ。尤も年上の女に興味がある年頃だけど」

フレッドはサキに聞かせる意地悪を言う時は、ヨシコの眼を覗き込むようにして、薄ら笑いを浮べた頰の辺りにサキの視線を受けとめて、妻に囁くように言うのだった。ヨシコは女友達と夫と交互に眼をやりながら苦笑した。

「全く、このひとときたら、食堂は食べるところじゃなくって、女の子を眺める場所だと思っているらしいわね」

「いや、もう希みはないからね。何しろヨシコという天使に翼を拡げられているから。《おお去にし春よ》だ。せめて、見るぐらい赦してくれよ。創作家の希みを失ったから、批評家として特定の女に眼をつけている男を観察して愉しんでいるだけなんだから。こうやって第三者として観察していると頓馬な駒をうっている奴が全く哀れだねえ。走って行って置き替えてやり度いくらいだ。今にして思えば、あの時、こうしていたらなあ、と思うことが多くて哀しいよ。全く、青春というのは自分を殺すことが自分を生かすことになるのだ、ということに思いが至らない時なのだなあ。男も女も無駄に傷つけ合って――、だけどまあ、それ以外に方法なんかありゃしないんだからな。どうしようもない。

サキ、あのラテン・アメリカはちょっとしたプレイ・ボーイだぜ。僕が観察したところによると、この一ヵ月で九人の女の子の気をひいているね。恐らく、毎週デイトの相手を変えているよ。その中二三割とは案外うまくやっているかもしれない」

フレッドは始めてサキの顔を覗き込んだ。

「そうよ、仲々魅力的な子よ。女の子にもてるだけあって」

サキは答えた。

「どんなこと話しているんだい。このところ夕食後殆ど毎晩二人で出歩いているじゃないか」

「カ・ク・メ・イ、のお話よ」

リキは言った。

「共産主義者《コミュニスト》かい」

「実用主義者《ノラグマティスト》よ。アメリカで経済学を勉強して、中南米の労働組合について、っていう論文を書いている」

サキは答えた。

「わたしはね、ラテン・アメリカの国というと、どうもわたしが教えたブラジルの交換留学生の悪い印象があるんで困るのよ。そのブラジルの交換留学生はね、年中女の子と遊ぶのに不自由はしなかったみたいだけど、ただそれだけなのよ。何にもありゃしないのよ」

「何にもありゃしないって？」

サキは礼儀を重んずる質だった。

「好男子だったし、頭が適当によくて、女の子を優美に扱うとか、気のきいた冗談口を叩くとかいうことには長けていたわ。勿論、わたし達が教えている程度の短期大学なんかにはあんまり質のよいのが来ない、っていうこともあるんでしょうけれど、それでも所謂交換留学生というのは、その国でちゃんと選択もされて、その国では周囲も認めた代表的な青年の筈でしょう。大体、男が十八、九にもなれば、その年齢なりに、きちんとした世界観といったものを持つべきです。それが無い、なんてのは、つまりその国の精神的貧困を示すものじゃありませんか。ブラジルの子はね、何を訊いても一向に芯が無い、女みたいな少年でした。喋る英語は大層上手な癖に、書く方はさっぱりでしたし、本を読む、ということをまるでしない子でしたね。交換留学生でわたしが英語にDをやったのはあの子だけだったわ。——あら、わたし、トーストも、ベーコンも食べちゃったのかしら。困ったわねえ、どうしてこうなんでしょう。このところ肥りつづけているのに」

ヨシコはくだらない男に同性の女が心を傾けるのに悲憤と嫌悪を感ずるのだった。その上、彼女はこの、自分の親達の生れた国から来た年下の女友達を少々眉唾物だと思っていた。

「あんまり口きらずに喋っているから、食べる暇が無かろうと思って、僕が代りに食べてやったのさ。ヨシコ、君の教室じゃ、いったい学生に質問を許すのかい?」

「質問じゃありませんけれど、意見を述べさせていただきますと、外国人っていうのはアメリカ人には滅多に本当のことを言わないんじゃない。例えば、わたしなんかも、喋る前から気力を失っちゃうことの方が多いの。どうせ本当の言葉が返ってこないのなら、無理して喋ることもないものな、と思っちゃうの。たまに決心して言ったりすると、それっきりになっちゃうことが多いもの。それから、どうか、わたしを日本人の代表だなどと思わないで。全く、そんな重荷なことったらありゃしない」

言いながらサキは絶望した。どうしようもない不可能なことである。サキを日本人だと思わないで、サキを女だと思わないで、ということはサキを人間だと思わないで、ということと同じように無意味である。サキは日本人で女で、人間である。

「或る国に生れて、二十年以上も其の国に住んだら、そのひとにとって、その国はもう絶対的な或る意味を持っているんですからね、不思議なものね。わたしは日系のアメリカ人で、日系人の知的能力ってものに可成自信を持っています。例えば、わたしの父なんか、貧農の身で、小学校を出たきりだけど、此の国へ来て、五十年で独学した英語で、今ではタイムやサタデイ・レヴュウをちゃんとした批判精神で読める数少いアメリカ人の一人です。普通の大学出よりずっとちゃんとした見識を持っています。大体、わたしは、学校教育っていうのにあんまり信頼を置いちゃいないんだけど——、だって、学歴があるというのと、教養があるというのと、全然別なものだとは思わない？　——父は苺畠で土にまみれて夢中になって働き、そして、四人の子供を全部大学まで教育して、その上、自分自身も努めるということを怠らない人です。今では耳も遠くなったものだから、まるで本の虫みたいな生活をしているけど、話をしていてあんなに面白いひとはないわ。物識り、というんじゃなくて、つまり、他人のいうことを疑い深く、ひっくり返して、にやり、と笑うようなところがあるのよ。きっとしょっ中用心して、何もかも自分で決めなきゃならなかったのよ。それでいてね、妙に感じ易くてすぐ、ほろりとするのよ。きっと、そういうことに飢えていたからでしょう。あのひとは、少くとも二十何歳かまで、日本の伝統と風土で育ったひとですからね」

「それは、あなたの一族が優秀なので、愚かな日本人も沢山居るわよ」

サキは苦笑した。

ヨシコはフレッドの皿からベーコンを一切れ取り戻して、素早く口に入れながら、眉をしかめた。

「わたしは、ハワイの二世ってのは、ほんとに好きじゃないわ。ハワイから来た二世はすぐわかるわよ。素足にゾーリをはいて――。(ゾーリは彼女の使った始めての日本語だった)浜辺育ちはあれだから困る。全く日系人の面汚しだわ」

ヨシコは白髪の混った刈上げの頭をふり立てて一つおいて先のテーブルに坐っている猫背のオレンジ色のシャツを着て、ゴム草履をはいているハワイから来たらしい青年を睨めつけた。然し、ヨシコ自身も、その夫もショート・パンツをはいているのである。木綿の白いソックスにズックの運動靴をはいているところだけが違っていた。フレッドは天井をみつめて笑いを噛み殺し、サキの足をぎゅっとふんづけて、人差指で自分のはいている運動靴の穴のあいている爪先を指差して言った。

「僕はドイツ人の子孫のアメリカ人で、日本人の子孫の女を女房にして、穴のあいた運動靴をはいて、女房のタイピストをしている」

「フレッド、九十五度あるんですよ。誰だって夏を快適に過す権利はあるわ」

ヨシコは断固として言った。

「そうだ。その通り、この食堂では水着に跣でない限り快適なスポーツ・ウェアは学校当局によってちゃんと認められている。少くともゴム・ゾーリをはいていれば跣にはならない。月夜の椰子の浜辺ではウクレレを弾いて愉しもうではないか」

フレッドはテーブルをどんと叩いた。

「その、ドラマの教授がどうしたのよ」

サキはうんざりして、再びヨシコを教壇の上に据え、出来のいい学生よろしく、テーブルに肘をついて上眼使いにヨシコをうながした。

「大体、その教授は、もとはと言えば舞台装置が専門なんだそうですけれどね、あつかましくも戯曲を教えているんです。それがね、まるで作品批評なんてものじゃない、講義に出て来て、その日やる作品の主要人物さえ全然わかっちゃいないのよ。まるでとんちんかんな筋の説明で、喋ることが無くなると、舞台装置の話になるのよ。ギリシャ以来の舞台に関して二インチぐらいの厚さの自分の著書があるんですけど、その本にひょいと拇指をさしこんで、当ったところを喋るって寸法なの。馬鹿にしてるじゃありませんか。こっちはちゃんと高い授業料を払って『十九世紀以後の戯曲』、という講座を選んで来ているんで、シェークスピア劇の舞台構造を習いに来たんじゃないのよ。こんなやり方は、ちゃんとした権威のある大学のやることじゃないでしょう。この大学のドラマ科は権威がある、っていうことで、わたしはわざわざそれを選んだのに。講義のできる人が居ないのなら、そんな講座は下ろせばいいんです。これは一種の詐欺行為です。そうでしょう百十五弗の授業料で三コースとってるから、一コース当り大体四十弗ってことよ。ああ、四十弗あれば、わたしはあの安売りの駝鳥のハンド・バッグが買えたのに」

「十何年教師をしているとね、他人に口など挾ませやしない。三百六十五日この精力的忿懣をきいている亭主の忍耐心たるや大したもんだね。若しかしたら俺は天才なんではなかろうかと思うくらいだ」

　フレッドは欠伸をした。ヨシコはかまわず続けた。

「その上、どうお、中間試験の代りに小論文を書かせたんですけど、返ってきたのを見ると、二十人の学生全部、『よろしい』ですって。これは一体、どういうこと。Satisfactory なんてのはね、小学校の音痴の教師が生徒に音楽の点をつけるように強要された時にのみ、許される点のつけ方です。いやしくも州立の大学の教師が、仮りにも教師としての良心を持っていたら、出来る答案のチェックの仕方じゃないわ。この講座は二十人居る学生の中大体半分は夏の間だけ大学に戻ってきている昔の卒業生で、あと半分は卒論を書いている四年生か、大学院の学生だけど、その中訳のわかった学生はせいぜい五人よ。教室でのとんちんかんな発言をきいてればわかるじゃないの。――それを二十人が二十人、全部、『よろしい』だなんて。もっとも教師が教師だから、学生の方でも馬鹿にしていい加減な答案を書いたのかも知れないけど。ああ馬鹿をみた。わたしは一ヵ月かかって、心をこめて、それを書いたのに——

フレッドはヨシコの話など少しもきいては居なかった。そして三回位続けざまに欠伸をした。

「サキ、このひとはね、わたしが自分の講座に文句をつけるのを不当のような顔をしてますけど、自分だって散々文句をつけた挙句、電子計算機のプログラミングを落第したのよ。これは十二単位で授業料、まるまる只捨てなのよ。それで今じゃ閑なもんだから、女房のタイピストをかって出て、いやという程恩に着せながら、わたしの文章の関係代名詞が多すぎるの、句読点のつけ方がどうのと、文句をつけて有能なタイピストぶってるのよ」

「くだらないから、自分で追ん出たんだ。教授はちっとも出てこなくて、年中フランス人の助手がやってくるんだけど、何だかさっぱり訳のわからない英語でチーチーパッパとやられると、ただでさえ睡気のさす午後の授業なんて、完全に熟睡しちまうね」

「それでね、わたしは言ったのよ。今更、此の年で、学位の為にとっている単位でもなし、そんなに憂欝ならやめておしまいなさいな、って。わたしはこの一ヵ月間、プログラミングのぶつぶつをきかされどおしだったんですからね。いいですよ。わたし達は五年ぶりに休暇を愉んでいるんですもの。そんなに気の向かないことをすることはないわ。尤も、このひと、初めは教師を辞めて、コムピューター・センターに勤めがえするくらいの意気ごみだったのよ」

「わかったよ。つまり、僕は怠け者だ。頭脳が高級にできているんで、現代メカニズムの怪物みたいな、電子計算機《コムピューター》ってのが性に合わないいんだ。僕はやっぱり哲学的次元に於ける数学にしか興味がないいね」

「結構ですわ。二十世紀に於ける、フレデリック・クリッツマンの定理、とやらの完成を祈っています」

「大体、現代人は阿呆だから、電子計算機のやることなら間違いはあるまいなどと、大舟にのった気で、出た答えを信用している。例えば、電子計算機によればヴェトナム戦争などは一年半前に勝利に終っていた筈なのに、今もって、もたもたしている。両国の兵力、国民の教育程度、国土の資源、あらゆるデーターによるプログラミングで出てきた答は何度やっても勝利、と出るのに、これは一体どうした訳だろう、と思ったところ、大統領の名前が間違ってた、というような訳さ」

「じゃあ、やっぱり、プログラミングは必要じゃありませんか」

ヨシコは笑いながら言った。

「限界のある人間の能力を変な怪物で、絶対的なものだなどと思い込ませることは、宗教と同じくらい罪悪だという道義的義憤からプログラミングを落第したんだ」

「わかりましたよ。でも、あなた、ヨシコ・クリッツマン氏の夫としてこの夫婦寮に居るって随分気楽でしょう」

「ところがどうして、サキ、こうなんだ。こいつは僕がプログラミングを落第するやいなや、こきつかわなきゃ損だといわんばかりに、――それに、僕がうっかりリルケなんぞは原語で読まなきゃ駄目だ、なんて馬鹿げたことを言ったもんで、リルケ、カフカ、ブレヒトと、本を夜ベッドにつっこみさえすれば電子計算機みたいに朝飯の時には解説が亭主の口からとび出してくると思っている。そりゃ、僕だって、恋の病いで頭が異常に冴えている頃なら、街中の本屋をひっかきまわして探し出した、芭蕉の俳句集を目をこすりこすり読んで、『古池や、かわずとびこむ水の音』なんて暗記したもんさ。尤も、ヨシコときたら、日本語のにの字も知らないんで、効果は無かったけれどね」

「いいえ、効果はありましたよ。わたしはそれから発憤して、勿論翻訳でですけれど、芭蕉の句集を読んで、修士論文の時の比較文学で使いました」

「しかしだね、ヨシコ、歴史というものは常に変っていることを頭に入れておいて貰わないと困る。現在は僕も病いも癒えて、善良な一市民として数学の教師という職に本分を尽している。五年ぶりの休暇のあと残り少い短い夏を、無念無想の境地で楽しもうと思っているのだから、文学などという絵空事の戯言で僕を悩まさないで呉れ」

フレッドは立上ってコーヒーをとりに行った。ショート・パンツからひょろりと突き出た長い脚で、いくらか前かがみにひょこひょこと歩く後姿は、駝鳥を想わせた。

「サキ、わたし達はね、結局時代遅れの人間であることに気づいたのよ。十年前まではボヘミアンで、一緒に棲んで結婚しない、などということを抵抗と感じていましたけれど、つい、やっぱり、何かと便利なもんですから五年前に結婚しました。そして、家を買って、最近あのひとは花造りを始めたんです。家を買って、花を植えるなんて、若い時分はわたし達が一番軽蔑していたことだったのに。フレッドじゃなくたって、わたしはカフカがせいぜいで、ロブ・グリエ、だのベケットだのというのはとても読めません。ベケットなどを読んでいると、現代は工業技術《テクノロジー》だけの時代だという虚無感の方が強くてね。気がついたらもう四十じゃないの。保守的になるのは当り前ね。みて御覧なさい、サキ、この白いもの」

ヨシコは耳の脇に手をやって、刈上げにした髪に混っている銀色のものに、合せ鏡をするように斜視で笑いかけた。

「わが愛する忿懣家の女房殿、その戯曲の時間が遅れるよ」

コーヒーを持って帰ってきたフレッドは時計を見てヨシコをうながした。

ヨシコは立上ってサキの方を見た。彼女はこの女友達が一時間目は閑なのを知っていたけれど、彼女が自分につれて立上るのを見て満足した。フレッドは立上る気配はなく、三杯目のコーヒーを飲んでいた。ヨシコはこの自分より年下の女友達が意識して自分の夫によそよそしくするのに半ば満足もし、半ば気に入らなくも思った。

八時を過ぎた食堂には人が少くなっていた。入口でヨシコは窓ぎわに坐っているブレント・ウインタースの姿を認めて、サキをつついた。

「ほら、あれが、わたしのとっている欧州文学のウインタース博士よ。ちょっと憂欝でいい横顔じゃない。フレッドはね、あの通り女房以外の女には興味があって仕方がない癖に、わたしがあまり長くあのひとと親しい口をきいたりすると、いい顔をしないのよ。夏学期だけに大学から来ている客員教授だけれど、わたしが満足している唯一の講座だわ。これは、わたしがリルケが気に入らないっていうのとは別問題よ。W大学の文学部長で、主として大学院の比較文学の学生の論文指導をしているらしいけれど、今の講座は、二十世紀欧州文学で、ちょっとした精力的なものよ。ここ暫く、毎夏、この大学が招いて開いている講座ですが、今度はフランスからカミュ論で定評のある、F・R氏も来ているから、いい顔合せになるんでしょう。ウインタース氏のサルトルとカミュ論は名があるってきいたので選択した講座だけれど、今年は、サルトルなど入っていないのよ。彼は、この大学で、アメリカ文学などはがらくただ、と宣言して、ついこの間も、此処の若手のフォークナーの専門家と派手にやり合ったという話です」

今日の昼、ブレント・ウインタースに逢おう。サキはヨシコに、ブレント・ウインタースを六年前に知っていたことをつい言いそびれた。

ブレント・ウインタースは何時も湖の見える窓辺の、其の席に居た。昼一時を過ぎて食堂に行くと、がらんとしたテーブルで何時もぽつんと湖を見て一人で坐っていた。彼は、一時までの講義があるらしかった。これはサキにとって都合がよかった。其の時間、ヨシコは時間がつまっていて決して食堂にあらわれなかった。

ブレント・ウインタースは極端に中高な顔で、後頭部は殆ど尖っていた。大方は白髪だったが、ほんの少し、黒い幾筋かの毛も残っていて、沈んだ銀灰色の髪、といった感じだった。瞳は暗くて、どうかした加減でいくらか青味を帯びることもあった。近視特有のとび出たレンズの部分が強く光って、時々思わぬ場所に眼を走らせては、又じっと相手をみつめる癖があった。後頭部がひどく尖っている為に、硬い髪は其処のところで何時もぼさついていた。

ダニエルはそうされるのが好きだった。髪に指をさし入れると、少年のように唇を濡らし、眼を閉じて、じっとしていた。

サキは疲れた眼を休める為に、浮橋を眺めた。空が低くて、湖は鉛色に沈んでいた。浮橋は心もとない、といった風に低くたわんでいた。

「——だけど、どうして、あなたは、そんなことをおすすめになるの」

サキはウインタースに言った。

「あなたが、牧場の柵の中の牛みたいだから」

「平和で、青々とした草があって、お陽さまが当れば、つい、そういう気持になるでしょう」

「それは、そうだ。——昔、昔、ノラという女があった。それから、エムマという女もあった」

サキはきょとんとしていた。するとブレントは、その女は、ノラでも、エムマでもなく、ナジァみたいなふんわりした、綿菓子みたいな女であるように思えた。弱々しくて、霧の中の合歓の花のようであった。

「あなたは、柵の中で寝そべって、牛のような生活をしているから、せいぜいみる夢は霧の中の合歓の花だ。一度、とび出して御覧。遠くから馳け出して、勢いをつけて跳び越えれば、脚の一本くらいは折るかも知れないけれど、跳び越えられない程高い柵でも無い。そうすれば思わぬ新しい世界が生れる」

「ああ、あなたは、わたしの悲しみなんぞおわかりにならないのよ。本当のところ、柵なんぞは何でもありゃしないの。わたしはしょっ中、ひょいと跨いで、とことこと遠出をして、草臥れてはまた戻ってくるんです。これは一体、どういうことでしょう」

「それは、つまり、あなたの心を本当に捕えるものが何処にも無い、ということかね」

「そうみたいです。そして、牧場の主人は戻って来た牛を鞭打たないっていうことです」

「では、それは全く理想的な結婚だ」

ブレント・ウインタースは興味を失って浮橋に目をやった。女というものは全く足音も無く何処からか帰って来て、気がつくと膝の上にのっている猫のような動物だ。

あのひとに、電話をかけなければ、立つ前に。サキは考えた。所持金はもう四十弗しか無かったし、飛行機の予約をとった方が、いいな。サキはぼんやり考えた。電話を向う払いでかけてもガクは怒りはすまい。「じゃあ、さようなら」という声が聞えてくるようで、侘びしくないことも無かった。けれど、サキはこうした侘びしさにもう何年か馴らされていたから、今更、どうのということはあるまい、と自分に言いきかせていた。他の人間、というものは、或る日、振り向いたら、其処に居ないかも知れない、と常に予期していなければならない。だが、そんな侘びしさに重って、〈いったい、君は日本に何があるのだと思っているのだ。日本の男達が、アメリカの男達より君をちやほやしてくれるとでも思っているのか〉というガクの、やりきれない、といった風な声も聞えてきて、ひどくガクの暖かなからだを感じたりもするのであった。実際、考えてみたら、日本に帰らなければならない理由など何一つ無いように思われた。アメリカは日本より豊かだったし、夫婦の生活は平和だった。——しかし、やっぱり、魚を抱いて寝るわけにはいかないな、サキは思った。

「あの湖で、カヌーにおのりになったことがあって」

「僕は泳げない」

「まあ、どうして？　沈むなどということは決してないのに」

「カヌーがかね」

「いいえ、人間のからだがよ」

「では、僕は、その沈まないからだを、無理やり沈めてしまう特殊な技能があるらしい」

「あの橋の向うに、睡蓮の一面に咲いた、きれいな沼があるのよ。わたしが漕いであげましょうか」

「漕ぐことは、僕だって漕げるけれど、モーター・ボートの横波をのりきることが、できないだろう」

「怖いのね」

サキは笑った。男が怖がって、じっと自分を凝視める時、サキは愉しかった。〈カヌーがひっくり返って、新聞種になるのが怖いのね〉サキは笑った。

「わたしは、海図もなくて、海に舟が出せるのに」

「暗礁があったら、運が悪かったと諦めるのかね」

「カヌーにのらなくったって、自動車事故で死ぬかも知れないのに」

「それは、そうだ。しかし、確率というものがあるじゃないか」

「毎日、長々と寝そべっていて、時間が沢山あるものですから、色々なことを思い出してね、昔の、麻薬患者のやくざな群に帰りたくなったらしいの。涎をたらして、牛のように睡るよりは、打ちつづけに打つ薬を使ってでも、きらびやかな色と音のある暮しの方がよい、と思うでしょう」

「華やかな色彩などそんなに何処にでも在りはしない。黒白の、雨の降った画面が多くてね、一体、何年結婚しているのだね」

「さあ、もう七年目になるかしら」

「七年は少し長すぎたねえ。そんなに長く休むものではない。肥りすぎた体重を減らすのは大変で、大抵のひとが、そんなにつらいなら、ほっそりすることを諦めよう、と思うくらいだ。けれど、意志があれば遅すぎるということも、ない。恋をしなさい。それが一番簡単な方法だ。一生、牛で居たくないなら。尤も、暗礁にわざと突き当って死ぬ方法もある」

「恋ですって？　どうして恋なぞができるの。あなたのように何もかもうっちゃってしまえるような恋なんぞ、いったいどうしてできるんだか見当もつかないんです。あなたのように三度も結婚できるなんて。どうして二度目が一度目と同じ事だと、三度目が二度目と同じ事だとお思いにならなかったの」

「誰だって、飽きて、どうしようもなくなることがある」ブレントはぼんやりした眼附きで外を眺めながら、呟いた。

「金がかかって、うんざりする程、七面倒臭い書類を沢山書かされて、くたくたになって、――もうこれで終いだ。金輪際、お終いだ。五十を過ぎて、やっと適当に幸せで、適当に自分の場と思えるところに坐っている」

「それは、あなたが年をとって、疲れてしまったのだとはお思いにならないの」

「人生は、そんな風に丁度よく出来ている。蜜月に疲れる頃子供が生まれるとか。肉慾が衰えた頃、努めて、努めて、様々な夢を見て、あがき続けてきたのだという記憶だけがほんのささやかな安らぎと共に、いくらかの誇らしさで残る」

「孫みたいに小さな坊やを抱いて、そんな風に誇らしく思うのね」

ブレントは羽の抜け落ちた禿鷹みたい肩をすぼめた。

「或る場所で、ひとが生きられなくなれば、他の場所で一緒に生きてくれる伴侶が欲しくなる。最初の妻はわたしがつくった場からはみ出てしまったから、別れた。わたしが或る期間に変質したのが原因だろうけれど、自分でそういう変質を認めること自体がわたしの生きる方法だった。ひとは誰でも新しいものが好きだ。次々と出てくる文学作品と同じで、新鮮な文体には魅かれるものだ。だが、新鮮な文体に魅かれたからといって捨てきれない古い、よい作品もある。後で暗く、おだやかに輝いている美しい背景のようなものだ。一生一緒にいる妻というのは、前方の主題を様々に描き変えてみても結局消す気にならない、結局は画家の天性そのものだったなじんだ背景のようなものなのだろうね。そういうことがあるのかどうか、わたしには経験が無いからよくわからない。

結婚後最初にわたしが魅かれた女は、わたしが上手くやりさえすれば、或いは情事だけですませることだってできたかも知れない。しかし、最初の女房がわたしを責めたてたし、それに言訳する程の情熱を最早自分は持っていない、ということに気づいたから別れることにした。其の時、習慣的に言訳が口まで出かかって、はて、こんな言訳に何の意味があるのだろう、と思ったのだ。わたしの裏切りについて最初の妻が言うことはいちいちみんな本当だったし、それを、そうじゃない、などということは出来なかった。それに、恋をすると、女というものはみんな結婚したがる。そういう労を嫌うことはわたしの古くさい道徳が許さなかった。その女は確かに新鮮な魅力でわたしを古い世界からひきずり出してくれたのだし、その為にだけだって結婚してもいいと思った。

その女は自我の強い女で、最初はそれが魅力だったが、次第にわたしはそれに疲れてしまった。わたしは同じところに、同じことを考えて、じっとしておられる人間じゃない。新しい魅力が次々にわたしを魅きつけるし、すでに退屈したことにじっと耐えて、新しい自分の慾望を殺すことに道徳的満足を感じ、慾望を殺せない人々をやっかみから不道徳呼ばわりをする質の人間じゃない。若しも相手を殺さずに済むなら、お互いが新しい生活を始めることの方がずっと道徳的だと思っている。若し、自分の贖える金で、古い生活を清算することができるなら、それはちっとも高くつくものじゃない。ひとは誰でも自分の生きたい生き方の為に働いているのだから」

(ダニエルのことを訊いてみようか。しかし、何という場違いの質問ではないか)

ブレント・ウインタースは浮橋を眺めていた。

(ダニエルのことを訊いてみようか。《二度目の女房は情事だけで済ますことだって出来たくらいの女だった》とその母親をうばったウインタースが言うのをきいたら、ダニエルはその場でブレントを撃ち殺すかも知れない。ダニエルは母親をうばったブレントを憎んでいた。ブレント・ウインタース、――ダニエル、――母親――ブレント・ウインタースの妻、――サキ、――これらの人物は同時の舞台にはのらない、ばらばらの人間達である)

ダニエルの指が、ゆっくりとサキの柔らかな部分を探っていた。脂肪の間でぎしぎしした、錆びたナイフが黄ばんだ骨を削っていた。

「あなたのお話をきいていると、あなたはひどく運のいい方みたいね。でなければ、相手の方が、余っ程、物わかりがよかったのね」

「あなたと話をしていると、あなたはまるで、漂っている流木みたいに頼り無く見える。時々、鳥が来て、止まりたくなるような流木だ。海は広いし、時々見知らぬ浜辺に流れつくこともあるし、——そして又、風が吹けば再び沖に流される。その中に、海の虫だの、砂浜の虫だの、木の中にもともと棲んでいた虫だのに沢山穴をあけられて、——無数の、蜂の巣みたいに穴のあいた、軽い流木を見たことがあるよ。——風や、波に削られ、だんだん軽くなって、小さく、細くなって、波の間に消えてしまう」

「わたしは子供の頃、よく母にこう訊いたものです。——お母さま、お母さまは人間でなかったら、何になりたい？　例えば、お魚とか、鳥とか、ライオンのように強い獣とか、蛇とか、猫とか、犬とか。——すると、母はこう答えたものです。《わたしは木になりたいね。高い、大きな、立派な木になりたいねえ。森の中の一番大きな木でね、色んな景色が見える、熱い海だの、白い帆だの、砂浜の舌を出している貝殻とか、蛇と鷲が喧嘩しているのとか、恋人達が脚をからませ合っているのとか、色んなものが見える。そして、時々、きれいな鳥が飛んできて歌を歌ったり、巣をつくったり、風が葉を鳴らしてくれたりするのが愉しいねえ。わたしは横着だから、歩きまわったり、闘ったりするのは厭だよ。余っ程ひどい嵐が来たりしなければ、倒れたりしない、大きい、立派な樹になりたいね》って。母はほんとに立派な樹で五人の子供を育てましたけれど、わたしは立っている木ではなくて、枯れて、倒れて、浜辺に流されて、穴だらけになって、波間に漂っている流木だって仰言るの。だから、子供も生まず、あなたのように見も知らないひとから、恋をしなさいとか、恋もできないなら死んでしまいなさいとか、侮辱されるのね。

自殺といえば、わたしの夫が、昔、わたしに呉れた最初の贈物は小さなガラスの函に入った青酸カリでした。彼はそれを、大学の友人の化学実験室から盗んできて、わたしに呉れたのよ。宝石箱みたいに、きれいな函の中に、ポリエチレンの袋に入って、飴色のゴムバンドで口を閉めた青酸カリでした。わたしはその時分、不幸な恋にひどく痛めつけられて、年中、死にたいとか、生きていたってつまらない、とか言っていたものですから、彼はそれが一番気の利いた贈物だと思って、わたしが二十七歳のお誕生にそれを呉れました。わたしはお陰で、川や電車なぞにとびこまなくても、何時でも自分の希みを達することができたのですけれど、勿論言うだけで、そんな勇気などありゃしませんでした。そして、どういうわけだか、わたしは急に彼と結婚したくなったのよ。今でもそれを持っていますけれど、此の間、ガラスの函をあけてみたら、少し湿っているようでした。

それから、結婚して、最初に呉れた贈り物は、ピストルでした。スペイン製の、唐草模様の彫りのある、真珠貝の握りの、ハンド・バッグに入れておくのに丁度よい大きさのです。最初注文しましたら、スペインは闘牛の季節で、闘牛の季節が終らなければ唐草模様を彫る職人達が仕事をしない、とかで、約六ヵ月遅れましたけれど、それでも結婚一周年記念には間に合いました。何時も、ベッドの脇のスタンドの抽出しの中に入れて置くんですけれど、最近わたしは若しかしたら、それで自殺をする前に、誰か、ひとを殺すんじゃないかと思ったりするんです。人間に生まれたからには、誰かひとを殺してみたい、という希みがあって、時々夫の胸の心臓の鼓動の聞える辺りに耳を押しつけてみたり、好きになりそうな男友達の酒のコップをじっと眺めてみたりするの、そして、牢屋に入って、冷い床の上に坐ったら、やっと落着いて、ゆっくり物が考えられるんじゃないか、と思うんです。だから、あなたも、あまりわたしをからかったりしない方がよくってよ」

「揶揄うだって? あんたの方がわたしを揶揄っている。わたしは三度目の結婚で、これでやっと生涯落着こうと思っている。最後の結婚で、孫よりも幼い、一年になる末の息子が居るんだから、その息子を孤児になんかしないで貰いたいね」

「ひとはみんな孤独だから、あなたの赤ちゃんだって、早くからそれがわかった方が倖せかも知れないのに」

ブレント・ウインタースは眼鏡の奥から光った暗い眼で、サキの眼を覗き込んだ。サキは薄い笑いを浮べてブレントの方で眼をそらす迄、じっとその眼を見返した。

(チコにもう一度逢ったら、飛行機の予約をとろう)

ダニエルはそういうふうにするのが好きだった。

(ダニエルは美術史に使うカラー・スライドをあの灰色の眼で、一枚一枚選っているだろうか)

浮橋は撓んでいた。雨が斜めに降っていて、湖には小さな波がたっていた。サキは空と、浮橋で二つに分けられた湖と、遠い岬と、街並のある斜めに傾しいだ丘と、黄色い幹の皮のむけたエメラルド色の葉っぱの樹の木立ちとを、幾何学的な六つの面に分けてみて、真中の湖の部分にじっと眼をとめた。雨の中で六つの光は睦み合っていて、殆ど完全といってよいくらいの調和を保っていた。

「わたしはこの一ヵ月間、毎日この湖と浮橋を眺めているのですけれど、この景色は抽象化する以外に絵にはならないと思うんです。空と、湖と、木立ちと、丘が雨の中でこんなに美しいのに、どうして木の皮のむけたのだの、白い壁のスーパー・マーケットだのが描けるでしょう」

ブレントはぼんやりした眼を湖の向うの灰色の丘に這わせながら答えた。

「抽象というものは怜悧な構図を持っている筈なのに、実際はきわめてぼんやりとした、感覚的なものにすぎない。それでも、ひとは、自分を表現したくてあがきつづける——」

チコはロビイにやってくるなりサキの膝に頭をのせてごろりとソファに横になった。それは充分に周囲の眼と、サキの当惑を意識してのやり方であった。暖炉を隔てて向いのソファで、アフリカの若者が亜麻色の髪の娘を接吻していた。少女を抱いている男の肩は逞しく盛り上っていて、そのちぢれた髪の丸い後頭部と、美しい首筋を、チコは不意にいわれのない怒りで憎んだ。彼は競争者である他の雄に性的な威圧を感ずると、女を虐めつけたい衝動に馳られるのだった。

「言っとくけど、僕はあんたに所有されたりするのはいやだよ。僕は自由で、気紛れで、他人に縛られるのが何よりも嫌いな質だ。僕はあんたが好きだから、あんたと愉しみたい。それだけだ。それから、君は時々僕を感動させるから、友人として尊敬もしている。だから、僕達は素敵な会話ができるだろう」

サキはチコのくるくる巻いた栗色の髪の毛に指をさしこみながら、穏やかに笑った。サキはチコを宥める言葉を探した。

「チコ、アメリカの共産主義者って、どんなことをしているのかしら」

チコは蔑んだ目附きでサキを見て、それから笑い出した。

「君はどうしてそんなにユーモアがあるんだろう。君は政治になんぞまるっきり興味が無いのに」

然し、チコは和んだ眼附きでサキを見上げた。

「さあ、きっと、大きな怪物の上を這っている蟻みたいなもんで、大方、この辺りが急所だろう、などと思って、渾身の力をこめてちくりとついても、一番かたい足の裏だったりして、大切な槍を折ったりするくらいが関の山じゃないのか。だから、アメリカは自国の共産主義者などちっとも怖れることはないさ。それより足元に火がついてることがあらあな。月だのヴェトナムだのってどころじゃないやな。一体、ニグロをどうする気なんだろう。それはそうとサキ、僕はゆうべ、ホモ・セクシュアルのニグロに言い寄られたよ。彼は詩人で、ひとの心の隅々まで見透せて、肩に軽く爪を立てただけでも針の棘で心臓を突き抜かれたように感ずる男だから、僕はそのこと以外だったら彼の為に何でもしてやるけれど、結局どうしようもないじゃないか。寝床で彼を救ってやる訳にはいかないよ。今のところは——だ。サキ、今のところは、だよ。だけど、ゆうべ、ちらと思ったんだ。若しかしたら、僕にはいくらかそういう要素があるんじゃないかって。ねえ、サキ、孤児院というものがどんなものだか知らないだろう。他人の眼は僕等が目立ったことをしなければ、素通りするだけなんだ。代りに僕は絶え間なく他人の心を読んでいなければならなかった。自分に必要な人間の心を自分の方に向ける為に、僕はどんなにいじらしい努力をしたことだろう。今想い出しても涙がでるくらいだ。気紛れな他人の恵みを貰う為には僕は満二歳からピエロが演じられたし、物心つく頃から唇の内側では歯がかちかちと鳴る程怒りに慄えても、唇の表側で微笑することを覚えたものだ。学課で図抜けた成績をあげることは僕にとっては一番簡単な、他の方法では決して得られない、他人の心を魅くことだったのだ。僕がよちよち歩きをしながら、蚯蚓《みみず》を拾って食ったって、どぶの水を掬って飲んだって、墓掘りごっこをして遊んだって、誰も僕に気付く大人なんぞはいなかったんだ。

ゆうべ、ホモ・セクシュアルのニグロに言い寄られて、若し彼が、僕の一挙一動に、僕の気紛れな心のゆらめきに、僕が嘗つて決して得られなかったような、舌を噛み切る程欲しかった、その関心を払ってくれるのなら、女のナルシシズムを満足させることに疲れ果てるより、余っ程ましじゃないか、という気がしたんだ。それに、僕にとっては、男同志で棲む方が、僕の仕事に適している。

然し、疲れが直れば、やっぱり女の方がいい。女はまだまだ僕にとっては未知の世界だし、そのわけのわからない、かげろうみたいにうつろいやすい、ずる賢い、その薔薇の花びらみたいに柔らかで、よい匂いのするその花びらを一枚一枚はがしたら、素敵な花芯のありそうな、インチキな罠から足首をはずすことができないんだ」

サキは指にチコの髪を絡ませてひっぱりながら言った。

「ホモ・セクシュアルのニグロだの、レスビアンの女の子だの、そして、多分、わたしだの、あなたは随分用心深い選択をしたものねえ」

チコは片方の手をサキの腰から背中にまわして、指先で、こつこつとやりながら言った。

「どういう訳だか気がつくと、そんなことになっているんだ。何時だって、気がつくと、そんな風になっているんだ。これはどうにもならないことさ。ねえ、サキ、レスビアンのジュディは僕と寝なかった翌朝は首のまわり中、キス・マークでいっぱいだ。だけど彼女は話をしていると、完璧といっていいくらい美しい。ねえ、サキ、美しいなんてことはそう滅多にあるものじゃない。美しい女なんて、男が一生探しあぐねたって、いきあたるもんじゃないと思うね。ところが彼女は瞬間的にだけれど、素晴しく美しいことがある。彼女は僕が喋る言葉の八割くらいは受けとめてくれるんだ。大抵の女の子は、僕が真面目に喋る時は、ちっともわかっちゃいないんだ。僕が真心こめて語る言葉は、すうい、すういと頭の上を通り過ぎていくだけさ。だから、僕はがっかりしながらも、気をとり直して、月の光がきれいだとか、花が優しく匂っているとか、空の色が淋しいとか、女の子の好きそうなきまり文句を並べなきゃならない。これっぽっちも意味の無い言葉でも、何百遍も繰返している中に、自然旋律も出て来て、此の頃じゃ殆ど音楽的とも言えるくらいだぞ、と我ながら感心しているのさ。そして、女が僕の腕の中で感動してうっとりすると、僕の心は哀しみで一杯になるんだ。言葉のわからない愚かな女なら、僕がうらぶれた気持で掻き鳴らす低俗な唄にならなら、うっとりと耳を傾ける可愛い女なら、抱いてやるより他に方法が無いじゃないか。

だけど、ジュディは恐ろしく敏感で、僕が誠実になる時と、はぐらかす時と、大方正確に見分けられる。僕が心をこめて語りかける時、彼女の瞳は素敵に美しく輝くし、僕が飽いてくると彼女の瞳は沼みたいに沈むんだ。

だけど、寝床に入るともう駄目だ。彼女は正真正銘のレスビアンで、僕の弓では鳴らないいんだよ」

「チコ、そんな話をわたしにするのは――」

サキは相変らず穏やかに笑いながら言った。

「あなたが孤児だからって、まさか、わたしの母性本能を目あてにしての話じゃないんでしょうね。あなたの真似じゃないけれど、言っとくけど、わたしには母性本能なんてこれっぽっちも無いのよ。わたしがあなたより年上だからって、わたしがあなたに求めているのは、あなたの男としての魅力だけなんですからね。坊や、坊や、可愛い坊や、って頬ずりして、スープを唇の両脇からこぼしながら、ぼろぼろとパン屑をこぼして食べちらかす坊やを抱きしめる母親とは違うんです。あなたが女が好きなのと同じくらい、あなたが女に持っている夢と同じくらい、わたしは男が好きで、男が持っている、わたし達女には無い魅力に、つい、ふらふらとする阿呆な女なんです。男の持っている原始的な闘争心、動物的な慾望、破壊的な癖に、秩序と調和の創造に対する野心に溢れた行動力、きっと、あなた方男がきいたら面映ゆいような、あなた方の持っている筈の能力を執念深く期待して纏わりつく女なのよ。チコ、重荷でしょう。女に、生命《いのち》を生む力がある、というのは、そういうことなのよ」

彼は眼をみひらいて、長いことサキをみつめた。それから、ゆっくりと言った。

「優しくしてくれよ。ねえ、サキ、君は僕と同じくらい情熱家だから、僕が女の心がわかるくらい、男の心がわかる質だから、僕がどんなに優しさに飢えているかがわかるだろう」

チコは孤児の眼附きをした。僧院の前に捨てられて、見えない眼で乳首を探す赤子の仕草を彼ははっきりと記憶していて、それを正確に演じてみせた。唇の裏側を慄わせる代りに、唇の裏側に薄い笑いを浮べて、女がじりじりとひき寄せられるのを辛抱強く待った。

(女がどんな答を僕に要求しているかがわかりすぎるというのは悲しみだ。スイスから来た娘には、僕の父親はサルヴァドール有数の金持で、大農場主で、僕を是非ともアメリカで教育したかったんだ、と言ってやる。僕は外交官の女房になりたくてたまらない女とか、異国人好きの女とかを直き嗅ぎ分けられるし、女が僕に期待しているような話を、とっさに僕自身事実だと思いこむ才能が僕にはある。僕に是非とも学位をとらせたがっている女には、もう何年か大学に残って学位をとって大学の教授になると言わなきゃならない。革命の好きな女には、革命こそ最も蠱惑的な創造的な仕事であって、その為には例え背中を撃ちぬかれても本望だとうそぶく。そして、偽悪的な告白に耳を傾けたい女には、どういう風にして女をたぶらかし、どういう風に女が打ちひしがれるかを観察するのが自分の趣味だという。たった一つ共通にどの女にも前提条件として宣言するのは、三十五になる迄、絶対結婚しない、ということだ。結婚の好きな女は十二年なんぞとても待っていられないから、適当に向うでそれに応じた方法をとってくれる。勿論俺には三十五になる迄結婚しない、という確信などありはしない。若しかしたら、明日にだって結婚したい、と思うかも知れない。それに、俺が大嘘つきだなぞと思わないでくれ。俺は何時だって真実を語っているのだし、俺が本当に、革命の為の地下組織をつくれるかどうかということだって、或いは無能な外交官になるか、本の虫みたいな教授になるか、年に一回アカプルコで豪遊する農場主になるか、ということだって、女の指一本で動く場合だってあり得るのだ)

(わたしはいったい、何人の男の頭をこうして膝にのせて、そのもっともらしい夢物語をきいた事だろう。何という快い酔い心地だろう。話の事実の証明なぞ、何で求める必要があろう。どっち道わたしはサルヴァドールとやらいう中南米の国までのこのこついて行って、十も年下の男の家政婦になって、牛の尻っぽをことことと煮たりする気はないのだから。ああ、だけど、そういうことが実際可能なら、生きていることは何と愉しいことだろう。始める前から終ったあとの空しさと哀しみについて考える、仏陀の教えなどというものがなかったら。しかし、どうやら、わたし達の会話は終りに近づいたようだ。わたし達が一緒に生きる場を持たない限り、わたし達の会話は、或日ひょいと汽車の中で隣合せに坐った者同士の会話で、それきり途切れてしまうのが普通だから。でも、だからといって、わたし達がこのひとときを、かけがえの無い貴いものだとどうして思わずにいられよう。ほんの時たま、ほんの時たましかめぐり逢わない、こんなささやかなひとときの為にだけ、若しかしたら今日こそは、と朝目が醒める時思うからこそ起き出して、顔を洗いに行ったりする気にもなるのだ)

「サキ」

サキは後を振返った。フレッドだった。

チコはフレッドを無視して、頭をサキの膝にのせた儘身動きもしなかった。フレッドの方も、チコが其処にそうしていることなど全然気付いていない風に言った。

「サキ、ヨシコが《砂の女》を観に行かないか、と言っているよ。七時に始まるから、六時半頃、此処を出ないか」

フレッドは例のショート・パンツと木綿の白い靴下と穴のあいた運動靴をはいて、おまけにタオルをズボンのベルトにぶら下げていた。彼の毛臑は毛の抜けかけた駝鳥のように怒りと哀しみにみちて其処ににょっきりと立ちはだかっていた。

「何時に終るのかしら」

「十二時過ぎるだろうね。もう一本、イタリア映画がある。《砂の女》は三時間近くかかるのじゃないか。どうする？　君の国で作った映画なんだろ」

「行きたいわ。六時半まで此処に居てもいいし、それとも駐車場まで降りて行きましょうか」

「じゃあ、そうしてくれる？　僕等は北口から出るから」

それから、フレッドはサキの眼を覗き込むように身をかがめて、耳元に囁いた。

「サキ、いい加減にしろよ」

フレッドが去ってしまうまで、チコは同じ姿勢でガラス越しに湖を眺めていた。去ってしまうとゆっくりと身を起して言った。

「あの禿は、君を救うつもりなのかい」

「多分ね」

サキは脚を折ってソファの上に坐り直しながら言った。

「映画に、僕を誘わないのかい」

「そういうものは、男が誘うものよ。わたしは、誘われるのを待ってるわ」

サキは立上ってスカートを真直ぐにした。アフリカ人の若者と亜麻色の髪の娘は何時の間にか見えなくなっていて、ピアノのまわりに四五人の学生が集って歌を歌っていた。湖はすみれ色に沈み始め、浮橋はたわんでいた。水面すれすれのその浮橋に大きな波がかぶさることはないものだろうか。チコは坐ったままで反った睫の下から光る眼で挑むように女を見つめ、薄い笑いを浮べていた。

サキはたわんだ浮橋のように眼を漂わせながら、ゆれ動く光の中で言った。

「いいこと、チコ、わたしは、ヨシコにとって邪魔者で、歓迎されない半端者なのよ。わたしが、あのひと達にのこのこついていく訳がわかって」

「サキ、車を借りて、十二時半に、北口で待っているよ」

「あなたは、酔払い運転をして、免許証をとりあげられたのと違うの？　あれも、車を借りたくない時の、作り話だったの」

チコは肯定するでもなく、否定するでもなく、咽喉の奥につまったような小さな笑い声を立てた。

「他の人間をのせる時は、蟻が這うみたいにのろのろと、辺り四方を見廻しながら運転してやるよ。二十哩で、ブレーキに足をかけっぱなしでさ。残念ながら、あんたのその大切な命は、僕の命じゃないからね。

独りの時は、九十哩で、自分の命を賭けてみるんだ。若しかしたら、僕は賭ける為にだけ、生きているといってもいいくらいなんだ。何んでも挑むことが大好きなんだ。

ねえ、サキ、君は、ほんとうにきれいだよ」

「どうも、ありがとう」

サキはエレベーターの方へ真直ぐに歩いて行った。

駐車場の方へ歩いて行きながら、サキは憂欝だった。サキを映画に誘うことを思いついたのは、恐らくフレッドの咄嗟の思いつきなのだ。ヨシコの方からサキをそういうことに積極的に誘うことはまず無いと思ってよかった。サキはこれ迄、三人が一緒に居る時に、フレッドがドライヴに行こうとか、ビールを飲みに行こうとか誘っても、三度に二度は宿題が忙しいとか、他に約束があるとか言って断った。その都度ヨシコの安堵する表情があまりにも正直でサキは苦笑した。フレッドがサキに殊更親切にするのは三人が一緒の時に限られていて、たまさかロビイや校庭でサキに遭うことがあっても、フレッドは妙にぎごちない落着きの無さを示すだけであった。

フレッドはサキと二人だけの時、自分の責任を回避する必要があった。その癖、彼は妻と同席の時予めサキに提供した公明正大な自己表示にサキが答礼することを予期するように、邂逅の度にサキにぎごちない時間を与えた。こういう時間は或る情緒が伴いさえすれば大変有効に使えるものだということをサキは知っていたけれど、大方の男達の持っているこうした猾さにそれ程義務感を感ずる必要はないのだという意地悪な年齢にサキは達していた。どういう訳だか、男達は女というものは自然な情感以外の義務感などは持ち合わせている筈はない、ときめてかかっていた。そして、自分達の持つ義務感だけに自信過剰であった。少くともフレッドはそういう種類の男であった。しかし、結局、サキはそういう男達を重苦しく思いながらも、それ程嫌ってもいないのだ、ということを認めない訳にもいかなかった。

フレッドが通りがてらサキをロビイにみつけてやって来たのは、チコが居たからで、サキが独りで本を読んでいたのなら、来はしなかったのだ。サキは最近デビイ恐怖症にかかっていて、部屋に居ると妙に不安で落着かず、夜遅く、部屋に寝に帰る以外は学校で過すことの方が多かった。食事のあと教室に描きにでかける前にロビイで暫く本を読むのは毎日のことだったのに、其処へフレッドが来て話込む、というようなことはなかった。

然し、チコとの会話が途切れそうになっていた時、フレッドの誘いは救いだったのだ。

二人はもう車の中で待っていた。

「今日が最後の日なのよ。サキ、だから、お夕食後、急に思いついたの」

ヨシコは言った。

そんなことは無いだろう。彼等は多分、数日前に、少くとも今日の朝食にサキが一緒のテーブルだった時はすでにその計画はたっていたのだ。然し、その時サキを誘わなかったのはそれを希まなかったからなのだ。フレッドだけがチコと一緒にいるサキを見た時、急に思いついたのだ。そして、多分、サキを誘ったあとで、妻にこんな風に言ったのだ。

「ロビイでサキにあってね、偶然、《砂の女》の話になった。根が正直なんでつい今夜観に行くんだ、と言わなきゃ悪いような気分になった。それで、連れていってくれ、っていう訳だ」

そうだとしたって、それに気付いて断らないのなら同じことではないか。他人の親切は素直に受けよう。表現のやり方に文句をつけることはない。

「お邪魔かも知れない、と思ったけれど、やってきたの。とても観たい映画でしたから」

サキは眼を伏せて丁寧に言った。

むっとするような蒸し暑い風が吹いていた。湖の墨色は濃くなり、浮橋はゆっくりとゆれてでもいるようだった。

「サキ、ラテン・アメリカはちょっと図にのりすぎているんじゃないか」

フレッドはギヤを入れながら、鏡の中でサキの眼を見て言った。ヨシコはにやにやと笑った。それは嘲っているとも、無視しているともとれた。

「わたしの方が図にのりすぎているんじゃないかしら」

サキはうんざりして言った。

「ガクに電話をかけなくっちゃねえ」

ヨシコは煙草に火をつけながら、冗談めかして言った。

「あのひと、気にするようだといいんだけれど」

サキは絶望して言った。

「サキ、まさか、本気じゃないんだろうね」

フレッドは確めるように言った。

「本気になれるといいんだけど。本気になりたいのよ。本気になるかも知れないわ」

サキは言った。

車を降りる時、サキは素早く、ヨシコの側から降りて、ヨシコに肩をよせた。フレッドの側から下りればフレッドがドアをあけて手をとるだろう。映画館に入って席をとる時、フレッドとの間にヨシコを挾んで坐った。そして、それをきちんと意識しているヨシコを感ずる時、サキは疲れて、もう二度とこの夫婦とは同席すまい、と思った。

いっそのことフレッドを誘惑したら却ってさっぱりするかも知れない、と思うくらいだった。考えてみれば夫以外の男と交渉を持つことに罪悪を少しも感じない女が、妻のある男に遠慮をする理由は少しも無いのだったが、その男の妻がそれを歓迎しない以上、サキには興味よりも煩わしさが先行した。サキにとって道徳とは自分の行為が他人を傷つけない、ということに於てのみはまだ意味があったから、ヨシコを不愉快にさせることはやはり気がすすまなかった。ヨシコはサキを常に憎んでいたけれど、同性の友人に理由の無い意地悪の出来ない古風な女だった。彼女の多くの忿懣は苛立ちを押えずにはいられない性分から来ていた。彼女は口きらず喋っていたが、それは全て理由のあることであった。ところがサキときたらその白髪の混り始めた年上の女友達から、大層理由のある敵意を感ずる時、逆毛を立てた雌猫のような気分になるのである。猫は好奇心が強くて、興味だけですぐ紙袋や、木の穴にもぐりこみ、顔中熊蜂に刺されたりするものだ。彼女は前肢をひょいひょいと動かしてみたくなったりもするのだった。その気になれば、一時間あればできる。

〈チコ、革命なんぞを企てるんなら、ひとに信頼されなくっちゃねえ――〉

〈ひとに信頼されるなんて、六時間あれば充分だ。僕は生れながら誠実にできている〉

〈男をドン・ファンの気分にするなんて、一時間あれば充分だ。わたしは生れながら男に誠実にできている〉

ひとの世をたった独りで歩いていかれる、などと思わぬがよい、ヨシコは何となく気に入らない此の同性の友人の寄せてくる肩をすいとはずしながら思った。どっちみち、大勢の人間が寄ってたかって叩きのめしてくれる筈だった。自分が手を下すことはない。手を下さなければならないぎりぎりの時が来るまでは。

彼女は自分達が嘗つて此の女友達と似かよった道を歩いていた頃の怖れと寂しさを思い浮べた。彼女はふと和んだ気持になった。誰でもひとは親しみを持つ機会がある。彼女はそういう理、由をみつけたことを喜んでいた。

砂のつくる抽象的なフォームにつれて、ポコン、ポコンという奇妙な音がした。——サキは自動車のエンジンのとまる音をきいた。どっちみち、自分は今夜チコと寝るだろう。——散漫な倦怠の中で奇妙なことにサキは英語の字幕をしょっ中読んでいた。岡伸次や、今田岸子の日本語のやりとりをききながら、忙しく字幕を読み、画面に眼を走らせていた。馬鹿な、これは自分の国の言葉なのだ、自分の一番よくわかる筈の言葉なのだ、と思い直して画面に集中しようとするのだけれど、次の瞬間には又字幕に眼をやっている。それはサキの散漫な、たわんだ心の状態の中で無意識に繰返されていた。

或る場面は大層美しく、物語は真実に近かった。女が男に縛られるとか、揉み合ったりする場面は冗漫で苦しい気もしたが、全体の出来映えを甚しく損う程では無かった。何よりも人間誰しもが落ち込む穴の中での切ない迄の足掻きや、それでも自分を理由づけたいひとの哀しい訴えがかなり美しく表現されていた。

サキはふと遠い昔のことを思い出した。十五、六年も昔の最初の男友達とのぎごちない会話、その時、光っていた海だの、砂の中に吸いこまれていく水、小さな砂の穴などを思い出した。それらの風景の光の当った或る面は十五年の間に全く自分に都合のよいように中間色化された淡い色彩の記憶の中で残っていたが、どうしても思い出せない翳になった部分が多かった。十年たつと自分は今夜のことをよく思い出せないに違いない。然し、それをどうして今思い悩む必要があろう。今夜の画面の鮮明さが記憶の中で失せる頃、又次の鮮明な美しさを創る力があれば、どうして今夜のことを思いわずらう必要があろう。今、美しいと思う風景の記憶が失せることを恐れて、眼をつぶってその風景を見ることを拒否する理由は何もない。

サキはくずれてくる砂の下で足掻く男に眼を据えながら思った。或る日、突然、押し流されてしまうことだってあるのだから。

砂にまみれた裸体の大写しにサキは殆ど抽象的な明暗の美しさしか感じないのだが、これは男が観るとやはり慾望につながる美しさなのであろうか、或いは女も又無意識的な自己讃美、自己陶酔といったものからくる美意識なのであろうか、自分が男が好きなのは、ただ慾望が溢れているからだけなのであろうか、と自問してもサキは慾望の昂まりなどを感ずることはできなかった。寝床の中で猫のように呻くことだったら、女なら誰にも自然にできることだけれど、だからといって男が慾望の対象だけであるとは思えなかった。女とは違った生命力を吹きこんでくれる何か素敵なもののような気がするのだ。それはガクに言わせると、馬鹿げた空想だというのである。これはきっと男の側から言えば、リルケの天使の幻想とか、ダンテのベアトリーチェみたいな、サキの男に対する途方もない空想らしかった。

今夜チコと素敵な時間が持てたなら、明日は飛行機の予約をしよう。席があれば明日の夕方立てるだろう。アメリカで独りで食べていける職は見つかりそうになかったし、飼われて描いている限り、ろくな絵は描けそうになかった。これはガクが申分無い夫である、ということとは別問題だ。日本といってもサキは十年前の日本しか思い出せなかった。自分の日本語で今でもひとに語りかけられるかどうかはあやふやだった。日本に帰っても羽の中に首をつっこんだフラミンゴと法螺貝の居る浜辺の淋しい風景があるだけのことかもわからなかった。ガクは何回ぐらいサリイと寝ただろうか。サリイが子供をつくる気になったりしたら——。

廊下に出るなりヨシコは言った。

「ラヴ・シーンが長すぎるって思わなかった？　もうわかりましたから、早く次の話は？　って言いたくなるわ」

「そうは思わないね。もっと長くたっていいくらいだ」

フレッドは言った。

「フレッドのようなお客が来ないと困るから」

サキは言った。

「でも、仲々、いい映画だわ。全く、あれは本当の話だわ」

ヨシコは眼鏡をはずしてくもりを拭きながら眼を屢叩いたが、その眼が大変美しいのにサキは始めて気づいた。

「ねえ、そう思わないこと？」

ヨシコは夫に賛意を求めた。

「多分ね。女がいいよ。ああいう静的な美しさは西洋の女には滅多にない」

「わたしの東洋の血の神秘性ももう少し探ってみたら？　折角の機会なのに」

ヨシコは夫をからかう時の癖で、眼鏡をはずしたままの焦点の定まらない眼で肩をそびやかしてフレッドをみやった。その漂っているような眼には確かに静的な媚態があって、サキが殆どエロチシズムを感ずるくらいだった。

フレッドはヨシコの肩を抱くようにして囁いた。

「一生かかって探ってあげるよ」

サキはてれて脇を向いた。


ルパシュカを着た赤髭の男がひまわり色のドレスの少女の腰に手をまわしたまま、ヨシコやサキを眺めていた。それは日本の映画を観たあとでの日本の女達に対する男の視線であった。

「だから、そうだと言っただろ」

フレッドはサキを見やって得意げに言った。

「ルパシュカなんか着こんでいるけれど、あの赤髭はロシヤ語のロの字も知らないロシヤ人なんだ。アラスカのロシヤ教会の司祭の息子だとさ。女の子の気をひく為にルパシュカなんか着こんで、腰痛を起しながらコサック踊りの練習をしている。あの女はマリア・カラスの親類だ。だから赤髭は最近デモクリトスの原子論なぞ小脇にかかえている。彼女に表紙を見せる為だ」

「あなたは学生の戸籍係りみたいによく知っているわねえ」

サキは感心した。

「あの赤髭は我が仇敵の電子計算機のフランス人の助手と寮で同室なんだ。だから用も無いのに電子計算機の教室にふらふらとデモクリトスをかかえてやってくる。フランス人の女友達がギリシャ女と親しいから情報を集める為だ」

「あなた、必要以上にくわしいと話が哀れになりますよ」

ヨシコは言った。

「いや、これはサキに情報を提供しているんだ。僕は根が親切な男だから、つい知っていることは喋っちまうんだよ。ラテン・アメリカはね、今日、ギリシャ女と昼食を一緒に食っていたよ。赤髭も同じテーブルでね。ギリシャ女はすっかり得意だった」

「そして、あなたは、サキに嫉妬《やきもち》をやいているとしか思えないわねえ」

ヨシコは諦めた風に言った。

「これは、このひとのサキに対する一種のお世辞なんです」

ヨシコはサキに言ったが、その言葉には奇妙な夫婦の親愛感が溢れていてサキはとり残された。

「いや、僕は我が青春の回想にふけっているに過ぎない。僕は二十年来、マリア・カラスに恋をしているんで、黒い髪の女をみると心をかきたてられるんだ」

「今じゃ髪なんぞ簡単に染められますよ。あのギリシャ女だってブロンドかもわからないのに。サキ、フレッドはほんとうはオペラ歌手になりたかったのよ。実のところわたしもその昔、彼の『冬の旅』をきかされて、ついうっとりとなっちゃったんです」

全く、眼を閉じた時、フレッドの中で一番心に残るのはその美しいバリトンだった。喋る言葉にも美しいリズムをつけるのが彼は上手かった。

サキは手洗いに立つ振りをして先に観覧席に戻った。すると間もなくフレッドがコカコーラとポップ・コーンの袋を持ってやって来て、今迄ヨシコが坐っていた席に腰を下ろし、何げない、という風にサキの膝に手をおいた。

「フレッド、あんまり親切にしないでね。わたしが勘違いしたりすると困るじゃない」

サキは立上って座席の列をひとまわりして後れてやってきたヨシコを挾んで坐った。

「映画館の中で、コカコーラとポップ・コーンを食べるなんて、あなた、軽蔑するでしょうね。

素朴であると同時に痛烈であるべきだ、というのがわたし達の信条なんです」

ヨシコは音を立ててポップ・コーンを嚙み砕いた。

「フレッド、これはバター無しのね。どうしてバターをかけてきてくれないの」

ヨシコは口をとがらした。

「君が絶望して際限もなしに食べるのを見ていられないいんだよ。夫として」

「そうなのよ、サキ、わたしはね、絶望すると滅茶苦茶に食べるんです。建設的であろうと努力している時にはね、一心に食をひかえるのよ。ところが、ああ、もうどうにでもなれ、と思うとね、手あたり次第食べたくなるのよ」

ヨシコはサキの掌にポップ・コーンを握らせながら言った。

「ねえ、サキ、あんまり蒸し暑いんでね、外でしばらく涼んでいたのよ。すると素敵なニグロの美人が来てね、多分、四分の一くらいは混血だと思うけど、そりゃ、女が見てもセンセーショナルな美人でしたよ。例によって、このひとぽーっとして眺めてたのよ。ところがどうお。むこうからやってきた男と商談が成立してね、このひとすっかりがっかりしているの」

「がっかりしているなんて言わないで貰いたいね。僕は商売女を素人女より崇拝しているかも知れないいんだぜ」

「買いそこなって、がっかり致しましたのよ」

ヨシコは言い直してフレッドを抓った。

フレッドが大仰に声をあげてとび上るのをサキは疲労を感じながら耳の脇で聞き、チコのことを考えていた。

金曜日の晩は夜更しをする学生が多かったから、土曜日の朝の食堂はがらんとしていた。ブレント・ウインタースはトーストの上に半熟の卵をのせた。

「あなたは批評しかなさらないの」

サキはスーツ・ケースにつめる荷物のことを考えながらブレントに言った。

「まあ、そうだ。三十年以上も前に一度詩集を出したことがある。二次大戦の前です。今では時々ノートの切れはしに書くくらいだ。他人の想うことに素直に共感することができる質だし、押しつけがましく自分を主張できる程情熱家じゃない」

――ダニエルのことをきいてみようか――サキは思った。

「戦争にいらしたの。戦争に対する恐怖みたいなものがおありになる?」

「わたしの経験から、ということかね。わたしは戦争している時より、戦争が終ってからの方がアメリカに対して絶望したのだ。ナチとか日本に対して、アメリカ人は二次大戦中は幻覚にしろ一種の自分を正当化する理由をもっていた。尤も実際にはアメリカは三〇年代の終り頃だってまだ不景気だった。僕等が大学を出た頃は気に入った職など見つけることは不可能に近かったし、ナチや日本はアメリカにとっちゃいい言訳だっただろうよ。しかし、それが誰かに利用された理由にしろ、その当時はそれ程苦痛ではなかったものが戦争が終ると次第に苦痛になってきた。アメリカの年老いた或る詩人などは二次大戦が終った途端に、アメリカは前に進むのでなく、どうやら古き良き時代、などというとんでもないことを考えているらしい、とさえ公言した。今では彼は色情狂のレッテルを貼られて、隠居仕事しかしていない。多分、いろいろと面倒になっちまったんだろう。

それとも、あんたのいう恐怖とは、今の話かね。第三次世界大戦に対する。必死になって月へ行く競争をしたり、原子爆弾の防空壕を本気になって設計したりしているところを見ると恐怖というよりは夢みたいなものがあるんだろう。大抵のアメリカ人は自分達の国家主義にだって気附いちゃいないし、恐怖の本質だってわかっちゃいない。歴史的に、自分達の同胞にそれ程ひどい裏切られ方をしたことがないからね」

〈奥さま、アメリカ料理なんぞはカウ・ボーイの食べ物でね、全然、御料理なんてものじゃございませんわ。尤も、ジョンソン大統領夫人なんてのは、ホワイト・ハウスでバービキューを大流行させているってことですけどね。わたくしはジャクリーヌのケネディ時代のメニューを大変参考にしております。ほら、御覧遊ばせ、よろしかったら、どうぞ材料の分量だけお書きとめになったら？　全くアメリカ人は魚は魚くさいなどといって、つまり食べ方を知らないだけなんですの〉

Filets de Soles Bonne Femme

なつかしいあの女《ひと》の舌びらめの蒸し焼き、

六人より八人前

四分の一ポンドのマッシュルーム

バター、テーブル・スプーン四杯

植物油、テーブル・スプーン二杯

にら少々

レモン・ジュース、テーブル・スプーン一杯

舌びらめ、三ポンド

新鮮なひき割りしたばかりの黒胡椒

白葡萄酒、一カップ

〈そして、ホワイト・ソースはうんと重いクリームでなさって〉

〈ドゴール以外でしたら、フランスはやっぱり何といってもシックで御座いますわ。どうせ、ナポレオン以来、ちっとも纏まることなぞなくって、人口は減る一方なんで御座いましょ〉

〈でも、宅の主人などこう申しますの。フランスは女以外は取柄はないって〉

〈まあ、そりゃ、私達女にとっちゃ、E・E・Cなぞより余っ程一大事だわ〉

〈奥さま、御覧遊ばせよ。シャンペン色のサテンの裏打ちに白いレースのカクテル・ドレス。靴と手袋もシャンペン色にそろえて御座いますわ。でも手袋の長さがちょっと中途半端だとお思いになりません？　肘まではなくっちゃね〉

ダニエルのことをきいてみようか、とサキは思った。

チコは言った。

〈君の胸は海みたいに優しくって、深くって、なつかしい匂いがする。溺れたって、もう二度と浮び上れなくったって、海の底の昆布の林の中で魚のように暮したいよ〉

サキは答えた。

〈難破した船の船室に閉じこめられた死体の肉をつついて暮しましょうか〉

「感受性のある知識階級は全てにつけて冷淡な市民で、心の中ではとんでもない気晴しを考えながら大抵のことには全然気附かない振りをしている。革命を経た市民の誇りというものが無い。独立戦争を革命と名附けて市民の感覚を獲得したような気になっているけれど、奇妙な愛国主義をつくり出して愛国主義の危険にも気附いちゃいない」

サキはダニエルのことを考えていた。

「学期が済んだら、真直ぐにM市のお家にお帰りになるの」

「まあ、そうでしょうね。あんたは主婦稼業をしながら風景画などを描くのかね」

ブレント・ウインタースはくっくっという風に短く笑った。

「風景画ぐらいつまらないものはないねえ。ターナーとか、コローとか。しかし、そういうのはよく売れます。ターナーなどは大金持で死んだ。葬式はさぞ立派だっただろう」

「あなたはほんとに意地悪ね」

サキは肩をすくめた。

「実は、今日、東京に立とうと思っているんです。どっちみち、単位の為に来てたわけじゃないんです。ちょっとモデルが欲しかったんで来たんですけど、モデルがあったからって描けるものでもないように思いますから」

「別れられるというのかね」

ブレントは何かを思い出す眼附きをした。

「さあ、離婚などということは、わたしにとってはあまり意味が無いかも知れないけれど、

――わたし達は今でも気儘に暮しているし、わたしは結婚していることで不自由に感ずること

は余りないのですけれど、妻と名がつけば、やはり夫のことを積極的に考える義務があるんじゃないかと思うのです。それなのに、わたしは自分の興味のあることにばかり好奇心が強くて困るの。だから、やはり別れた方がいいんでしょうね。そうすれば、あのひとはもうこれ以上、わたしに迷惑させられることもないし。だけど、どうして、あなたはそんなにわたしを別れさせたがるの」

「きっと、自分が何時でも独りになりたがっているからだろうよ。その癖、思い出した時には纏いつかれる息子や妻が欲しいのだ。勝手なものだな。多分、あんたもそんな風なのだろうと、勝手に独り合点しているらしい。別れたって直ぐ又結婚するさ。独りになれば結婚がよく見える。そして又同じことが始まる。そうだ、いつか、あんたがそう言ったな。同じことを繰返すのが無意味だと思うなら、今のまんまじっとしていなさい。しかし、実際には例え同じことの繰返しかも知れなくても、或る希望をもって、腐った世界を壊すことは、革命と同じくらい価値がある。革命に失敗すれば、もっと悪いファシズムになり、革命に成功しても、テロリズムの政府が出来上るかも知れない。それでも、あんたが今の世界がどうにもしようがないと思うなら、他に方法はないねえ。しかし、我慢できるものなら、睡眠薬でも飲んで、うとうとと睡っていれば、気がついた時は墓場の前まできている。なだらかな陽の当る斜面の墓地であらかじめ用意した自分の墓標に刻む優しい歌の文句でも夢をみながら考えるのだな」

〈3《スリー》スペード、3《スリー》ノー・トランプ、4《フォー》スペード、4《フォー》ノー・トランプ、――5《ファイブ》ハート、5《ファイブ》ノー・トランプ、6《シックス》ダイヤモンド、6《シックス》スペード、辞めておきますわ、奥さま、7《セブン》にはまいれません。――まあ、何て臆病な、まあ、何て思慮深い、――奥さま、4《フォー》エースのトランプ六枚の五枚絵札で、おまけに王様《キング》が二枚もあって――いいえ、奥さま、ハート女王《クイーン》の不在は致命傷で御座いますもの〉

〈奥さま、痩せる為には非常に建設的な努力と、科学的な方法が必要で御座いますの。これはK博士というその道の権威が、栄養学的、医学的見地から綿密に計算して割出した食事の処方箋で、四日間で十ポンド痩せること確実で御座いますの。それで、奥さま、どうでしょう。三食とも、きちんきちんといただけて、おまけに夕食にはビフテキまでいただけますの〉

ヨシコは眉の間に真剣に縦皺を寄せて言った。

〈サキ、わたしは絶望すると、滅茶苦茶に食べるんです。そして、三日間で十ポンドふえるんです。ねえ、サキ、まさに絶望の時代じゃありませんか〉

ダニエルはエドの「ミシシッピーの焦点」を睨みつけながら呟いた。

〈僕は何時でも暴行と、冒瀆を夢みている。行為を夢みて、決して行為に移さない男だ。綿畠で女とやるニグロの男を指をくわえて羨み、棍棒をふりかざしながら、決して打ち下ろすことができず、気がついた時は近親相姦を犯して、両耳の無い、片眼の胎児の幻影におびえている

男だ〉

〈さあ、ダニエル、余った脂肪をお撃ちなさい。これは行為の真似事よ。決して行為じゃありません。熱病の時は氷があれば少しは楽なものだから〉

ダニエルのことをきいてみようか、サキは顔を上げた。

ブレントはサキの袖無しのドレスの腕の附根が赤く血で滲んでいるのを見た。

〈俺はこの異国の女にどうしてこんな情緒に溢れた告白をするのだろう。そして又、この女は、どうしてこんな風に俺に語りかけるのだろう。きっと、男と女が人間である、ということの他の条件を考えないからなのだ。この学期が終れば、いや、明日からだっけ、そんなことはどちらでもいい、とにかく、今別れればもう二度と逢う必要の無い、という条件が、語りかけたり、耳を傾けたりするのが好きな人間の本性を、ひょいとあらわにしてくれるらしい〉

チコは睡る前に言った。

〈僕は月曜日から木曜日まで、規則正しい生活をする。金曜日には自分を賭けて愉しむんだ。土曜日の朝は十二時前には決して目が醒めない。土曜日の午後は僕が一番幸福な時か、一番不幸な時だ。そして、日曜日には膝まずいて告白する。——ねえ、背中に、キスさせてよ〉

「みて御覧、虹がかかった」

ブレントは指さした。

「あの、虹の橋は何処から登るんでしょうね」

サキはオレンジ・ジュースに唇をあてたままで言った。

「ただ、遠くから、美しく見えるだけで、そばにいくと、何にもありはしない」

「直き、消えてしまうのだけれど、消えてしまうからといって、目をふさいで眺めないでいることはないのね」

「そうだ、でも、知らない中に消えている」

「ダニエルはどうしていて？」

「ダニエル？」

「ええ、あなたの二度目の奥さまの息子さんよ」

「あ、、――ダニエルは死んだ」

「――――」

「自動車事故で、二年前の夏に死んだ。わたし達が別れる前だ。女友達を脇に乗せていて、二人とも死んだ」

「――――」

「ふざけ合って、運転でもしていたんじゃないか。急なカーヴを曲りきれなくて、崖から海に突っこんで死んだ。首の骨を折って死んだけれど、キス・マークだけは沢山残っていたそうだ。

あの子はわたしをずっと憎んでいたよ。あの子が死ぬと、あの子の母親もわたしを憎むようになった。息子の自動車事故までがわたしの所為のようなことを言い始めた。そして、驚いたことには、あの子の父親ともう一度結婚し直す、と言いはじめたのだ。あれはわたしとの結婚の九年間、あの子に義理をたてて子供をつくろうとしなかったのに、あの子が死ぬと、あの子の弟を欲しいと思い始めたのだよ。そして、大急ぎで、子供の生める中に、昔の男のところへ舞い戻ったのだ。

人間の意志は尊重されなければならないものだから、わたし達は別れた。わたしは間もなく、気に入った女をみつけて、三度目の結婚をして、孫のような息子ができた」

「それは、何もかも、うまく行ったのね。嘘みたいに、うまくいったのね」

ダニエルは死んだ——サキは微笑んだ。

「何もかもうまくいった。だから、あなたも、或いはうまくいくかもしれない。今のあなたは、水に浮んでいる枯れた木の葉みたいだ」

ブレントは考えた。俺は今度の夏、二十世紀の欧州文学と題し、マンを抜き、マルローとエリュアールをぬいたのに、リルケを残した。そしてサルトルまで抜いた。サルトルは抜かなくてもいいと思った。けれど、カフカとカミュがあれば抜いたってかまわない、と思った。代りに、ブレヒト、ブルトン、ロブ・グリエとベケットを入れた。

だが、結局のところ、実存主義は黴が生え始めているけれど、だからといって、その後に何があるのだろう。黴が生えても、俺達はまるでブルー・チーズを齧る老いた鼠のように腰をまげて、それにしがみついている。この女との対話は、出口の無い部屋の中で、あっちの壁からこっちの壁までのろのろと動き、何かの音にびっくりして、窓のところに行って、決して割れないガラス窓から外を眺める、といった気晴しのゲームなのだ。しかし、だからといって、あのカフカの変身した虫だからといって、どうして部屋の中の或る一点にじっと坐っていることが出来よう。椅子をぎしぎしとさせたり、窓ガラスにはあはあ息を吹きかけて肘でこすってみたり、へのへのもへじと曇った窓ガラスにかいてみたくなるではないか。それに、われわれの世界にはまだ分析と綜合の出来る材料くらいはあるのだ。

「木の葉ですって」

サキは唇をひん歪げた。

「少くとも、根のある水草と言っていただきたいわ。睡蓮くらいの花は咲くんです。中分の無い夫を持ち、途方もない空想ができるんです」

ダニエルは死んだ。

「大したもんだ。自殺する自由さえある」

〈チコ、サルヴァドールでは何でも大きい声で物が言えて？〉

〈そりゃ、言えるさ。牢屋の中で。そして、青空の下で、無言で想う自由がある。ねえ——背中にキスさせてよ〉

「あの女はこの間、子供を抱いた写真を送ってくれましたよ。二十六年目に生んだ二番目の息子です。何もかもうまくいきました。でも、どうして、ダニエルを知っているのだね」

「W大学で、同じセミナーに居たんです。展覧会で、ダニエルの修士試験の展覧会で、お逢いしたのではなかったかしら」

サキが目を上げると、もう虹は消えていた。デビイがせかせかとサキの方にやってくるのが見えた。食堂でサキの姿を見てやってくることなどついぞ無いことなのに。デビイは真直ぐにサキのテーブルにやって来て早口に言った。

「サキ、電話ですよ。食堂にいるから三十分ぐらい後でもう一度かけ直すようにって言ったんですけれど、強引な口調でね、待っているから、つないで欲しいのですって——」

デビイは笑顔を混えずに事務的に言って、ブレントの方にちらと眼を走らせ、さっさと離れて行った。

サキは立上ってブレントに手を差出しながら言った。

「さようなら、今日の午後のノース・ウエストで予約をとってあるんです。荷物を片づけなくちゃならないし、もうお目にかかれないかも知れません」

　握り返したブレントの掌は陽だまりの乾草のように暖かかった。

「さようなら。気が向いたら、東京でどんな風に暮しているか、葉書を一本ください」


　受話器ははずしたまま置いてあった。——殻を背にひっくり返って肉をめくれ上らせた鮑のようであった。それは貼りつく岩の無い孤独な生き物のように其処にじっとしていた。——サキは言葉を探した。どうしようもないな。何と言ったらよいのだろう。どうしようもないな。ダニエルは死んだ。チコが生きていることが不思議だった。彼女は受話器の凹んだ小さな穴をしばらくみつめたが、決心してそれをとって耳にあてた。

「今日は」

「ひどいじゃないか。置いてきぼりを喰わせたりして——」

「——」

「サキ、きいている？　——サキ、今、警察からかけている——、困ったことになった」

　サキは顔から血が引いた。

「君がそばに乗っていれば、こんなことにはならなかったんだ。——無免許運転で、おまけに酔払い運転だっていう、もう一ヵ月で免許証は返ってくるんだったのになあ。とに角、二度目で厄介なんだ。三百弗保釈金が要る――」

「チコ、――あなたは――まさか」

「大丈夫、人など殺しちゃいない。駐車してあった車をちょっとすっただけなんだ。出がけに、瓶に残っていたブランデイをあけたのが失敗だった。ポリスの奴僕の口に鼻を押しあてて、シャツの襟から胸を覗き込んでた。匂いがすれば、酔っぱらっていることになる。おまけに――、君の――」

「――」

「サキ、――きいているの」

「――保険は?」

「免許証が無くて、保険をかけろっていうのか――」

「チコ、――あたしが引取りに行かない、って言ったら」

「どうしようもないさな――」

チコの笑うのが見えた。

「土曜日なのに、チコ、――何故十二時前なぞに目が醒めたの。まだ十時半なのに」

サキは時計の秒針が動くのをみつめた。

「——さようなら、サキ、君にも出来ないことがあるってのを忘れてたよ——」

切れた電話を置いて、サキは窓から空を見た。虹は消えていたが、折り重った雲の間に勿忘草の花びらのような青空が見えた。

——魚がはねたっけな、——ダニエルは死んだ。不意にサキはダニエルを憎んだ。チコを憎むよりもっと憎んだ。ダニエルは首の骨を折って、其処に這いつくばり、サキに向ってペッと唾を吐きかけていた。ダニエルの代りにチコが首の骨を折ることだって出来たのに。

浮橋の上を決して休むことのない長い蟻の行列のように自動車が続いていた。サキは厚い電話帳をひらき、ダイヤルに指をつっこんだまま、湖の向うの斜面の陽だまりの墓地を見た。それから、ゆっくり、間違わないようにダイヤルをまわした。

「もし、もし、『ノース・ウエスト』ですか。今日の午後四時半の東京まで、ミセス・サキ・ハマナ、取消します。ええ、そうです。——」

サキは受話器を置きかけて慌てて附加えた。

「それから、大学の前の代理店で、払い戻しがきくかしら。——ええ、——ああ、そうですか。はい、わかりました」

（「群像」昭和四十三年七月号）

三匹の蟹

海は乳色の霧の中でまだ静かな寝息を立てていた。藺草のような丈の高い水草の間では、それでももう水鳥が目を醒ましていて、羽ばたいたり、きいきいとガラスをこするような啼声を立てていた。灰色の汚れた雪のような鷗はオレンジ色のビイ玉のような眼をじっとこちらに向けて横柄に脚で砂を掻いてはぷい、と横を向いた。

歩いていると、霧が流れてくるようであった。由梨は破れたストッキングの間でざらざらする砂をたわめた足の裏で脇に寄せるようにしながら歩いた。海は黒味を帯びた藤色であった。バスの停留所の黄色い標識のところには鳥打帽を被ったズックのボストン・バッグを持った若い男が一人待っていた。

「霧があがれば、いい天気になりそうだなあ」

男は由梨に言うとも、独り言ともとれるような頷き方で言った。

由梨は霧の流れていく、濃い乳色の壺の奥でかすかに光っている海に目をとめたままの姿勢で、蹠の砂をたわめた小指の先でしきりに脇に寄せた。暫くして、目を落すと、蟹が二匹連れ立って由梨の爪先からほんの二三十糎のところを這っていた。蟹の甲羅は甲羅であって、顔ではないのだが、どういうわけだか、由梨は何時でもそのいびつな蟹の甲羅が顔に思えて仕方がないのである。蟹は潤んだ二つの長い眼を突き出していた。二匹の蟹は脚をもつれさせるようにして這っていた。甲羅の両端は尖っていて、海の色とそっくりの暗い藤色の殻であった。

「バスが来たよ」

鳥打帽の男は言った。

一番の郊外バスには五六人の客しか乗っていなかった。

「どうしてこんなに霧が濃いんだろう」

霧は首筋にも肩にも吹きつけるように流れてきた。

「L市まで」

由梨は手提のジッパーをはずしながら言った。

「八十五セント」運転手兼車掌は言った。

そんなに遠くまで来たのかと思いながら金を探したが細いのが足りなかった。二十弗札があった筈だと札入れの方をあけて見たが、無かった。後で鳥打帽の男が待っていた。

「ちょっと待って、席に坐って探しますから」

由梨は一番前のあいている席に腰かけて、財布を調べ始めた。無かった。昨夜出がけに確かに入れた二十弗札が無かった。何時も大きい紙幣は札入れの方に入れて、小銭はパチンと口のしまる蝦蟇口の方に入れておく。蝦蟇口には六十五セントしか無かった。

鳥打帽の男が隣にどすんと坐った。

「どうしたんだい。金を落したのかね」

「そうらしいの」

由梨は猶も手提の底に落ちていはしまいかとまさぐった。小銭が二つ三つ指先にさわった。それをあつめて由梨は運転手に払った。

「遊園地のところに止まるでしょうか」

由梨は訊いた。

「どの入口?」

「オペラ・ハウスの方」

「北口かね」

「だと思うけれど」

由梨は車の鍵はある、と手提の中でまさぐりながら言った。

「すぐ近くに止りますよ」

運転手と鳥打帽が同時に言った。

彼女はもう一度財布をしらべた。札入れの二十弗紙幣は見つからなかったが、小物を入れるポケットの中からくしゃくしゃになった一弗紙幣が出て来た。口紅のついている萎えた紙幣であった。

「霧が深いなあ――」

鳥打帽の男は再び独り言というでもなく、由梨に話しかけるでもなく、言った。

由梨は霧の中に沈んでいく濃い藤色の海と、陽の光の増し始めた中で妙にうら哀しくまたたいている「三匹の蟹」というネオンを代る代るに眺めていた。


由梨はお菓子の粉を混ぜ合わせながら、胃の奥の方で微かな痛みを感じた。彼女は機械的に卵を割りほぐし、バターをこね合わせ、ベーキング・パウダーや塩をふり入れながらまるで悪阻の時みたいに生唾が咽喉元まで上ってくるのを感じた。

梨恵は生クリームを泡立てていた。彼女はあとでミキサーについた生クリームをなめたいのである。

「誰と誰が来るの」

梨恵は指で生クリームをなめながら言った。

「誰でもいいのよ。大人のお友達は誰と誰が来るなんて、また、スーザンなんかに言わないのよ」

由梨は胃の痛みをこらえながら言った。

「ふん」

梨恵は白い眼の部分を多くして言った。

「ママはね、誰にも本当のことを言えないから、時には梨恵にほんとうのことを言いたくなるのよ。例えば、サーシャが大嫌いだとか。お菓子など、吐きそうになる程嫌いなのに作らなきゃならないとか。でも、そういうことをひとに言わないのよ。ママが、変なことを言ったら、ママは馬鹿だなあ、と思って黙って聞いておくだけにするのよ。ママは馬鹿かも知れないけれど、可哀そうなんだから、時には親切にするのよ」

由梨は粉をまぜ合わせながら、今夜はもうどうしたって、ブリッジはするものか、と心に決めた。

武が酒の瓶をおろしながら、口をへの字に歪げて言った。

「そういうことを子供に言うものじゃない。君は大人の癖に耐えるということを知らん。いいか、梨恵、ひとは誰でも耐えなくちゃならんのだ」

　武は言った。

「ふん」

　梨恵は一層白い眼の部分を多くして言った。

「ねえ、悪いけど、わたし、とっても胃が痛くて駄目だから、誰か、もうひとり招んでよ。ねえ、こうするわ、わたしが病気だなどというと、みんなが遠慮するから、わたしは急に用ができて、出かけることにするわ。それにねえ、わたしなんぞ居たってちっとも面白くないじゃないの、下手くそだし」

「ホステスの居ないブリッジ・パーティなんぞあるものか」

「姉がサンフランシスコから寄り道でよって、今夜、逢うことにするのよ。いいから、わたしが言うから」

「そんなに厭がらせがしたいのか」

「厭がらせですって。こんなに平和的に言っているじゃないの。無理に我慢していて、とんちんかんな受け答えをして、お皿をがちゃがちゃと壊すより、消えていなくなった方が余程礼儀正しいじゃないの」

「どうして我慢する、などと思うのだ。君は大体傲慢だ。君が他人に我慢すると思うのは自分が秀れている、と思うからだ」

「ふん」

由梨はもう少しで涙がでそうになるのを辛うじてこらえてつづけた。

「ひとの気持に反応せずにはいられない、ということでは自信がありすぎて傲慢かも知れないわね。ある種のひと達は相手の気持がわからないし、また、あるひと達はわかっても無視しますよ。わたしは感傷的に出来ているから、わたしが包んでやったことに対して包み返してくれないようなひとは嫌いなのよ。心をこめれば腹が立つから、こめない方がましじゃないの」

「勝手にしろ」

武はウイスキーをなめながら憎々しげな眼で由梨を見た。

「ああそうだ、松浦嬢がいい。才媛で、セックス・アッピールがあって、吹き屋で、ひとのうちに呼ばれるのが大好きな、松浦嬢がいいわ。あのひとは女主人《ホステス》の居ない家なら何処でも大好きよ」

梨恵はそういう時の母親は大嫌いだと思い、つい、父親に同情する。彼女は十だが、年の割に賢い方なので、大人の話は割合にわかるのである。

「ああ、松浦さん、ね、あなた、急にだけど、ブリッジに来ない？　わたし、急に姉が出て来てね、どうしても逢いにいきたいのよ。明日の御勉強、おさしつかえ、無くって。まあ、有難い、恩にきるわ。何しろね、あなたのようなお若いお嬢さんがいらっしゃると、座が華やいでいいのよ。ああ、ほんとうによかった、いいこと――、ええ、そうなの。横田さんにあなたのところに寄って、連れてきていただくようにお願いするわ。ええ、わたしの方からお願いします。ええ、二卓です」

由梨は電話をかけ終るといくらか気が軽くなって、武の機嫌をとってもいい、という気になった。

「わたし、ほんとうに駄目なのよ。癌か、若しかしたら、子供が出来たのかも知れないわ」

武はコップにあてた唇を少し歪めて含み笑いをした。

「それはお目出とう。天下泰平だ。それで、予定日は何時だい」

「十二ヵ月程先よ」

「九ヵ月先にしようじゃないか」

「あなたも、弱音を吐くようになったことね。わたしは何時でも十二ヵ月先という線でうろうろしているのに」

「いいかい。子供の前で嘘を言ってはいけない。例えば、サンフランシスコから姉が来るとか。梨恵は来ないのをちゃんと知っている」

「梨恵は心が細やかで、お頭《つむ》がいいから、ひとの感情を害さないようにする為には害のない嘘は罪悪じゃないということぐらい、ちゃんとわかっているのよ。タラララ……」

「はずれた歌を歌わないでくれ。僕は耳がいいんだ」

「子供の前で、嘘も言えないし、本当のことを言ってもいけない。タラララ、松浦嬢には性的魅力があるとか、サーシャはバラノフ神父の奥さまで、パパの女友達だとか、ママはそういうお客を呪いながら、お菓子をつくっているとか。あーあー、お菓子の中から、ぱっと黒い鴉が十羽もとび出したら、ふっふ。タラララ」

「当り前だ。ママが、スタイン氏と寝たことがあるから、ロンダとスタイン氏の仲人役をこれつとめているなどというわけにはいかない。いいかい。世の中には尽さなきゃならない礼節というものがある。つまり、誰でもが心の中で思っていることは決して口に出して言ってはならない」

「子供の前では、甘い優しい創り話。きれいなお姫さまと凛々しい王子さまが恋をして、ガラスのお城に棲んで、夢の綿菓子を食べて、タラララ」

「お願いだから、そのタラララはやめてくれ。君はカルメンになったつもりで歌っているんだろうが、僕にはヨーデルを練習しているとしか聞えないね」

「まあ、素敵、わたしは、スイスの山小屋の羊飼いの娘」

由梨はばたんと天火の蓋をあけた。

「あなた、此のお菓子はね、若しもあたしが銀座で開業したら、たちどころに一財産築ける程の、世界に一つしかない処方箋の素晴しい高級品なのよ。わたしがこのお菓子にかけている夢は、たった一つ、あのサーシャと松浦嬢を豚のように肥らせて、心臓病にすることです」

「心臓病にするまで肥らせるには一財産つくるどころか、一財産潰さなきゃならない」

「どうして、あなたはそう、写実主義《リアリズム》に固執するんでしょうね」

「靴下に穴があいているよ、膝小僧のちょっと上に」

「あなた、靴下に穴があいているのは、煽情的だって言ったじゃないの」

「女と、場所によるね。何でも公式主義はいけない」

由梨はブリッジをしないことに決めたので大分心が柔いで来て、化粧などする気分になった。洗面所の鏡に向ってアイ・ライナーをひいていると梨恵がやって来て、手を後に組んで女校長みたいな口調で言った。

「ふん、ママ、若く見えたいのね」

「そうよ。女は誰でも若く見えたいのよ」

「だけどね、ママ、みんな梨恵がいるのを知っているから、少くとも三十より若いとは思わないわよ」

「十六ぐらいで子供を生む女のひともいるわよ」

「そういうのは不良少女よ」

「どうお、ママ、二十六に見えると思う？」

「梨恵はもう知っているから、知らない時のような気分になれないのよ」

「何だって、何時まで其処に突っ立っているの。ひとを批評ばかりするのはよくないことよ。殊に女の子は嫌われます」

「おしっこをしたいのよ。だから待ってるの」

「ママは男の子じゃないから、横を向いていてあげるわ」

「いいわよ。また後で」

梨恵はお下げの髪をぷいとはね上げて出て行った。娘の梨恵が自分を見る眼附きの中に由梨は何時でも反射的に母親の眼を思い出した。由梨は嘗て自分が、梨恵が自分に向けていると同じ眼で母親のことを見たのを思い出すのであった。

彼女は一番気に入っている青味がかったグリーンのボーネックのワンピースを着て、燻銀の長い首飾をした。それは奇妙な、抽象的な銀の切れはしを鋲でつなぎ合わせた細工で、彼女が今でも心を残している男友達が三年前の誕生日に贈ってくれたものである。ちょうど、珊瑚の枝の切端しのような銀の破片はみんな先がまるくなっていて、強いバーナーで手加減しながら溶かし思いのままの形をつくったものらしかった。それを燻して、ところどころ磨きをかけて、部分的にきつい銀の光がきらめくようになっていた。

　ブリッジ・テーブルをならべた客間で、武はソファに寝ころんで日本人の留学生が持って来た、週刊誌を読んでいた。

「コーヒーも、お茶も、お菓子もみんなちゃんと用意して御座いますわ。旦那さま。カクテルは御自分でおつくりになれますわねえ。グラスは、マルティーニ・グラス、オールド・ファッション、ソフト・ドリンクと三種類出してありますからね。ナプキンは何時もの箱に入っています」

「君は、ときどき、とてもきれいになるねえ」

　武はちらと由梨を見て、カラーのヌード写真を高く掲げながら言った。

「ちょっとお客と喋っていけよ。せっかくおめかししたんだろう。それに、僕は君のように嘘をつくのが上手くないからね。ちゃんと、みんなの諒解を求めておいてくれよ」

「オリーブが少し足りないかもしれないけれど、足りなくなったら、オリーブ無しでもよろしいでしょう。ジンが無くなったら、ウオツカ使って下さい」

　呼鈴が鳴った。

「ほら来た」

「ヌードの週刊誌なんぞ、片づけておいて頂戴。日本の雑誌はめずらしくて、すぐぱらぱらとやるんですからね」

「気どることは無いさ。何処の国にだってある。みんなみたがっている」

「男だけのパーティの時にどうぞ」

「女だって見られたい癖に」

由梨はドアをあけた。

フランク・スタインだった。茶色いコールテンの上衣にスウェードの編上げ靴をはいていた。

「仰せの通り、こういう身なりで来ましたけど、ユリはいやにおめかししてるじゃないの」

「それがね、ちょっとまずいことがおきてね。姉が急に電話をかけてよこして、今夜、二三時間程通りがけに時間があるからって、外であうことになってるの。よろしいかしら。わたし、失礼して」

「そりゃまた。ほんとは此処に呼びたかったんじゃないの」

「いいえ、他の連れがあってね、飛行場で乗換えの時間が二三時間あるきりなのよ。だから、――」

「タケシはいいの？」

「僕はブリッジの方がいいねえ。それに、女房がいないとどういうわけだか、馬鹿つきにつく」

「そういうわけでね。まあ、お坐り遊ばせ。わたし、いそがないの。ちょっとお喋りしていくわ。皆さんと」

フランクは挑むような眼つきで由梨をみた。

「残念だな、ロンダが来るのに」

「ええ、武も残念がっていますよ。サーシャがくるんでね」

由梨はそっけなく言った。

「しかし、神父がついてくるんじゃ――」

フランクは言った。

「ヴェトコンのからだの一部を切りとって戦利品代りに持って帰ることが流行っているそうじゃないか」

武は今迄の話を全部きいていなかった、という風に言った。

「そうかい。そんなこともあるんだろうな。何時の時代だって、戦争というのはそういうもんさ。電気椅子送りにならずに、人殺しとか強姦とかいう男の夢を果せるんだしな。しかし、何だぜ、タケシ、皆が来る前に言っとくけど、ヴェトナムの話をパーティで持ち出したって本当のことを言う者なんていやしないよ。顔色の探り合いをすることはよそうじゃないか。日本人はアメリカ人にぺっと唾を吐きかけながら、そっぽ向くだろうし、アメリカ人は同国人の前じゃ牡蠣みたいな殻をかぶるだけさ。恐らく、堂々と我意を得たりとばかり演説をぶつのはバラノフ神父だけだろうよ。何しろ、心の中ではどう思っているにしろ、神様がいるんだからね、神父には、神様ってのは全く便利だよ。人殺しは神の御心に反く、と熱弁をふるったって誰も文句を言わないんだ。全くいいねえ。他の理由は許されない。彼氏、得意になって鼻をうごめかせて一席ぶつさ。そいつをサーシャは神父の哀れっぽい寝床の醜態を思い出しながら、ふふんときいて、『あたしゃ、何時だって戦争はきらいよ』と女の非論理的であるという特権をこそとばかり振りかざして、幾分儀礼的な意志表示をするぐらいのもんさ。

大学の職員ですら、半数は戦争参加に協力的で、あとの三分の二はみてみぬふり、あとの三分の一が、ひねくれた器量の悪い娘の男の挙足とりみたいな反戦論をがみがみとが鳴り立てるだけさ。大方の者にとっちゃそんなことはどうだっていいんだ。兵隊にとられたらとられたで、弾のあたらないところを選って歩くぐらいしかやり方はないんだしな」

「わたし、不思議でならないのは、どうしてあなた方アメリカ人が、二言目には、優美に、名誉をもってヴェトナム戦から身を引くまではという言葉を繰返すのかわからないのよ。あなた方は老いぼれ英国人の気取りをせせら笑ってる癖に、御自分のことになると、西部劇の二枚目気取りが捨てられないのね」

「アメリカ人の中には南部の田舎紳士の強情さ、西部の無法者の気取り、北部のやっかみ屋、東部のエゴイストとあるが、僕は世界主義者《コズモポリタン》なんでね。君達だって、流浪の民で、根無草じゃないか。日本人とはいうものの」

「だから、わたし達は素敵な歌が歌えるんじゃないの。サーシャにしたって、横田さんにしたって、此処にあつまるひと達は、多かれ少かれそうですよ」

「まあ、他人は信じない方がいい」

フランクは由梨の眼を刺し通すような眼で見据えて釘をさした。

「おどろくじゃないか。俺達外国人まで徴兵に応ずる義務があるんだそうだ。C4だとさ」

「へええ、そいつは初耳だ。俺はA5《エー・ファイブ》だ」

「あなたときたら何もかもAで5じゃなきゃ承知できないのね」

由梨は言った。

「一度、とられたからだよ。朝鮮戦争の時に」

「結婚もしてない癖にA5なんて虫がいいじゃないの」

「子供が二人もいる」

「養ってるのかい」

武はせせら笑った。

「勿論さ。父性愛は強い方だ」

「大統領の選挙と、ヴェトナムの話が出たら、パーティはお開きですってさ」

由梨は言った。

「上品な猥談をやってれば、パーティは朝までつづく」

武は言った。

「君が、おひらき、というしるしに、指を、一本こっそり立ててくれれば、ヴェトナムの話を持出してやるよ」

フランクは言った。

武は主人としての礼節をとり戻して言った。

「ロンダはどうかね。めっきりきれいになった」

「僕の方はどうだい。性的魅力が出てきただろうか」

フランクはコールテンの上衣の襟をひっぱった。

「もともとあるからわからないわ」

由梨はにべもなく言った。

「へえー、そうですか。そんな風に扱われた覚えは無いなあ」

「物覚えが悪いのね。わたしは割合に記憶力の確かな方だから、——」

「妻も仲々最近は社交的になってきたから」

武は笑いながら言った。

由梨は夫の笑いの中に虚無的な揶揄を見た。

「ユリ、あなたが、記憶力が確かだなんて、ああ、全くそうであってくれたらねえ。僕は大体、物語がすきで、抒情的な男でしょう。——だから」

由梨はフランクと寝た時のことを思い出そうとしたが、上手く思い出せなかった。何れにしても、物語や抒情性は無いように思われた。

「君が抒情的だって？　笑わせちゃこまる。叙事的で、今を時めく帝王に仕える歴史家の客観性を持っているよ」

武は言った。

「ひとは誰だって、自分の願望を述べることはできる。僕は常に抒情的でありたいと思っているのだ」

「なる程、それならばまた話は別だね。どうですか、マダム、あなたもなかなかの抒情詩人だったじゃないですか」

武は妻を見返ってうながし、酒をとりに台所へ行った。

「あなたはやっぱりタケシに惚れているし、タケシはあなたに惚れているんだなあ」

フランクは言った。

「あなたが、そういう風に観察なさるなら、きっとそうでしょう。帝王に仕える歴史家の客観性がおありだから――」

「それ、それ、それがよくない。夫と妻はお互に孤独な自分たちの場と、自分だけの会話を持つべきですよ。じゃないとあんまり虚しいからね。僕なんぞ、共同の意味の無い会話ばかりを強いられて、言葉が無くなっちまいそうになったから、慌てて別れたんだ」

武が戻って来て、フランクにマルティーニを渡した。

「どうです。口説くにはちょっと短かすぎたかい」

「いや充分だった」

「ちょっと短かすぎたのよ」

由梨は残念そうに言った。

「タケシ、今年の学会は、A市であるんでね、子供に逢いがてら、少しゆっくり行ってくるよ」フランクは子供に話題を戻した。

「どっちの子供だ」

「最初のだ。もう九つになるから、かなり辛辣なことを言うようになった」

「そうだろう、うちの娘なんか女房より恐ろしいくらいだ。女房なんぞ、亭主には自分に一目置かせて、自分は娘に一目置いている」

「そうだろう。リエは頭が良くて、おまけにひどく魅力的になって来た。心配だろうね」

「とくに君のような男には心配だ」

「いや、僕は全く品行方正ですよ、最近」

「ユリは最近、しきりに胃が変だというんでね、妊娠したのではないかと思っている」

フランクはじろりと由梨の下腹部のあたりを見た。

「二十世紀では妊娠は稔の象徴ではなくて、不毛と、破滅の象徴だ。アメリカ文学でもフォークナーあたりからそういうことになっている。いや、ホーソンからかも知れん」

「なるほど。それは文明国では一様に言えることらしいな。しかし、我が家においては平和の象徴であるらしい」

由梨はフランクにウインクした。

「いや、君のところなぞは一世紀先を生きているから、不毛どころか、革命の先駆けではないか」

「今のところ、そういう不穏な空気はない」

フランクは由梨の方に向きをかえていった。

「ところで、ユリ、逢曳きに出かけるんじゃないでしょうね」

「そういうことにしたっていいわけだわねえ」

「妙なことを示唆しないでくれ」

武は言った。

「君、時には気になるのか」

フランクは言った。

「虫の居どころだね。誰だって、妙に浮々することもあるからね。それにたまには女房にお世辞も言わなくちゃならん。殊に今夜のようにお客全員を毒殺する意気込みでつくってくれたお菓子があるような時にはね」

「フランク、わたしを慰めて呉れたくならない？　こんな風に夫に扱われている女を」

「そういう気持にもなるね」

「どうぞ御遠慮なく。ただし今夜は人数が足りなくなるから、二人そろって姿を消して貰うわけにはいかない。又の機会にしてくれ」

「ロンダは十分程遅れるそうだ」

フランクは話題を変えた。

「先週は何回逢った？」

「一回だ。ロンダは独占欲の強い女で、相手にぼんやりする時間を与えてくれない」

フランクは由梨にきかせる為に言った。由梨は首飾りに拇指をかけて唇の脇に持っていきながら武を見やった。

「ロンダは先週、シカゴから来た道路設計の技師と夕食をしてたぜ。自分の家に招んだんだ。残念ながら彼氏が何時にロンダのアパートから帰ったか、見た奴は無い」

「ふん」

フランクは由梨の首飾りを眺めながら言った。

「では僕もサーシャかケイコとデートするんだったな」

「そういうわけだ。ケイコは自意識の強い女だから、遊ぶには面白くないかも知れんが、サーシャの方は愉しめるだろう」

武は由梨を見やりながら言った。

「あなたがた、婦人を混えたパーティだってこと忘れないで下さいね」

フランクはにやりと笑った。

「内輪の話だからね。ユリはタケシの女房殿だ」

「そういうことになっているらしい」

呼鈴が鳴った。

由梨と武はいそいそと出て行った。

横田夫妻だった。後に松浦嬢がひかえていた。

「まあ、まあ、どうぞ、やっと、涼しくなりましたことね、まあ、奥さま、素敵な色、ひまわり色って申しますけどね、ほんとうにあでやかよ。ケイコさん、あなたは又、今夜はシックでいらしって」

「そういう讃め言葉は男の方に言わせるもんだ。女は女に讃められたってちっとも嬉しくない」

武は言った。

「ユリは君と違って亭主に礼節をわきまえた焼餅やきだからね。亭主の魅力は出来るだけかくしたがっている」

フランクが言った。

「今晩は皆さん、お暑う御座います」

横田は言った。横田のぽやぽやとした髪は風に吹かれて額の上にかたまって、禿の部分が前から見てもはっきりと見えるくらいだった。

「あなた、髪をお梳かしになったら」

あでやかな横田夫人が言った。横田夫人は自分は夫にふさわしくない魅力的な女だと思っているが、やはり夫の禿はひと前ではかくしたいらしい。

松浦嬢はフランクのそばへ行って坐った。彼女は決して女のそばには坐らない。

「学位論文はどうですか」

フランクは松浦嬢に言った。

「タイプだけですけど、自分で打つとなるとね、又その時、時に文章を直したくなってね」

横田夫人は憎しみのこもった眼で松浦嬢を見て居た。横田夫人は華やかな装いが上手だったが、会話で自分を男に売込むことの出来ない質だった。

「T誌にのっていた、フォークナーの論文拝見しましたのよ。スタインさんは素敵な皮肉屋だって、かねがねこちらの奥さまに伺ってましたけど、本当に素敵な文章ですわ」

松浦嬢は言った。ふたたび横田夫人の眼がきらりと光った。横田夫人は大きな反った睫の眼に自信があって、少し出っ歯の口元に自信が無かったから、何時も両方の唇をやっとのことで歯の上にうまい具合にかぶせるのに心をつかっていなければならなかった。一方松浦嬢は受け口である。舌がいくらか長すぎて、レロレロするところがあったが、それは却って男達に喜ばれたから、ますます多弁になった。

「スタインさんの三〇年代アメリカ文学は学生の間で大変な評判で御座いますって」

松浦嬢は言った。

呼鈴がなった。武と由梨は玄関に出ていった。バラノフ神父とサーシャだった。

サーシャは黒い網の目のストッキングに、黒繻子に目をみはるばかりあでやかな牡丹の刺繍をした支那服を着ていた。

「これは又、大層な、御盛装で、オペラのボックス席にでもいるような気分ですな」

コールテンの上着のフランクが言った。

「いいえ、ほんのお寝巻」

サーシャはアリアの歌いはじめのような深い吐息でいった。

「それは、ますます……」

フランクは含み笑いをした。

横田氏はきれいに搔き上げた頭を後へ反らしてえへんと咳払いした。彼はエロチックなことに敏感な質である。

「サーシャ、済みませんが、由梨にカルメンがホセをののしるところの、タラララ、という節の正確なところを教えてやって下さいませんか。僕にはどうも四分の一音狂っているような気がしてならないんだけれど」

「武、公衆の面前で妻を侮辱するのは離婚の時の慰謝料の額にひびきますよ」

由梨はおごそかに言った。

「本人に侮辱する意識の無かった時はどうなるんだろう。後学の為にきいておきますが」

横田氏は言った。

「昔から無知は罪悪の一つに数えられている」

フランクが言った。

「離婚する意志の無い時は?」

武は言った。

「離婚する意志が無くたって、離婚される理由になるね」

フランクは言った。

「然し、僕達の離婚の裁判は、——仮にだよ——どっちみちアメリカでやるわけじゃないからな。日本ではまだ大分男の方に都合よくできている」

「いいえ、アメリカだって男の方に都合よくできていますよ」

サーシャが言った。

「でも、これくらいなら、我慢できますわ」

横田夫人がつつましやかな媚態を示しながら言った。バラノフ神父は好色に眼を輝かせた。サーシャは高飛車な眼付きで横田夫人を見下ろした。サーシャの皮膚は肌理が粗くて脂ぎっていて、いくらかぼこぼこしていて、夏蜜柑の皮を想わせた。

「あなたは、離婚の時、裁判沙汰になさったの」

松浦嬢はフランクにきいた。

「僕には弁護士をやとうような金はありませんでしたからね、しませんでしたよ」

「しかし、別れた奥さんに払う程の金はあった訳ですな」

横田はかなりの興味をしめしながら言った。

「いや、僕は寝とられた亭主の方でして」

「なる程、うまい具合にいきましたな」

横田は慇懃に言った。

「あなた、マルティーニがこぼれますよ」

横田夫人はしとやかに注意した。そして鼻の脇に貧しい皺を寄せて笑った。華やかなひまわり色の装いの中ではその貧しい皺は、く、く、という小鳩のようなしのび笑いの中で、女らしいつつましやかさを想わせる翳にしかならなかったが、もう四十年たったら、ひ、ひ、という猿のような笑いになるのだわ、と由梨は思った。彼女は女達の持っている、自分と同質の故にあまりにもよくわかりすぎる媚態、貧しい計画、情熱の無いささやかな享楽に対する憧がれ、というようなものを感じとると、吐き気の為にめまいがする程であった。吐き気を催させる毒気というものは由梨が自分自身の中で製造しているものであったから、自分の肝か何かを切りとってしまわない限りどうにもならないものであった。

「あなたは、雲の上に坐っているひとみたいな、浮かない顔をしてるじゃありませんか」

フランクは由梨に言った。

「どうしてよ、雲の上で浮いてますよ」

呼鈴が鳴った。

「ロンダだ」

武は言って出ていった。

ロンダは黒い服を着て花束を持っていた。ロンダは由梨に抱きついて、頬っぺたをくっつけた。

「とっても、きれいだ。まるで、夜の森の精みたいだ」

武は言った。

「どうもありがとう。あなたも相変らず、魅力的で。――」

ロンダは武の頬っぺたにも唇をあてた。

「それから、フランク、あなたは相変らず、世界中で一番賢い男、というような顔をしていらして」

ロンダはフランクに投げキッスをした。

「天才の孤独、といった病いは、大方不治なんでしょう。な、神父」

横田はバラノフ神父に訊いた。

「まあ、そうでしょうな」

バラノフ神父はウオツカをストレートで飲んでいて、鼻の頭が桜ん坊のようになっていた。

「ところで、催眠術にかからない人間というのは、医学では、或いは物理学ではどういう風に解釈するんでしょう」

フランクは武と横田の顔を代る代る見ながら言った。

「さあ、僕の専門は産婦人科なんで——」

武は言った。

「だからこそ、催眠術というのは非常に関係あるでしょう。催眠術にかけられないような女はどうやって治療するんです?」

「医者というものは只で処方箋をせしめようと企んでいる知人に非常に敏感でして」

武は言った。

「では仕方がない。物理学者の方もそういう資料は学会の時しか発表しないものですか」

フランクは横田の方に向き直って言った。

「いや、自分に関係の無いことに頭を痛めるのは脳の酷使になりますから」

横田は憂鬱な声で言った。

サーシャは神父のそばで、あは、あは、と笑っていた。

（共同便所だとしたって、自家用のよりは清潔なことだってあるしな）フランクはサーシャを見ながら考えた。

（然し、性欲というのは、すっかり無くなっちまったみたいに思えることもあるもんだわい）武はサーシャとロンダと、横田夫人と松浦嬢と由梨とに順々に眼を移しながら思った。

（何だって、あんなに腹を突き出して笑うんだろう）由梨は松浦嬢の笑いをじっと眺めた。

由梨は武の視線にぶつかると、急に横田によりそうようにして、横田夫人に誠心誠意優しく笑いかけながら日本語で囁いた。

「横田さん、あなたって、ほんとに詩人。フランクはね、フォークナーの研究家ですけど、あれ程詩人じゃないひともないわよ」

由梨は自分の無意味な言葉と一緒に、生あくびが泡みたいに胃の奥から上ってくるのを感じた。

「わたし、男のひとの魅力に鈍感だったら、どんなに楽かしら、と思うわ」

「サーシャのリサイタルが来週の土曜日にあるそうですよ」

横田はそれにには答えずに言った。

「主人がまいりますでしょうよ」

由梨はサーシャの部厚い唇と、蛙のように不気味に動く咽喉のあたりを見ながら言った。

「今度はずっとくだけて、ロシヤ民謡を沢山入れるそうです」

神父はマネージャーのような口調で言った。

「でも、カルメンは歌うんでしょう」

武はサーシャによりそっていた。

「そりゃ、このひとの十八番だから」

神父はふがふがと空気のぬけたゴム毬をつぶすみたいな声でいった。

武とフランクは同質の奇妙な笑いをたたえて両脇から神父をながし眼に見ていた。横田は泥の中の田螺みたいな眼で天井を睨んで黙って酒をのんでいたが、彼は一言残らずひとのいうことはきいているのである。

「横田さんは尺八の名手だそうですねえ」

武は言った。

「え、何ですか」

横田は突拍子もない甲高い声できき返した。こういう時こそ彼はよくきいているのである。

「一度是非拝聴したいものですなあ」

フランクが言った。

「いや、何かの間違いでしょう」

横田はにべもなく言った。

「奥さまはお琴の名手だそうよ」

女のことなぞ滅多に賞めない松浦嬢がめずらしい発言をした。

「あなたは一体、こんな支那服を何処で手に入れたの」

武はサーシャにきいた。

「支那に居たんですもの。十年もいましたよ。上海だの北京だのに」

「支那に居た時も舞台で歌っていたの」

「ええ。それから、教会にもいましたよ」

「どの教会にもバラノフ神父みたいな魅力的な神父が居たの」

「女にとっちゃ、大抵の男はそれぞれに魅力的ですよ」

サーシャは太い腰をゆすって、はっはっはと笑った。

「あなた方は、女にとっちゃ、ほんとに魅力的です、ねえ、ケイコ、そうでしょう。そして、タケシ、あたし達はあなた方にとって未だに神秘的でしょう。そうでしょうとも、あたしは自分でさえ、自分の殿方に対する錯雑した気持は制御できない程神秘なものに思うんですからねえ」

「教会も、あなたのような魅力的な女がいるんだとすると、満更捨てたところでもないなあ。

艶やかな聖歌だな。全く」

武は何かひそひそとサーシャに囁いて、その残った視線をゆっくりと由梨の方に送って寄越した。

「ロンダ、近頃流行の、ポップ・アートなんて真似はやめなさい。君は大学で講座が持てる身分なんだから、もっと真面目な仕事をしなくちゃ駄目だ」

「まあ、フランク、あなたにもっと真面目になれって言われるなんて。わたし、落ちるところまで落ちちゃったと思うしかないわね」

「君は仲々の自信家だけど、自信家すぎて、強情なところがあるよ」

「君が自信家だからそう思うだけさ、フランク」

武が片方ではサーシャを相手にしながら、ふり返って早口に合の手を入れた。

「わたしがひっそりと優しい絵をかけば、『少女小説の口絵だ』みたいなことを言うしねぇ」

ロンダは歎息した。

「横田さん、あなたはどうしてそんなに静かでいらっしゃるの」

由梨は横田の耳朶に唇が触れんばかりにして囁きながら、横田夫人にこぼれる母親の愛情の微笑を送った。横田夫人は仙女のような澄んだ眼つきでじっとそれを見返し、神父の肩の上に、くっくっという小鳩のような笑いを吹きかけていた。

「タララ」

サーシャがカルメンのジプシイの踊りの一節を武に返す代りに歌った。

「まあ、あたし、行かなくっちゃ」

由梨がくどくどと言訳けするのを横田夫人は愉しげに、松浦嬢は無関心に、フランクと横田は気の毒げに、きいていた。ロンダだけが玄関のところまで送ってきた。

「残念ねえ、コーヒーはあたしが出してあげるわ。お姉さんによろしく――」

ロンダは由梨と一緒に車のところまでついて来て囁いた。

「あたし、明日、シカゴに行くの。道路技師のところに泊ってこようかしら――」

「お気に召すまま。男に罠をかけなきゃならない年頃でもないし、あなたはもう何もかも落着いて、滅多なことでは他人にこわされない自分の生活があるんだもの、気ままに、愉しんだらいいじゃないの。だけどねえ、ロンダ、恋というのは厄介で、相手が優しい親切心があるだけじゃもの足りないし、そうかといって、重荷な相手に纏いつかれるのは、やりきれないって、ことね」

「男と女のやりとりなんて、ほんのちょっとしたきっかけで、ひょんなことになるんだから。ふっとぶつかりあうことがあればね、それっきりなのよ。だから案外、一週間たったら、純情可憐な小娘みたいになってうなだれて帰ってくるかも知れないし、すっきりと、身ぎれいに、洒落た新調のスーツなんぞ着こんで、満足と憂いを織り混ぜた顔をして帰ってくるかも知れない。ふふ、ユリ、そうでしょう。わたし達の年頃は。きっと、フランクがいいとこねえ。遊び相手には」

「ねえ、ロンダ、離婚すると、次には前の御亭主とは違った性格の男を好きになるもの」

「さあ、どうかしら。そうばかりでもないわねえ。男と女なんて、一度傷つけ始めると深く突き刺さった棘がいじればいじる程深く奥に入っていくみたいなもので、苦い渋だけが口の中に残ることが、多いから」

「前の御亭主に随分未練がありそうな話じゃないの」

「未練があったって、他の男に心が向かないということにはならないわよ」

「ロンダ、男って、随分と用心深くって、計算高いものよ。わたし達と同じくらい。だから、あなたが男の心がわかると自惚れていると同じくらい、男はあなたの心を読むでしょうよ」

「それを承知でシカゴへ行くのよ。それに、絵を買ってくれるひとがいるのよ」

「何だって、そんなこと殊更らしく報告するのよ。あなたにはあなたのちゃんとした生活があるじゃないの。シカゴから、パリに飛んで一週間遊び呆けて来たって、あなたの生活は元通りに、何もかも元通りにちゃんと残っているわよ。あなたの、二人の子供、あなたの教師としての仕事、それから、フランクの関心だって——」

由梨はギヤを入れた。

「ユリ、淋しいのよ。そうでしょう。淋しいのよ。困ったことねえ」

「どうにもならないわねえ。どうしようもないわねえ。じゃあ、又。ロンダ、——愉しんでいらっしゃい」

由梨はハンドルを切った。

由梨は十五マイルくらいでのろのろと走った。気がつくと後に五六台の車がつづいていて、由梨はあわてて三十マイルにした。交叉点の信号のところで、運よく赤になり、さて何処に行こうかと迷ったが、あてはなかった。モノレールの入口が次の曲り角に見えて、由梨は遊園地に行こうと心をきめた。何処だっていい。映画を観るよりはいいだろう。由梨は心を決めるとすっきりとして、駐車場を探すことだけに専心した。北口のオペラ・ハウスの脇の駐車場に車をとめた。

彼女はオペラ・ハウスの前に立ちどまって、マゴット・フォンテンの白鳥の湖のポスターを眺めた。その脇に、アラスカ・インデアンの民芸品の展覧会のポスターが貼ってあった。あてが無いままに、その展覧会場の方に足を向けた。歩きながら由梨は大きなあくびをした。噛み殺すこともせずに、心ゆくばかりに大きな口をあけて、新鮮な空気を吸う時のように爽やかな欠伸をした。

九時をすぎた遊園地には子供の影は殆んど無かった。手をつないだ恋人達がネオンのついた乗物を幸福そうな眼つきで眺めていた。由梨はモーター・ボート・レースの池のそばに立ちどまって、モーター・ボートのハンドルに、倖せそうにもたれかかって水のしぶきを放心したような眼で眺めている恋人達を見た。

アラスカ・インデアンの民芸品の展覧会場の入口で、由梨は塔のまわりをぐるぐるとまわりながら上っていく飛行機をぼんやりと眺めてしばらくつったっていた。アラスカ・インデアンの民芸品に殊更興味がある訳ではなかった。

展覧会場はがらんとしていた。人影のない光の足りない会場に奇怪な面や、面とも帽子ともつかない動物の顔や頭を象どった被りものが眼を輝かせた妖怪のように由梨をみつめた。目尻の切れ上った大きな張のある人間の目を持った鴉の被りものは恐ろしく長い嘴が額の前に帽子の鍔のように張り出ていて、いくらかあけた上下の嘴の間からちらりと赤い舌が生々しいあたかさでのぞいていた。そして後頭部にあたる場所には黒い人間の女の髪と思われる毛がひとふさとりつけられていた。この鴉の帽子は木彫の一種で、殆んど抽象的に図案化された簡潔な線が幾種類かの深い淵で浮彫りされていた。彩色に使った絵具は、赤とか黄色、緑、黒、といった原色が多いにもかかわらず、年月を経た自然染料の所為か渋い調和があった。不思議なことに、この鴉の帽子は嘴とか眼とか、瞼、前頭部、後頭部という風に部分部分を見ると、写実的な鴉とは似ても似つかぬもので、殊に眼などは抽象化されたにしても人間の、それもかっと見開いた男の眼であったが、全体として見ると、奇妙な、人間と鴉の混同した生命《いのち》のある面なのである。未開の人種達の間では自然界の木とか草とか、山とか谷とか、動物に人間の同化した生活感情ともいうべきものがあり、お互の間の意志の疎通は信仰に近い形で信じられているようだ。それから、蛙の帽子、鷲の帽子、白茶けた流木で彫られた単純な顔面の起伏の中に、にんまりと笑っている眼や口を持った面、魔術師の用いる、ガラガラのようなもの、トーテム・ポールに似た一族の系図とか物語を象どったと思われる、様々の動物を次々と重ね合わせた彫のあるガラガラ、同じような動物の彫のある器物や船、動物の毛をより合わせて織った肩掛けに似た毛布。薄暗い会場の中で由梨は、人間の祈りや、呪いの、ぶつぶつという低い呟きを聞いた。

会場の入口には桃色シャツを着た男が一人所在なさそうに椅子に腰かけていた。

「もう、そろそろ、会場を閉めますよ」

男は言った。

男は由梨の見終るのを待っていたようであった。

由梨は踵を返した途端に、足元がぐらりとして危く尻餅をつきそうになった。

桃色シャツが走りよってきて、由梨を抱きとめたので、由梨は派手にころばなくて済んだ。

「どうもありがとう」

由梨は赤くなりながら言った。

「わたしは運動神経が無いので、しょっ中転びそうになるんです。だから、夫が、不機嫌になるのよ。つまり、女房が人前で転びそうになったりすると。あなたはうまい具合に手を貸して下さったわね。だから、恥をかかずに済みました。どうも有難う。では、さようなら」

由梨はいきかけた。

「もしもし。靴の踵に変なものがついていますよ。とった方がいいですよ。また滑るといけませんから」

桃色シャツは言った。

由梨は転ばないように気をつけて、そばのソファに片手をおいて靴の踵を上げてみた。

「そっちじゃなくて、左側です」

左側の靴の踵がすり切れて、そのすり切れた皮が紐のようになってぶら下っていた。

「何かがついているんじゃないわ。靴の一部なのよ。すり切れた皮です」

それは五糎ぐらいの長さもあった。ひっぱると、皮は際限もなく、びりびりと破れてヒールの木の台が見えた。

「仕方がありませんね。古い靴なんだから。ひっぱるとヒールの皮がみんな破れちゃうわ」由梨は憤然として言った。

「ナイフがありますよ」

桃色シャツは言って、ポケットからナイフをとり出した。彼は破れた皮をいい加減のところで切った。

「どうも有難う。あなたはほんとに親切な方ね」

由梨は皮肉をこめて言った。

「いや」

桃色シャツは曖昧な笑いを浮べた。

由梨は展覧会場の外へ出たが、あてはなかったので入口の扉の脇によりかかってネオンの中で光っている前の噴水を眺めた。噴水の脇の芝生には一本の大きな楡の木があって、その下に石のベンチがあった。其処へ行って坐ろうかな、と由梨が思案している中に、一組の恋人達が占領してしまった。

展覧会場の電気が消えて桃色シャツが中から出てきた。由梨は占領されたベンチを諦めて下を向いたまま向きを変えたところだったので危く桃色シャツとぶつかりそうになった。

「何だ、まだ此処に居たんですか」

桃色シャツは由梨を抱きとめながら言った。

「ハンド・バッグをソファの上に忘れたでしょう」

桃色シャツは由梨のハンド・バッグを持っていた。

「面白い皮細工ですねえ、これはあなたの国のものかな」

桃色シャツは糊染の海草に魚の模様の皮の手提をかかげるようにして言った。

「事務所へ忘れ物としてとどけようと思っていたところだ」

桃色シャツは手提を由梨に渡しながら言った。

「すみません」

由梨は何も持っていなかった自分にあらためておどろいて言った。滑って転びそうになったあとで、靴の破れた切れはしを切った時、そのまま、ソファの上に置き忘れたのであろう。

「わたしはほんとにぼんやりしているんです」

由梨は言った。

展覧会場の横は様々の景品を当てる射的場があって、景品のおどけた顔の人形やら、虎猫や象の玩具などがばね仕掛けで台の上にとびあがったり、ひっこんだりしていた。その隣にはオレンジ・ジュースや、グレープ・ジュースが大きなガラスの瓶の中に噴き上げられている屋台があった。コーヒーの匂もした。

「コーヒーを飲んで行きましょうよ」

桃色シャツはズボンのポケットの中で小銭をじゃらじゃらさせ、ついてくるでもない、背を向けるでもない由梨をうながして先に立った。彼は屋台の窓口に肘をついて熱い湯気の立っているコーヒーの紙カップを差上げて由梨を呼んだ。

「あなたは少し、ぼんやりしているからコーヒーを飲んで眼を醒ました方がいいよ」

桃色シャツは紙カップを由梨に持たせた。彼は銀髪のかなり混った黒い硬い髪を持っていたが、眼は緑色に近い碧眼であった。

「僕は四分の一、エスキモーで、四分の一、トリンギットで、四分の一スヰーディッシュで、四分の一、ポールだ」

桃色シャツは自分の血の自己紹介をした。銀髪のひどく多い割に顔は幼かった。若白髪というのだなあ、と由梨は思った。

「煙草を吸わないの」

「咽喉に癌が出来ているのよ」

由梨はかぶりをふった。

「それは困ったなあ。その中にいい薬が出来るさ。もう少し生きていれば——」

桃色シャツは言った。

「わたしは日本人以外の血は十六分の一も入っていないけれど、昔々、そのまた昔、或いはエスキモーぐらいは入っているかも知れないわ」

「そうだな。きっとそうだな。その又昔、アラスカの端っことシベリヤは氷の上を通って歩いて渡れた。日本の北の方もみんな続いていたんだろう」

「そういうことかも知れないわね」

彼は桃色シャツの一番上のボタンをはずして、暑苦しげに首を振った。

「あなた桃色のシャツが好きなの」

由梨は言った。

「そういう訳ではないけれど、女房が買ってくれた」

桃色シャツは言った。

「きれいな色だわ」

由梨は桃色シャツの結婚指輪を見ながら言った。

「女房稼業は大変なものだろうか」

桃色シャツは言った。

「さあ、亭主稼業と同じようなものでしょうねえ」

「あんまり楽な仕事はないんだな」

桃色シャツは言った。

「そうみたいね」

由梨は相槌を打った。

「行かなくっちゃ」

由梨は時計を見て行きかけた。

「旦那のところへ帰るのかい」

桃色シャツは言った。

「そうらしいわね」

由梨は歩き始めた。歩きながら肩の後に由梨は男の気配を感じていた。感じながら、それを振り払うのも億劫だと考えていた。

金曜日の晩の遊園地にはまだひとが沢山居た。気狂いお茶の会《マッド・ティー・パーティ》と称するぐるぐるまわるカップの中できゃあきゃあと悲鳴をあげながら抱き合っているティーン・エージャーのカップルを由梨はぼんやりとみつめた。少女の短いミニスカートがめくれ上って、亜麻色の髪が少年の手首にまきついていた。サーカスの音楽が鳴っていて、ハムバーガーの匂が漂っていた。それから由梨はジェット・コースターのところに行った。昔々、東京の後楽園で武とデイトした時、長いこと列をつくってジェット・コースターを待ったが、遂に諦めて、後楽園の庭に行ったことを思い出した。モノレールの入口はジェット・コースターの脇にあった。彼女はちらとモノレールの方を見た。モノレールの車の中は薄い明るい紫色に照らされていた。由梨はジェット・コースターの中で悲鳴をあげている男や女達を眺めた。もう遅いので子供は居なかった。切符を買おうかな、と由梨は思った。

「ジェット・コースターに乗ろうか」

桃色シャツが言った。

由梨は頷いた。彼女は気がついてみたら其処に居る、というような男に馴れていなかった。

桃色シャツは由梨の肩を抱くようにしながら切符を渡した。

「わたし、怖いわ。若しかしたら、我慢できないかも知れないわ」

由梨は言った。

「乗ったことある？」

桃色シャツはたずねた。彼は桃色のシャツの上にツヰードの上衣を着ていた。

「ううん」

由梨はかぶりを振った。

「大丈夫さ。僕につかまっていれば」

桃色シャツは言った。由梨は後楽園で乗らなかったジェット・コースターの長い列を思い出した。

「やめましょうよ、きっと、もう一時間もかかるわ」

由梨は言いながら、武の眼が残念そうに曇るのを見た。それに、わたし、気分が悪くなるかも知れないわ、と言いながら、武の眼が、翳るのを見た。怖いのよ、言いながら、武の眼が、和むのを見た。そして、由梨はそういう男の眼のわずかな翳りに敏感に反応する自分に疲れた。由梨は桃色シャツの顔を見ようという気は起らなかった。彼女はただ黙って耳の脇で彼の喋る言葉をきき流した。

「素敵に面白いさ。どうなることか、と思うところが素敵なんだ」

彼は由梨の肩に置いた手をもんだ。

笛が鳴って、ジェット・コースターは動き出した。始めは大したことはなかった。その中に急な坂にさしかかり、恐ろしい勢いで谷間に向って突進したと思うと、正面衝突をしたかと思うように坂を駈け上った。次には放り出されるばかりに急カーブを蛇行した。桃色シャツは由梨の腰に手をまわして、しっかりと抱きしめるように指先に力をこめていた。由梨は男の肩に重心をかけていた。のめったり、のけぞったりしながら、振りまわされる猫のように身を任せていた。黒い夜が、更に濃い藍色でぐるぐるとくるめき、無数のきらめく星のように街の灯が流れた。彼女は時々、ああ、というような小さい声をあげたけれど、悲鳴をあげる程のはしゃぎも、恐怖も起ってこなかった。振りまわされる猫のように孤独であった。桃色シャツはしっかりと由梨を抱きしめていた。ジェット・コースターがとまった時、由梨は桃色のシャツの上に顔を伏せていた。桃色シャツは由梨を抱きかかえるようにして立ち上らせ、更に抱きよせるように由梨の顔を覗き込んだ。

「大丈夫?」

由梨は、こっくりと頷いて歩き始めた。

夜の空気は冷くて澄んでいた。男は煙草に火をつける為に立ちどまった。

「まるで死んだ小鳥みたいにうずくまっていたよ」

男は言った。

「もっと、何か、他のに乗ろうか」

彼は由梨を見おろして言った。彼は長身でいくらか猫脊だった。由梨はかぶりを振った。

「何か食べようか」

男は言った。由梨はかぶりをふった。

「何か飲もうか」

男は言った。由梨はかぶりをふった。

「煙草は」

男は言った。由梨はかぶりをふった。

「何も食いたくないし、何も飲みたくないし、煙草もすわないし、じゃあ、何がいいんだい。――ダンスにいこうか」

男は言った。

「どういうダンス」

由梨は言った。

「ゴーゴー・ダンスさ」

「では、わたしは出来ないわ。わたしは流行遅れの女で、もう年だから、そういう新しいダンスは出来ないのよ」

「スローのダンスか。スローのだって、少しは出来るよ。歩くだけなら。ダンスに行こうよ」

「そうねえ」

由梨は少し考えた。考えながら歩き出した。二人は手をつないで噴水のところに行った。青い照明の中で噴水は花火のように華やかに噴き上げていた。大きな楡の木の下の石のベンチに、白いハンカチが一枚忘れられていた。男物のハンカチだった。

「ねえ、ダンスに行こうよ」

桃色シャツは言った。

「そうねえ」

由梨は言いながら、ハンカチの上に腰をかけた。ドビュッシイか何かの音楽が鳴っていた。噴水のまわりの何処かにスピーカーがあるらしかった。

「あれは、ベートーヴェンかい」

桃色シャツは言った。

「さあ」

由梨は噴水の水の玉をみつめながら言った。

「きっと、そうかも知れないわね」

オペラ・ハウスから、着飾った観客が、十人ばかり出てきた。はねる時間には早すぎたから、中休みの時間かもしれなかった。黒いスーツの男達が、むき出しの女の肩を覆うように身をかがめて、囁いていた。

「音楽会があったのかなあ」

桃色シャツは言った。

「きっとね」

由梨は言った。

「僕は音楽はジャズしかわからない。一番嫌いなのはオペラだ。あれが聞えてくると、何だか咽喉がくすぐられているようで、生あくびが出てくるんだ」

「頭が疲れることもあるわね」

由梨は言った。

「ダンスに行こうよ」

桃色シャツは言った。彼は彼女の手をひっぱり上げた。彼女は何となく駐車場の方向に向って後すざりした。

「いやなの？」

「そういうわけではないけれど。ホールはすぐ近くにあるの。車が此処にとめてあるから」

「また、車のところまで送ってあげるよ」

二人は歩き出した。

「歩いていけるところなら、行ってもいいわ」

由梨は言った。

「どうしてさ。近くにもあるけれど、何処かへ行ってもいいんだ」

「この中にあるところに行きましょう。面倒なのよ」

「何にも面倒なことはないのに。君はついてくるだけじゃないか」

由梨は立ち止った。

「いいよ。この中にあるところに行こう」

二人はロックン・ロールの聞えてくる方に歩き出した。

桃色シャツはビールを注文した。由梨はコップに唇をつけてガラス越しに、ゴーゴー・ダンスを眺めた。それはとても易しくて、誰にでも出来そうに思えた。リズムに合わせて好きなように体を動かしていればよいように思われた。

「踊ろうよ」

桃色シャツは言った。由梨はビールのコップを置いて立ち上り、男の腕の中でいい加減にからだを動かした。その中に二人は離れて気ままに動き出した。だが、気ままな動きのようでカップル達はお互に相手の動きに合うステップを心がけているらしかった。どちらにしても、それは古いスローの社交ダンスよりは創造の自由のある踊りに思われた。一曲が終る頃由梨はかなりほぐれた気分になった。

「続けて、踊ろうよ」

桃色シャツは一曲が終った時席に帰ろうとしないで言った。二人は三曲ぐらい続けて踊った。一曲はジルバを混ぜたが、由梨は一人で踊る踊りの方が気ままでよかった。離れたままで相手の動きの中に動かされている風に装おって、由梨は自分の踊りを愉しんだ。

「どうして、ミニ・スカートをはかないの？」

桃色シャツは席に戻った時言った。

「だって、きれいな脚じゃないもの」

由梨はそっけなく言うと、

「そんなことはないよ」

と彼はからだをかがめて彼女の脚を覗き込むようにした。

「お馬鹿さん」

由梨は桃色シャツの耳をひっぱった。彼は笑い出しながら由梨を抱きしめ、耳の脇にキスをした。それから二人はしばらく黙ってビールを飲んだ。まるで、ブランディでも飲むように、由梨はビールをちびりちびりと飲んだ。

スローの曲になった時、桃色シャツは由梨を誘うように立ち上り、ぴったりとからだをくっつけて、歩いた。由梨は疲れて時々桃色シャツを突き放すようにしては、ふうわりと立ち止った。彼女はふと、その昔、武と上手に踊ろうと努めたこと、どきどきしながら、ステップを間違えまいとからだを硬ばらせた頃の自分を思い出した。桃色シャツは優しく笑いかけていた。由梨も優しく笑い返した。二人はただふんわりと流れていく雲の上にのっているように音楽に任せて歩いているだけであった。

「君はまるで、押えていないと、ふわりと飛んでいってしまう羽みたいに軽いよ」

桃色シャツは言った。

それからまた二人は坐って、残っているビールを飲んだ。由梨は相変らず時間をかけてビールを飲んでいた。飲みほしてしまって、次をすすめられる時断ることを考えるとそれが一番よい方法のように思えた。

「何処かにドライヴに行こうよ」

桃色シャツは言った。

「そうねえ」

由梨は自分の手の上に重ねられた男の手の甲をじっと見ながら言った。

桃色シャツは立ち上った。二人はゆっくりと遊園地の出口の方に向って歩き出した。マッド・ティー・パーティのカップの中では男と女が抱き合って、きゃあと叫び声をあげていた。

彼女はちらと時計をみた。十一時だった。ブリッジはまだ終らない。桃色シャツは古いシボレーを持っていた。エンジンの音は山道をゆく荷車のようであった。止りかける時の蒸気機関車のような、ポコポコ、という音がした。

「何処に行こうか」

桃色シャツは言った。言いながら桃色シャツは街角を曲った。フラミンゴというネオンのついたクラブからもつれあった一組の男女が出て来て、それをポケット手をした黒人の男が柱によりかかって眺めていた。

「どうして黙っているの」

桃色シャツは言った。

「どうしてって、喋ることなんか無いもの」

由梨はドアに肩をよりかからせて言った。

「僕の方に寄りかかったらいいじゃないか。君は変っているな」

桃色シャツは言った。

「女はぺちゃくちゃと喋る方がいいのさ」

「だったら、そういう女を探せば。此処でおろしてよ」

由梨は言った。

「そういう意味じゃないんだ。怒るなよ」

「怒ってなんぞいない。でも、わたし、喋ることなんか、何もないのよ」

街の灯が大分暗くなって、郊外に出るらしかった。

「海にいこうよ」

桃色シャツは言った。

それから、二人は随分長いこと黙っていた。

「海は好きかい」

桃色シャツは言った。

「好きな時もあるし、怖いこともあるわ」

窓をあけると、海の香が匂ってきた。

「波の音が聞えるかい」

由梨は頷いた。暗の中ですかすと藺草のような長い草のはえている海辺がすぐ近くまで来ていた。かすかに光っている霞んだ湖のように静かな海であった。

「入り組んだ内海《うちうみ》なんだ」

男はハンドルに顎をのせて言った。

由梨は不意に、夜の海の記憶の中で、熟れた苺のような赤い唇を持った女友達を想い出した。A子というその女友達の唇は何時も二三箇所縦にひび割れていて、赤く血が滲んでいた。そして、皮膚には何時でも吹出物を拵えていた。

「わたしは不潔に見えるでしょう」

A子は絶望に打ちひしがれた陰気な眼つきをして言うのであった。しかし、A子は大変美しい、清潔そのもののような、長い、ほっそりとした指を持っていた。その指をからませて、A子は吹出物の出た頬の辺りをかくすように頬杖をつくのであった。

「どっか、いっそ、遠くまで行っちまおうか」

桃色シャツが言った。彼は由梨の腰を抱いてひきよせ、唇を重ねた。そして、もう片方の手で、男の誰でもがするように、彼女の内腿の辺りをまさぐり始めていた。

由梨はA子と、土用の丑の日に夜明け前の真暗な海で泳いだことがある。日本海の砂丘のある海で、丑の日には百姓達が牛を連れて海に行った。その頃はまだ田圃で牛を使う家があったのだ。茱萸《ぐみ》の原の続いた砂丘で、海は荒海、向うは佐渡よ、みんな帰ろよ、茱萸原分けて、という、あの茱萸原のある砂丘である。赤松と、贋アカシヤの繁みをくぐって、浜防風と、茱萸の原を裸足で歩いた。それから二人は真黒な海で泳いだ。暗い波は無気味で、化物の口のような得体の知れない奥深さで、巨大な舌のような生暖かさでからだを包んだ。生ぬるく、吸いつくような、むせかえるような、大きな波であった。夜が白々と明ける頃、自分達は人魚のように美しい、と二人は思った。全く、人魚のように美しい年頃であった。

牛は小さな赤い眼をして波打際に立って背を洗わせながら、二人を眺めていた。二人は大学の寮で同室で、いくらか同性愛的なところがあった。それで、由梨は最初の恋に失敗した時彼女をその日本海の海辺の家にたずねる気になったらしい。女子大学の寄宿舎での二人の情事は陰気なものというよりは、滑稽で哀しいものであった。結局二人は正常で、情緒だけが非常に繊細に出来すぎている、ということ以外に求め合うようなものはなかった。だから、二人とも結婚した。

彼女は今でも友人であってくれるだろうか。それはわからなかった。喋ることなど何もなくなっているかも知れなかった。日本に帰っても、友人なんか誰も居やしないのだな、由梨は思った。傷つけ合った男友達など、もっと悪い。思い出す度に溝が深まるだけに違いない。日本に帰りたいのは人間が恋しい筈なのに、思いめぐらしても、優しい会話の出来そうな人間など誰も居なかった。昔、親しくしていた友人の何人が、昔と同じ眼で由梨を眺めていてくれるかは疑問だった。大抵の日本人はアメリカ帰りが嫌いである。由梨も昔嫌いだった。きっと今でも嫌いだろう。つまり、自分が嫌いになっているのだな、と由梨は思った。

「三匹の蟹」という赤いネオンが繭草の陰でついたり消えたりしていた。男は女に飢えては居なかった。ただ、そうすることを愉しんでいた。男の感じている虚しさと哀しさは由梨に伝わって、其処で優しい和みのようなものになった。

「どうして、そんな風に黙っているんだ」

男は言った。

「喋ることが無いのだもの」

由梨は言った。

「彼処《あそこ》へ行こうよ」

男は顎で「三匹の蟹」をしゃくった。車は再び、荷車のような音をたてて走り出した。それは年老いた女の吐息に似ていた。

「何だか、帰りたくないんだよ」

男は言った。

「このまま、もう暫く、こんな風にしていたいんだ」

男は萎えたような由梨のからだに安心していた。由梨はガラス窓に頰をくっつけて海を眺めた。彼女はフランク・スタインの横にひろがった皮の薄い鼻の穴や、サーシャ・ラプシンスカヤの厚い唇や、ふふっふっふっふ、というような笑い方をする、横田夫人の鼻の脇に出来る貧しい皺などを思い出した。そして、武の、アルミニウムをぼあんぼあんとしなわせるような声、梨恵の、「ふん、そういうのは不良少女よ」という真鍮をかき鳴らすような声を思い浮べた。

その父娘《おやこ》は全く、何か、金属性の声を持っているのであった。

「三匹の蟹」は海辺の宿にふさわしい丸木小屋であった。そして、緑色のランプがついていた。


（「群像」昭和四十三年六月号）

P+D BOOKS ラインアップ

三匹の蟹　大庭みな子　●愛の倦怠と壊れた〝生〟を描いた衝撃作

アニの夢 私のイノチ　津島佑子　●中上健次の盟友が模索し続けた〝文学の可能性〟

冥府山水図・箱庭　三浦朱門　●〝第三の新人〟三浦朱門の代表的2篇を収録

虚構の家　曽野綾子　●〝家族の断絶〟を鮮やかに描いた筆者の問題作

地を潤すもの　曽野綾子　●刑死した弟の足跡に生と死の意味を問う一作

幼児狩り・蟹　河野多恵子　●芥川賞受賞作「蟹」など初期短篇6作収録

P+D BOOKS ラインアップ

海市	福永武彦	●親友の妻に溺れる画家の退廃と絶望を描く
風土	福永武彦	●芸術家の苦悩を描いた著者の処女長編作
夜の三部作	福永武彦	●人間の〝暗黒意識〟を主題に描く三部作
黄昏の橋	高橋和巳	●全共闘世代を牽引した作家〝最期〟の作品
生々流転	岡本かの子	●波乱万丈な女性の生涯を描く耽美妖艶な長篇
長い道	柏原兵三	●映画「少年時代」の原作〝疎開文学〟の傑作

P+D BOOKS ラインアップ

居酒屋兆治	山口 瞳	●高倉健主演映画原作。居酒屋に集う人間愛憎劇
江分利満氏の優雅で華麗な生活 《江分利満氏》ベストセレクション	山口 瞳	●〝昭和サラリーマン〟を描いた名作アンソロジー
血涙十番勝負	山口 瞳	●将棋真剣勝負十番。将棋ファン必読の名著
続 血涙十番勝負	山口 瞳	●将棋真剣勝負十番の続編は何と〝角落ち〟
夢の浮橋	倉橋由美子	●両親たちの夫婦交換遊戯を知った二人は…
城の中の城	倉橋由美子	●シリーズ第2弾は家庭内〝宗教戦争〟がテーマ

P+D BOOKS ラインアップ

アマノン国往還記　倉橋由美子　●女だけの国で奮闘する宣教師の「革命」とは

ソクラテスの妻　佐藤愛子　●若き妻と夫の哀歓を描く筆者初期作3篇収録

女優万里子　佐藤愛子　●母の波乱に富んだ人生を鮮やかに描く一作

山中鹿之助　松本清張　●松本清張、幻の作品が初単行本化！

白と黒の革命　松本清張　●ホメイニ革命直後　緊迫のテヘランを描く

花筐　檀一雄　●大林監督が映画化、青春の記念碑作「花筐」

P+D BOOKS ラインアップ

虫喰仙次　色川武大　●戦後最後の「無頼派」、色川武大の傑作短篇集

小説阿佐田哲也　色川武大　●虚実入り交じる「阿佐田哲也」の素顔に迫る

ぼうふら漂遊記　色川武大　●色川ワールド満載「世界の賭場巡り」旅行記

親友　川端康成　●川端文学「幻の少女小説」60年ぶりに復刊！

廻廊にて　辻邦生　●女流画家の生涯を通じ〝魂の内奥〟の旅を描く

夏の砦　辻邦生　●北欧で消息を絶った日本人女性の過去とは…

P+D BOOKS ラインアップ

眞晝の海への旅　辻 邦生
●暴風の中、帆船内で起こる恐るべき事件とは

鞍馬天狗1 角兵衛獅子 鶴見俊輔セレクション　大佛次郎
●〝絶体絶命〟新選組に取り囲まれた鞍馬天狗

鞍馬天狗2 地獄の門・宗十郎頭巾 鶴見俊輔セレクション　大佛次郎
●鞍馬天狗に同志斬りの嫌疑！ 裏切り者は誰だ！

鞍馬天狗3 新東京絵図 鶴見俊輔セレクション　大佛次郎
●江戸から東京へ時代に翻弄される人々を描く

鞍馬天狗4 雁のたより 鶴見俊輔セレクション　大佛次郎
●〝鉄砲鍛冶失踪〟の裏に潜む陰謀を探る天狗

鞍馬天狗5 地獄太平記 鶴見俊輔セレクション　大佛次郎
●天狗が追う脱獄囚は横浜から神戸へ上海へ

P+D BOOKS ラインアップ

罪喰い	赤江 瀑	●〝夢幻が彷徨い時空を超える〟初期代表短編集
春喪祭	赤江 瀑	●長谷寺に咲く牡丹の香りと〝妖かしの世界〟
おバカさん	遠藤周作	●純なナポレオンの末裔が珍事を巻き起こす
宿敵 上巻	遠藤周作	●加藤清正と小西行長 相容れぬ同士の死闘
宿敵 下巻	遠藤周作	●無益な戦。秀吉に面従腹背で臨む行長
銃と十字架	遠藤周作	●初めて司祭となった日本人の生涯を描く

P+D BOOKS ラインアップ

ヘチマくん	遠藤周作	●太閤秀吉の末裔が巻き込まれた事件とは？
フランスの大学生	遠藤周作	●仏留学生活を若々しい感受性で描いた処女作品
春の道標	黒井千次	●筆者が自身になぞって描く傑作〝青春小説〟
裏ヴァージョン	松浦理英子	●奇抜な形で入り交じる現実世界と小説世界
快楽（上）	武田泰淳	●若き仏教僧の懊悩を描いた筆者の自伝的巨編
快楽（下）	武田泰淳	●教団活動と左翼運動の境界に身をおく主人公

（お断り）

本書は１９６８年に講談社より発刊された単行本を底本としております。

あきらかに間違いと思われるものについては訂正いたしましたが、

基本的には底本にしたがっております。

また、底本にある人種・身分・職業・身体等に関する表現で、現在からみれば、

不当、不適切と思われる箇所がありますが、著者に差別的意図のないこと、

時代背景と作品価値とを鑑み、著者が故人でもあるため、原文のままにしております。

大庭みな子（おおば みなこ）
1930年（昭和５年）11月11日―2007年（平成19年）５月24日、享年76。東京都出身、1968年『三匹の蟹』で第59回芥川賞受賞。代表作に『寂兮寥兮』『啼く鳥の』『がらくた博物館』など。

P+D BOOKS

ピー プラス ディー ブックス

P+Dとはペーパーバックとデジタルの略称です。
後世に受け継がれるべき名作でありながら、現在入手困難となっている作品を、
B6判ペーパーバック書籍と電子書籍で、同時かつ同価格にて発売・配信する、
小学館のまったく新しいスタイルのブックレーベルです。

三匹の蟹

2018年6月12日　初版第1刷発行
2023年1月25日　第4刷発行

著者　大庭みな子

発行人　飯田昌宏
発行所　株式会社　小学館
〒101-8001
東京都千代田区一ツ橋2-3-1
電話　編集　03-3230-9355
販売　03-5281-3555
印刷所　大日本印刷株式会社
製本所　大日本印刷株式会社
装丁　おおうちおさむ（ナノナノグラフィックス）

造本には十分注意しておりますが、印刷、製本など製造上の不備がございましたら「制作局コールセンター」（フリーダイヤル0120-336-340）にご連絡ください。（電話受付は、土・日・祝休日を除く9:30〜17:30）
本書の無断での複写（コピー）、上演、放送等の二次利用、翻案等は、著作権法上の例外を除き禁じられています。
本書の電子データ化などの無断複製は著作権法上での例外を除き禁じられています。
代行業者等の第三者による本書の電子的複製も認められておりません。
©Minako Oba　2018 Printed in Japan
ISBN978-4-09-352340-0

P+D BOOKS